八六們的立場、我率領他們的立場，

幾何時……也許直至此刻，我竟然將它們遺忘了。

——芙拉蒂蕾娜・米利傑《回顧錄》

序章　紅龍

「——關於你們向我報告的，瑟琳女士提供的情報……」

賽歐覺得這個聯邦臨時大總統閣下還是老樣子，有點像一頭口吐細火的厭世巨龍。

在聯邦首都聖耶德爾，恩斯特的官邸客廳裡，恩斯特一如往常地穿著量產西裝如此說道；他與賽歐、辛、萊登、安琪與可蕾娜，以及芙蕾德利嘉各自坐在沙發上，圍繞著茶几。

眼鏡底下的黑瞳像假日的父親般穩重，怎麼看都不該是得到了有效手段，可望一舉讓猖獗肆虐大陸全境的鋼鐵災厄喪失戰力的大國總統。

沒錯。

「軍團」是有辦法阻止的。

發出停止命令的祕密司令部，以及對包括「軍團」在內的舊齊亞德帝國擁有統帥權的阿德爾艾德勒皇室血統——只要湊齊表面上隨帝國滅亡而喪失的這兩項關鍵，就有可能成真。

辛將瑟琳託付給他的這項情報在向恩斯特報告前，先告訴了芙蕾德利嘉本人，以及知道她真實身分的賽歐等四人。

除了這些人以外，他沒告訴任何人。

就連蕾娜也沒說。

情報這種東西，知道的人越多就越容易洩漏。身為帝國最後女帝的芙蕾德利嘉，原本就有成為聯邦覆滅的原因之虞。這樣的她如果又成為祛除「軍團」這個戰禍的唯一關鍵，多了奇蹟救世主此一附帶價值的話……

即使如此，他們還是不得不向恩斯特報告。憑辛的一己之見藏匿足以左右人類未來的這項情報，無疑是一種背叛。於是他們找個適當的藉口回到聖耶德爾，恩斯特決定在商討出結論前暫不公布，然後與知道內情的軍方或政府高官花了這幾天時間反覆商議此事。

「我直接進入結論……我們決定按照當初的預定，請你們前往下個派遣地點。」

「什……」

芙蕾德利嘉愣然地睜大了原本就夠大的雙眼。

「這是為何，芝麻小官！既然身為帝國女帝的余就在這裡，再來只要奪回那個什麼祕密司令部就成了——不過就是如此而已，你們為何不做！」

「難就難在這個『如此而已』啊。情報所說的祕密司令部的位置，我們一無所知。」

芙蕾德利嘉愣了一下，好像被問倒了。

恩斯特臉上帶著微笑。

「聯邦雖然繼承了帝國包括領土在內的許多資產，但原本畢竟是帝國的內賊。沒人會把祕密司令部的位置告訴敵人。不屬於該司令部的自己人也是。」

而既然是帝國的軍事基地，位置極有可能在舊帝國疆域內，「軍團」支配區域的某處。聯邦如今已無餘力把位於敵境深處的候補地點全部調查一遍了。

「再加上……你們的派遣地點，目前的狀況才是真正分秒必爭——你們預定攻略的據點已確認到『軍團』第二波大規模攻勢的預兆。」

霎時間。

不知是誰倒抽了一口氣。大規模攻勢。

那種曾將聯邦西部戰線逼至潰敗邊緣，甚至短短一週就攻陷了共和國，一如軍團(Legion)之名由無數機體組成的鋼鐵海嘯……

將再次來襲。

「我軍必須以排除這個大軍為第一優先。然後在排除的同時，我希望你們能從該據點奪得一項情報。」

萊登皺起眉頭。

「情報？從那些『軍團』身上能得到什麼……」

「『無情女王』是帝國軍人瑟琳．比爾肯鮑姆。電磁加速砲型(Morpho)的控制系統是女帝奧古斯塔的近衛首席騎士。共和國北部夏綠特市地下鐵總站的發電機型(Admiral)，似乎也是舊皇室派的成員。」

——帝國（Heil reich），萬歲。

發電機型裡那個素未謀面的亡靈曾覆誦著這句生前最後的叫喊。

辛似乎一點就通，瞇起了眼睛。

「你是說舊皇室派的成員變成了『牧羊人』？」

「『軍團』原本就是帝國的兵器，我認為這麼想很自然——聯邦不知道祕密司令部的位置，但換成是皇室派的中心人物當然會知道。既然這樣，從他們變成『牧羊人』後的控制系統解讀出司令部的情報也不無可能……好吧，還是得試試看才知道可不可行就是了。」

「軍團」的控制系統受到偏執性的加密處理，至今仍無法成功分析。

也未免太沒確定性了吧？賽歐只是想想，可蕾娜卻說出了口：

「辦得到嗎？以前整個第八十六區也只有大概一百架『牧羊人』耶。」

就連九年內戰死了數百萬人，所有人的遺體都沒得到埋葬，導致戰死者的人腦構造遭到「軍團」吸收——催生出大量「黑羊」與「牧羊人」的第八十六區，保有生前智能與記憶的「牧羊人」都只有大約一百架。在輕易能粉碎人頭的機槍子彈與能把脆弱人體炸得灰飛煙滅的戰車砲彈交錯亂飛的戰場，完好如初的人腦並不容易入手。

「嗯。所以這是同時進行的幾項調查中的一項，其他有什麼方法當然也都會嘗試……我和將軍他們並非認為所有總指揮官機全是前皇室派。」

只是，其中「或許」有那麼一兩個人變成了「牧羊人」。

既然是司令據點這樣的重要地點，「或許」會把其中的某人配置於該處。只是這樣罷了。

「幸好有辛在，所以或許還辨識得出來。但總覺得好像海底撈針呢……」

安琪一臉困惑地仰天長嘆。同袍們也都差不多，只有芙蕾德利嘉一個人坐立不安地交互看向恩斯特和辛，辛則像隻沒幹勁的獵犬般閉著眼睛。

恩斯特笑了起來。

「……不過嘛，舊皇室派裡有名戰死者確實變成了『牧羊人』，而且肯定知道祕密司令部的位置，對吧？」

那個人雖然不是高官，但是曾為女帝的近衛騎士，死後則被擄去成為電磁加速砲型的控制系統——……

「『齊利亞．諾贊』。『假如正是他的亡靈』鎮守那個司令據點的話呢？」

「…………！」

芙蕾德利嘉臉色變得蒼白。

就連辛的表情也不禁嚴峻了起來。正是他擊毀了那架電磁加速砲型。

「……一年前，他已經被我確實地破壞了。『牧羊人』從未將同一個亡靈複製成多架機體。——不存在的亡靈，無法當成情報來源。」

「但最起碼會有個備用機吧？再說，就算不是他好了，該據點畢竟有可能成為大規模攻勢的起點，應該會安排一名能力相符的指揮官吧。」

辛陷入沉默以表現明顯的不服氣──他想必很不樂意這麼做。

對於有個淪為「牧羊人」的哥哥，長年傾聽他臨死呼聲的辛而言，即使是機械亡靈一樣是人。然而現在卻要像這樣，把他們當成讀取情報的零件。

「唉，總之……就如你們所聽見的，就算有了停止手段還是得花上這麼多時間與勞力，所以我不會像你擔心的那樣──無視芙蕾德利嘉的安全，二話不說前去阻止『軍團』，辛還有你們大家都大可放心。司令部的位置加上皇室派的餘黨……其實另一個派系比他們更危險，但總而言之，得先做完情報工作以隱蔽芙蕾德利嘉的存在，更重要的是要想辦法為了收復作戰調出充分的戰力。在這些事情全做到之前，作戰不會實行──因為……」

拿小孩性命做犧牲的國家完全不符合聯邦揭櫫的正義。

芙蕾德利嘉勃然大怒地站了起來。

「坐視汝之子民多數喪命，還論什麼正義！比起聯邦的數億甚至是全人類的數十億人口，余一人不過是小小的犧牲罷了！汝為何就是……」

「如果要肯定這種殘忍行徑，人類還不如滅亡算了。」

恩斯特冷酷刻薄地說了。芙蕾德利嘉頓時打了個冷顫，僵在原地。

賽歐也不動聲色地心生戰慄。

這句話他以前就聽過了。當時恩斯特不讓別人將他們五人處理掉，為的就是這個理由。

──要是為了這種理由殺死小孩子才能存活下去的話，人類還是早點滅亡才好。

「真要我說，我原本就很不高興只有你們八六被投入去突破戰局。你們『也』一起戰鬥無所謂，但是『只有』你們犧牲就是不行。假如有一天再也無人對這點抱持疑問，到時候——……」

辛語氣淡然地打斷了他的話。

「你『這樣』讓我很困擾，恩斯特。」

帶著月下戰場上悄然發亮、永不折斷的古刀那般的靜謐與鋒利，以及強韌。

「我不認為人類滅亡最好……那樣我的願望就無法實現了。還有你每次動不動就說人類讓你失望的話最好滅亡算了，我聽了也很不愉快。」

一瞬間。

恩斯特的炭色眼瞳與辛呈現血紅色彩的雙眸似乎發生了衝突。

微笑般的黑灰色空虛被色澤如血似焰的紅眸堅決地彈開。

「……狀況收到，控制中樞的擄獲命令也是——我也想早早結束這場戰爭。但是，我也不會坐視你讓人類步上毀滅。」

他的意思是——不會做出犧牲芙蕾德利嘉的選擇。

芙蕾德利嘉表情泫然欲泣，閉口不語。

一旁的萊登以緘默代替同意，安琪微笑旁觀，可蕾娜則對他們輕輕點頭，但眼神略顯不安。

這個客廳沒有鏡子，因此賽歐不知道自己是什麼表情。

不過，總覺得好像猜得出來。

……換作是以前的辛的話……

換成第八十六區的那個他的話，絕不會說這種話……說不出這種話。不敢說想終結戰爭，也不敢說想實現自己的願望。

因為那些在第八十六區都是不存在的。

辛，真的……

已經走出那第八十六區了——賽歐彷彿徹底體會到了這一點。

EIGHTY SIX

The number is the land which isn't
admitted in the country.
And they're also boys and girls
from the land.

ASATO ASATO PRESENTS
[作者]安里アサト

ILLUSTRATION／SHIRABII
[插畫]しらび

MECHANICALDESIGN／I-IV
[機械設定]I-Ⅳ

Kadokawa Fantastic Novels

86

—不存在的戰區—

A call from a sea.
Their soul is driven mad.

[Ep.8]

— Gun smoke on the water —

A call from a sea. Their soul is driven mad.

CHARACTERS

齊亞德聯邦軍
「第86獨立機動打擊群」

辛

被聖瑪格諾利亞共和國蓋上代表非人──「八六」烙印的少年。擁有能聽見軍團「聲音」的異能，以及卓越的操縱技術。擔任新設立的「第86獨立機動打擊群」總戰隊長。

蕾娜

曾與辛等「八六」一同抗戰到底的少女指揮管制官。奇蹟般地與奔赴死地的辛等人重逢後，於齊亞德聯邦軍出任作戰總指揮官，再次與他們共同征戰。

芙蕾德利嘉

開發「軍團」的舊齊亞德帝國遺孤。與辛等人一同對抗過往昔的家臣，同時也如親哥哥的齊利亞。在「第86獨立機動打擊群」擔任蕾娜的管制助理。已確定為全軍團停止的「關鍵」。

萊登

與辛一同逃至聯邦的「八六」少年。跟辛有著不解之緣，一直以來都在幫助因為「異能」而容易遭受排擠的辛。

可蕾娜

「八六」少女，狙擊本領出類拔萃。對辛懷有淡淡的好感，最後究竟會──？

賽歐

「八六」少年。個性淡漠，嘴巴有點毒，而且愛挖苦人。擅長運用鋼索進行機動戰鬥。

安琪

「八六」少女。個性文靜端莊，但戰鬥時會表現出偏激的一面。擅長使用飛彈進行大範圍壓制。

葛蕾蒂

聯邦軍上校，能理解辛等人的心情，後來擔任「第86獨立機動打擊群」旅團長。

阿涅塔

蕾娜的摯友，擔任「知覺同步」系統的研究主任，和過去同住在共和國第一區的辛是兒時玩伴。

西汀

「八六」之一，在辛等人離去後成為蕾娜的部下，率領蕾娜的直衛部隊。

夏娜

從待在共和國第八十六區時就在西汀隊上擔任副長發揮才能的女性。與西汀正好相反，個性冷若冰霜。

瑞圖

與「第86機動打擊群」會合的「八六」少年。出身於過去辛隸屬的部隊。

滿陽

與瑞圖同樣和機動打擊群會合的「八六」少女。個性認真文靜，就是這樣。

達斯汀

共和國學生，曾於共和國崩壞前發表演說，譴責國家對待「八六」們的方式；在得到聯邦救援後志願從軍。

馬塞爾

聯邦軍人。在過去的戰鬥中負傷造成後遺症，於是改以輔佐蕾娜指揮的管制官身分從軍。

BLANK

尤德

與瑞圖、滿陽等人一同加入戰線的「八六」少年。沉默寡言但身懷卓越超群的操縱與指揮能力。

BLANK

維蘭

齊亞德聯邦軍，西方方面軍參謀長。是個狡詐的男子，但也以自己的方式關懷辛等年少軍人。

維克

羅亞·葛雷基亞聯合王國的第五王子，當代先天異才保有者「紫晶」且開發了人型控制裝置「西琳」。

蕾爾赫

半自律兵器控制裝置「西琳」一號機，採用了維克青梅竹馬的腦組織。

EIGHTY SIX

登 場 人 物 介 紹

The number is the land which isn't admitted in the country. And they're also boys and girls from the land.

第一章　高堡砲火

沒有比實戰更好的訓練。

這在一方面雖然是真理，但實際上如果只反覆進行實戰，部隊的戰鬥能力反而會下降。沒訓練過的動作上了戰場一樣做不來。無論是個人還是部隊，若想維持訓練精度，適切的訓練與教育還是不可少。

這裡是第八六獨立機動打擊群（Strike package）總部基地「軍械庫」的演習場。

這座演習場在建設上真實重現了聯邦西部戰線的主戰場——森林與市區。森林是將該地原有的森林部分區域劃分出來，市區則是開闢森林仿造了舊帝國的軍事要地城市。

在此處一隅，近期建造、全以金屬骨架組成的大樓重現了機動打擊群第一機甲群的下一個戰場。

鋼鐵橫梁的寬幅只勉強比「破壞神」的全寬大一點。兩架多腳機動裝甲兵器（機甲）踢蹬這些以幾何規律整齊組成，在空間中縱橫交錯的鐵條，疾速奔馳於上。

識別標誌為「扛著鐵鍬的無頭骷髏」與「交叉鳥銃」，正是辛駕馭的「送葬者」與以訓練教官身分受盟約同盟派遣而來的奧利維亞駕駛的「安娜瑪利亞」。兩者彼此爭奪有利位置，互相擊潰對手的拿手本領，一同將專為高機動戰鬥開發的機體性能諸元發揮至淋漓盡致，展開令人眼花撩亂的戰況。

這是由奧利維亞扮演假想敵機(Aggressor)角色的一對一模擬戰鬥。

機甲的駕駛艙因重視生存性高過舒適性導致空間狹窄，其中尤其是「貓頭龍」的駕駛艙更是糟糕。在專用的裝甲強化外骨骼(Armored skeleton)占據了空間以致連光學螢幕都放不下的駕駛艙裡，奧利維亞所看的不是投影在視網膜的機外影像和物理視野，而是藉由他能看見的未來光景追逐「送葬者」的軌跡。

預知能力。在始終不曾有任何王室統一的山岳國土，貴族也只擁有山間小規模領地而無法維持純血的盟約同盟，只有他的家族勉強傳承了此一異能。

以奧利維亞來說，他只能看見三秒後自己的未來。

儘管範圍多少視未來發生的現象而定，但最大也就約莫十幾公尺遠。只有在有意識地使用力量時才能預測──家族將其譬喻為「開眼」──而且異能也不會在危機將至時無意識地發動。

他不曾向家族以外的人坦承，其實這項異能並沒有外人想像得那般有用。長時間使用當然會累，因此也不可能在作戰中持續「開眼」。即使如此，不管對手是人類還是「軍團」，奧利維亞都很難得敗北。

本來應是如此。

他能預知三秒後的未來──占有能夠精確看穿敵機三秒內動作的絕對優勢。

然而辛卻憑著長年戰鬥經驗帶來的無意識先見之明、超人般的反應速度，以及恰似能嗅出即將來臨的血腥味那般，用只能以第六感形容的異常直覺緊逼這份優勢。

斬擊要來了。演習中高周波刀處於未啟動狀態，但他在實戰中絕不會與對手正面交鋒。因此面對這記攻擊，他也用未啟動的高周波騎槍從旁劃過將其彈飛——不能閉上「眼睛」。在與辛的演習當中，不隨時注視未來就會分身乏術。

順著被彈開的力道將動作變成向上揮動，刀刃沿著斜向軌道劈來。眼看「安娜瑪利亞」想向後跳開，辛即刻反應，硬是讓左前腳踏出一步，延伸斬擊距離。奧利維亞取消誘敵的向後跳躍改用橫跳閃躲，對手卻以踏出的腳作為軸心轉身以延長橫掃軌道，使他的閃避動作失效。連以高機動性為傲的「女武神」在這酷烈的機動動作下都要因為過度驅使、負荷而發出哀號，而能夠辦到這點的超絕技巧更是驚人。

——不過……

雙方展開讓人無暇呼吸的近距離（Close range）對劍，而且是長達十幾回合的攻防。經過極度專注使得時間流逝變慢的幾秒鐘，「送葬者」——辛先停住了動作。僅僅是呼出憋住的氣息，順帶讓空氣充滿肺腑的短短一瞬間。

奧利維亞就是在等這一刻。

他讓「安娜瑪利亞」向前衝殺，狠狠給予「送葬者」一記極近距離內的機體衝撞。兩架機體以穿過結構縫隙的形式，一同從僅以鋼筋構成的大樓墜落。

辛還是個年方十八的青年，雖說已經來到成長期的末期，但身體仍是個發育中的男孩。也就是說，無論從臂力或體力而論，他都不及奧利維亞這個成年男性。

兩機糾纏並墜落了一個樓層的高度。奧利維亞宛如野獸壓住互相啃咬的對手那般將辛砸在外頭的地面上。他現在扮演著假想敵機的角色，無線電或知覺同步都是斷線狀態，因此聽不見辛的聲音。只是，可能呼吸遭到穿透機身的衝擊力所剝奪，「送葬者」一瞬間好似發出痛苦呻吟般僵直不動。

緊接著長腿從旁甩來，「安娜瑪利亞」躲開這記攻擊後，這次是真的跳開躲避。「女武神」的腳尖配備了破甲釘槍作為固定武裝，一旦駕駛艙直接被它命中，只要一擊就會被判定為失去行動能力。

「送葬者」彈跳起身，四腳累積力道往後跳。看來是在墜樓造成的衝擊還沒消散前想先避免近身戰，打算用八八毫米砲的寬廣射程戰鬥。不過……

「——太天真了。」

動作很遲鈍，撞擊傷害還沒消散。眼看「送葬者」想用辛直到前一刻的戰鬥機動身手卻慘不忍睹的難看動作向後跳開，奧利維亞手到擒來地鎖定目標。

發射。

伴隨好似野獸咆哮的一〇五毫米砲砲聲，肉眼不可視的雷射射出。由於不是實彈訓練，因此射出的是空砲與中彈判定雷射，但砲口火焰與砲聲與實彈無異。

眩目的業火瞬間堵塞了視野。震耳欲聾的砲聲掩蔽了敵機的運轉聲。

視線往雷達螢幕上的敵機一看——「送葬者」的光點(Blip)並未消失，中彈判定在腿部……即使處於那種狀況，居然還是躲掉了致命傷。

他睜開「眼睛」。

奧利維亞在三秒後的視界中確認「送葬者」的位置，將砲口朝向該處。當火焰消失回到現在的視界時，瞄準的前方位置已經捕捉到了那架純白機影。

腳部中彈的「送葬者」左前腳彎折，無法動彈。縱然失去了機動力，八八毫米砲的砲口仍朝向這邊——還有微微開啟未曾閉合的座艙罩。裡面的辛呢？

……看來是跑了。

視線環顧四下，看到在歷經這幾個月的演習而日漸破損的石造建物暗處，辛舉起突擊步槍單膝跪地。突擊步槍的槍身塗成藍色，以作為演習專用空包彈槍械的識別標記。

扮演假想敵機的奧利維亞在這場演習中就等同「軍團」。既然是與不捉戰俘的「軍團」對峙，即使機體受損仍堅持繼續戰鬥是很正確的心態。

話雖如此，這次終究是演習，其實沒有繼續戰鬥的必要性。應該說再繼續打下去可能會害他受傷。奧利維亞閉起「眼睛」，正想出聲對他說「演習狀況結束」……

但還來不及講，辛就開槍了。

當然這槍也是空包彈。而且突擊步槍幾乎對所有「軍團」都無法造成致命傷。因此正面裝甲上的檢測器只檢測到中彈判定雷射，但判定為無效……

緊接著瞄準警報聲大作。

照明波束的來源是——「送葬者」！

「什……」

收起了預知異能的——沒看著未來狀況的奧利維亞等於完全被乘虛而入。

就在駕駛艙無人的狀態下，「送葬者」的八八毫米戰車砲咆哮出聲。中彈判定雷射發射，側面裝甲的檢測器檢測到八八毫米高速穿甲彈（APFSDS）「直接命中」。

與辛一對一戰鬥以來初次目睹的自機大破判定在視網膜投影的影像中跳動。

「我也覺得有點——不，相當卑鄙就是了。」

演習用大樓是為了下次派遣而緊急建造的，因此不算太大。

辛將場地讓給下一批參加演習者，來到任務報告用帳篷中，對回來的奧利維亞如此說道。

「但我總算是贏過上尉的異能了。」

「要是在實戰中被敵人用上這招的話我就已經死了。能在演習中知道敵人還活著就不該大意停止攻擊算是一個收穫，但是……」

奧利維亞搖了搖頭，眼睛望向眼前的少年。看他好像與少年常有的好強個性無緣，給人一種沉穩的印象，真沒想到……

「原來你這麼不服輸啊。該不會還在對結盟後的第一場演習記仇吧？」

「當時上尉並沒有拿出真本事吧。您參加演習時穿的不是機甲戰鬥服(Panzer jacke)而是軍常服(Service dress)……那的確讓我有點不痛快。」

「噢……那時是因為祖母突然叫我去跟聯邦那群機甲決鬥，我一時也沒有戰鬥服的關係。」

順帶一提，奧利維亞的祖母就是盟約同盟北部防衛軍司令官，貝兒．埃癸斯中將。

「既然你這次報復成功了——謎底是不是能揭曉了？當然，假如你要等我死在你手裡時才願意公布的話就算了。」

辛苦笑著聳聳肩。

「很遺憾，我沒那種堅持……主砲的射擊模式中，有一項可以事前登錄外部音源作為扳機的功能。我想它預設的應該是放棄自機——被迫使用隨身武器時的狀況，所以就先登錄了突擊步槍與手槍的槍聲。」

「聯邦的機甲連這種功能都有啊——不對……」

奧利維亞講到一半，搖了搖頭。之所以會附加可稱為外部音源射擊模式的設定，恐怕是因為……

「對於『女武神』來說……在實戰中應該不太有機會用到吧。」

機甲戰場上充斥著彼此戰車砲的砲聲與榴彈的炸裂聲、動力系統的咆哮與步兵重機槍的槍聲，還有怒吼與慘叫等喧鬧。即使是比起人聲算是巨響的突擊步槍的槍聲，想必也會被掩蓋。

就連這種一對一的演習，都得要條件十分齊全才能讓這項功能派上用場。

「以前發生過類似的狀況，所以才追加了這項功能……但我之前從沒用過，不管是在演習還是實戰。」

「可想而知。但你卻連這種沒機會用到的功能都搬出來了？就只為了贏過我。你真的很不服輸耶。」

「上尉的異能必須要刻意去看才看得見吧？所以我就想如果是用這招，或許可以讓上尉措手不及。」

奧利維亞頓時收起了笑容。

必須再次聲明，奧利維亞從未把這項事實告訴過家族以外的人。對於雖說目前是同個部隊的同袍，但畢竟是外國軍人的——辛或八六們更是不可能洩密。

「……你怎麼會這麼想？」

「在演習當中包括我在內，從沒有人能識破上尉的行動。但在日常生活中您會被撲過來的狄比嚇一跳，或在轉角差點撞上芙蕾德利嘉……於是我便想，您或許並不是隨時都能看見，也不是危機一迫近就一定能看見。」

「…………」

奧利維亞一聲不吭地舉雙手投降。

「真是徹底敗給你了。不過……」

然後他咧嘴一笑。

「你的這種膽識與觀察力，怎麼不用來處理與米利傑上校的關係？」

辛當場嚇得僵住。

「……我聽不懂您在說什麼。」

「哦，那我能講明嘍？我怎麼看你那天晚上好像很沮喪？」

奧利維亞揚起明顯的賊笑，這頓毫不留情的追擊讓辛喉嚨發出「咕」的一聲。

那天晚上。

當然就是他向蕾娜告白，得到一個吻作為回應卻又被她逃了的那晚。

當時辛滿腦子亂成一團，然後心情跌入了谷底。

他認為蕾娜也跟他有著相同的感情，否則無法解釋那個吻的意義。

但他也無法肯定那不是自己的一廂情願，況且若真有相同的感情，那蕾娜又為什麼要逃走？但如果是這樣，那她吻了自己的理由就說不通……他就這樣不停原地兜圈子，差不多一整晚都振作不起來。

而他這種在同個問題上打轉的模樣，都被萊登、賽歐、維克、達斯汀還有馬塞爾看到了，當然奧利維亞也不例外。

具體來說，是他們所有人把辛拉去飯店附設的酒吧，讓他在那裡沉澱一下心情，等他恢復平常心。

附帶一提，把逃走後跑來哭訴的蕾娜丟著不管的阿涅塔也在那個酒吧，其他還有安琪、可蕾娜、西汀、葛蕾蒂甚至是參謀長都在，進不了酒吧的瑞圖與芙蕾德利嘉竟然也跟他們連上了知覺同步，所以換句話說大多數的熟人都知道內情。

隔天辛的腦袋總算冷靜下來，也明白蕾娜是因為事出突然、一時混亂才會逃走，所以才能再等她一陣子。

只是……

雖然收假後蕾娜有作戰指揮官的事要忙……不過就這樣把問題擺了一個月，直到今天都還擱置不理，不禁讓辛覺得有那麼點難以接受。

我是不是差不多可以開始鬧脾氣了……？

就在辛沒有自覺地已經開始鬧脾氣時，看透一切的奧利維亞露出苦笑。

「我還得去帶第二機甲群做訓練，沒辦法跟你們去下次派遣——不過還是請你在回來以前，把這件事解決一下吧。」

「我可以放肆說一句嗎，上尉？……不用你管。」

辛忍不住冷眼以對，忿忿地說。奧利維亞則從容不迫地輕笑一聲。

「是我失禮了，諾贊上尉閣下。」

演習場正在進行機甲之間的模擬戰鬥。除了動力系統發出的高音低吼與金屬腳尖緊咬地面的堅硬沉重聲響，最響亮的要屬八八毫米砲即使是空包彈卻依然激烈的砲聲。

想不被別人聽見談話內容，這裡是最好的地點。

以萊登為中心的四人刻意將好壞兩面都引人注目的辛留在帳棚，聚集起來假裝趁著休息時間聊天。安琪一手拿著瓶裝水，第一個開口說道：

「……戰爭，說不定真的能結束呢。」

「老實講，我以前從來不認為真會有這麼一天。」

「軍團」戰爭終將結束。

只要獲得情資，並藉此成功查出祕密司令部的地點就有可能。

被人突然把這項事實擺在眼前，萊登感覺像天旋地轉，又像不知該何去何從。

不敢相信自孩提時期就一直存在身邊的，如同空氣或陽光般天經地義的戰爭——竟然可能會有結束的一天。

「等結束之後，要做什麼才好呢？……不知道我們到時候會變成怎樣？」

「嗯——……真的，不知道會變成怎樣耶。我有點想像不出來。」

安琪有點興奮期待地說，至於賽歐則是困惑地歪頭。

「不過好吧，總之先恭喜辛好了。他說想帶她看海，這下真的有可能實現了。」

「『想與妳一起看海』。」

可蕾娜像朗誦一段珍貴詩句般說著，目光低垂卻淡淡地微笑了。

「嗯，祝他心想事成。」

辛在一個月前的煙火下對蕾娜這麼說過，後來辛本人隨即在酒吧說溜嘴，所以萊登知道，可蕾娜、賽歐與安琪也都知道。

「……是啊。」

雖然蕾娜在最後的最後出了包，不過好吧，現在的辛一定有辦法解決。

只是……

「就像辛不樂意的那樣……我是盡可能不想讓芙蕾德利嘉去做啦。」

不想讓她一個人背負聯邦……人類的未來，不顧一切地抓住這種從天上掉下來的、過度美好的奇蹟不放。

這樣就算戰爭結束了——好像也不能算是有奮戰到底。

但是放棄停止手段，用硬碰硬的方式去把「軍團」殺光恐怕也不對。那樣會害許多人……真正數也數不清的人命傷亡。

「就是啊，真不想讓芙蕾德利嘉一個人承擔……但目前這種想盡辦法突破重圍，勉強打擊敵軍大本營的走鋼索式戰術也的確該改變一下了，要是搞到最後死掉的話豈不是像傻瓜一樣？這我不喜歡啊。」

可蕾娜輕聲低喃：

「可是……這樣做，真的就能結束戰爭嗎？」

用一種懷疑這個天降奇蹟……也許只是甜言蜜語的聲嗓說道。

「說不定根本就找不到什麼祕密司令部，也說不定『軍團』根本就不聽命令。搞不好其實全部都是那個叫瑟琳的人的圈套，辛……那個，說不定只是被騙了。所以……我懷疑事情可能不會這麼順利……」

這番話讓萊登蹙了眉。

就如她所言，是還有些疑慮。話雖如此，辛、恩斯特或聯邦那些高官不可能沒想到這些問題，但可蕾娜現在的語氣簡直像是……

賽歐則顯得有些無奈，苦笑道：

「可蕾娜……妳的語氣聽起來，好像是不希望戰爭結束耶。」

可蕾娜沒和他對上眼，像個迷路的孩子般有些無助地回答：

「……我才沒有。」

蕾娜過了一個月才從比軍械庫基地更後方的地帶、鄰近聯邦首都的訓練中心回來，一手拎著古色古香的行李箱穿過基地的正面柵門。

在這辛等機動打擊群第一機甲群作訓練期間的一個月，蕾娜也以作戰指揮官的身分，參加了聯邦的教育課程。

雖然對蕾娜來說，回到總部基地有點像回自己的家，但畢竟是機密度極高的特務部隊基地。核對過ＩＤ之後柵門才打開，蕾娜把行李箱交給好像是來幫忙拿行李的菲多。

然後，她不禁戰戰兢兢地窺伺了一下四周。

環顧四下，柵門前的廣場目前是勤務時段，人影稀疏。確定在身穿鐵灰色軍服或作業服的人群中沒有引人注目的漆黑與血紅色彩後，她鬆了口氣。

在那之後……

在盟約同盟的舞會那晚，煙火之下，受到辛的告白後……

蕾娜到現在都還沒給他答覆。

明明都已經過了足足一個月，竟然還是給不了答覆。

回程的路上她實在羞於見辛，一直在躲他。如果只是這樣還好，但回到基地後她才接到指揮官教育研習的通知，一陣忙亂致命性地延誤了時機。聯絡上的疏失造成蕾娜回營當天才得知自己是受訓對象，課程的開始時間又是後天早上，行程緊湊使得她無暇與辛談話，訓練中心又很遠，無法說回來就回來。

結果她就把告白的答覆擱置了長達一個月，陷入了連她自己都覺得無法辯解的狀況。

踩踏草坪——不，是開闢時割除的林地雜草的沙沙腳步聲，在她附近停了下來。

「歡迎回來，蕾娜。」

「辛苦啦，女王陛下。」

「我回來了，阿涅塔，還有西汀……那個……」

蕾娜先回答還披著白袍的阿涅塔，以及穿著戰鬥服可能剛去參加過演習的西汀，然後緊張地東張西望……只有她們兩個。辛一樣還是不在。

明明剛剛才確認過他不在；明明剛剛還慶幸不用與他碰面。

但一想到他沒來迎接自己……心裡卻又不安了起來。

「辛現在……在做什麼……？」

阿涅塔馬上把頭扭到一邊。

「不知道～」

「阿涅塔……？」

「像那種大家把一切都準備妥當，某某人在那裡扭扭捏捏、裹足不前的時候也幫忙救援，好不容易才可喜可賀地得到辛的告白卻逃避不給答覆，甚至回來的一路上還繼續蘑菇、東逃西躲的某小姐，我已經懶得理了～」

「這些都是我不好，可是妳別這麼說嘛……！」

阿涅塔依然像個孩子般嘟著嘴，一籌莫展的蕾娜轉過來抬頭看西汀。

「西汀……！」

「所以我說了嘛，妳當天晚上就該立刻殺去死神弟弟的房間把他推倒啊。回到基地後也還不遲啊。再說，在基地辛是自己睡一個房間，反而更輕鬆咧。」

「怎、怎麼這樣說……！」

「那樣未免衝太快了吧？更何況飯店的話還好，這基地裡處理終端的起居室牆壁很薄，會給附近造成困擾的。」

「第八十六區的隊舍牆壁比這裡更薄好不好，現在已經沒人在理了啦。」

「喔……原來……」

阿涅塔厭煩地頹然垂肩。

然後她忽然注意到一點，開口問了。

西汀不是說「沒人理」。

沒人「在」理？

「欸，我是覺得應該不至於……」

「嗯？」

「…………當我沒問。」

要是一不小心問出真相，從今晚開始樓下的沉默可能就會讓她在意起來了。

蕾娜一臉心事重重的神情說：

「我、我真的應該去嗎……？」

「……妳要是有那個膽，幹嘛不正常給他答覆就好啊……」

「要給答覆的話最好動作快喔。因為死神弟弟為了迎接新任職員、要跟瑟琳定期面談，還有最近開始跟軍方高層嘗試控制異能，就快去聯合司令部了……是說妳要不要乾脆跟來？雖然是搭運輸機所以很吵，但只是給個答覆的話應該還行吧。」

「這，可是那個……………………我還沒做好，心理準備…………」

阿涅塔與西汀嘆了好大一口氣。

等在一旁的菲多發出「嗶」一聲電子聲，也不知道是安慰還是鼓勵。

†

過去在優生思想橫行，八六的強制收容拍板定案，無動於衷地肯定這種迫害行為的共和國當中，還是有一些人不認同這種做法。

這些白系種（Alba）人士將八六藏在家裡，留在第八十六區，在自己的能力所及範圍內盡可能保護少數八六。

他們大多都在密告與戰火中喪生，八六幾乎全數在第八十六區喪命，共和國民也在大規模攻勢中傷亡慘重，故人重逢絕非易事。

然而，其中也有一部分……

「萊登……！啊啊，幸好你平安無事……！」

「嗨，老婆婆。妳也是，看妳還沒翹辮子我就放心啦。」

在聯邦西方方面軍聯合司令部過於沉厚凝重的門廳裡，萊登被一位老婦抓著嚎啕大哭，使他面露苦笑。老婦比記憶中的身影個頭更嬌小，年紀增長了不少，令他懷念不已。

這位身為教師的老婦，在強制收容開始後，仍繼續為他跟同窗們提供藏身處。

在進行共和國的救援行動時，他曾經請聯邦軍代為尋人，但畢竟是在一國滅亡後的混亂中找人，花了足足將近一年才找到也是理所當然。或者也可能是因為聯邦軍也還沒從大規模攻勢中蒙受的甚大損害中恢復，這種優先度較低的尋人委託難免會被延後處理。

萊登忍不住想著這些無益的事情，不得不承認自己是在逃避現實。

因為他們明明是在跟故人感動重逢，可是在沒離多遠的地方……

「辛……！喔喔，你還活著真是太好了……！」

「神父大人……要斷了，肋骨還有脊梁骨都快斷了……！」

一頭壯如小山的肌肉快把法衣(Cassock)撐破的白髮老灰熊(Grizzly)正在對辛做出勉強還依稀看得出是感動擁抱的熊抱動作。

那是在搞什麼？

萊登心裡不禁這麼想，害他無法專心沉浸在感動的重逢氣氛中。

看來那人應該就是辛被抓進強制收容所時，把辛與他老哥撫養長大的白系種神父了，但跟聽到的形象未免差太多了吧。說是神父大人本來還以為是位清瘦的老人家，結果搞不好用揍的都能把斥候型揍倒。拿把鐵鍬什麼的。

好吧。

看樣子還是別去打擾人家比較好。

……不然滿可怕的。

萊登果斷地做出自保的結論，悄悄地別開了目光。

「哎呀～真是為修迦中尉和諾贊上尉高興呢～」

「兩位今後將會以隨軍祭司與自主學習輔助教員的身分在基地常駐，這樣想見面隨時都見得到了……真的，看到他們那麼高興真好。」

「……呃不，那個，汝等此話不是當真的吧……！」

班諾德感慨萬千地邊點頭邊說，葛蕾蒂則是假裝用手帕擦眼淚接著說下去，讓一旁的芙蕾德利嘉毛骨悚然地呻吟。

班諾德與葛蕾蒂都沒理她，繼續凝望感人的重逢場面——假裝是這樣。

他們可不想蹚那灘渾水。

「上尉明明是個沒受過正規訓練的八六卻具有戰術之類的知識，還能替手槍或突擊步槍做完全拆解保養，我正覺得奇怪咧。如果是那位神父先生將他拉拔長大，那就可以理解了。」

「再說，實際上那位神父大人原本好像是共和國軍的軍人喔。」

說是發現靠武力只能保護而不能拯救他人，所以立志走上神的道路什麼的。

班諾德一本正經地點頭，心裡卻在想「什麼鬼啊？」。

「啊——……原來如此，難怪。」

「……所以辛他才會……」

原來是因為這樣才能視體格差距為無物，把萊登單方面打趴在地或把戴亞打昏啊。安琪一面旁觀這個搞笑……更正，是溫馨的場面，一面這麼想。

「哎，畢竟辛帝國貴種的血統很濃厚，以前待過的強制收容所治安也不是惡劣就能形容的，神父當然會教他最低限度的護身技巧了……」

辛身為遲早會受到徵調的八六，又因為繼承帝國貴種血統而被同胞視為敵國族類，遭受悽慘的迫害。所以老神父會教他戰鬥技巧想必是出於一份親情，可是……

一旁傻眼到不行的西汀維持著傻眼的表情說：

「但也沒必要讓他練會殺人技術吧，那位神父先生……死神弟弟跟我第一次交手時，我要是運氣不好早就死翹翹了耶。」

「反正沒死所以沒關係吧。事實上辛不也有手下留情嗎？」

「是有啦。」

西汀乾脆爽快地點頭，安琪側眼看著這樣的西汀。

辛與西汀的關係非常惡劣，但辛不會跟女人認真打架。西汀也明白這一點，所以不會拿性別當武器硬逼辛認輸。

安琪覺得這方面大概就像不成文的君子協定。這就表示兩人從根本上來說，都還不算真正討厭對方。

「再說死了就不會再被攻擊了，所以能說是最有效的防禦手段吧？」

「是這種問題嗎……喔。」

「啊，辛昏倒了。」

快哭出來的芙蕾德利嘉和勉強覺得該出面的葛蕾蒂岔入兩人之間，把窒息得兩眼昏花的辛從老神父身邊拉開。

安琪漫不經心地旁觀那個場面，忽然間，西汀側眼看向了她。用她雪銀色的右眼。

「安琪應該也有爸媽什麼的吧？有沒有哪一個在共和國？」

「我父親說不定還活著，不過……」

講到一半，安琪聳了聳肩。

用一種像覺得掃興、懶得想這件事，但又有些爽快的心情。

「我沒有特別想見他……都無所謂，活著或死了都沒差。」

安琪不會祈求他還活著，但也不會咒他死。

說不願想起也有點不對。例如像這樣提到父親的事時，她心裡沒有怨恨或傷痛，只希望今後想到對方時，能漸漸將他當成一個外人。

——如果我們沒有少了某些部分，是不是就能像你一樣？

這是她在聯合王國問過達斯汀的問題。在列維奇要塞基地目睹「西琳」死去的模樣，她跟其他同袍一樣，都感覺自己的人生觀受到動搖而心生恐懼。

現在回想起來，並不是「如果沒有少了某些部分」。

不如說是——……

她淡淡地苦笑，自言自語。她心裡明白，但目前還很難做到。不過……

「……我還要穿背後挖洞的洋裝或比基尼呢。」

「……這樣啊。你已經送雷上路了。」

「是。」

跟養大自己的神父說話，會讓辛有種變回小孩子的心情。

除了神父之外，只有蕾娜認識生前的哥哥。

蕾娜不知道而辛也無意告訴她……所以只有他知道哥哥的罪孽。

「雖然沒有根據……但我覺得他最後似乎救了我一命。」

像是當他在「軍團」支配區域力盡倒地時夢見的哥哥，以及據說單機踏入聯邦軍哨戒線，與西方方面軍交戰後遭到擊毀，曾擄獲他與同伴們的重戰車型(Dinosauria)。

哥哥想必是救過他的。即使已二度喪命。他恐怕早已了然於心，知道將辛與同伴們送至聯邦戰線必須付出代價，迎接第三次的死亡——讓自己完完全全從這世上消逝。

「那真是……太好了。這樣啊……你原諒他了啊。」

真是意想不到的一句話。

而一聽他說出這句話，辛豁然開朗。

沒錯，他很想原諒哥哥。

辛一直以來希望能得到寬恕。即使知道自己毫無罪過，仍然想藉由誅殺兄長亡靈的方式得到寬恕。

現在回想起來，如同自己希望得到寬恕……他也很希望能原諒哥哥。

「——是。」

「那就好……你長大了，不只是個頭變大。」

辛回望老神父，只見他的笑容中隱約帶有一絲苦澀。

「——把你送走時，我以為你再也不會回來了。」

直到今天，老神父仍記得清清楚楚。絕不會忘記。

當失去雙親，險些死於哥哥手裡的幼小孩童決心前往戰場尋找哥哥的時候。

當時那孩子豈止笑容，連怎麼流淚都忘了。

「當時你太過執著於雷——已不幸戰死的雷。死者只會棲身於死亡黑暗之中。我認為你去追尋的話，自己也會一腳踏進那個死亡的深淵。」

「…………」

或許是這樣沒錯。

想必是這樣了。

當時辛活著的目的只有一個，就是誅殺雷。他從沒考慮過之後的事——不，是不曾有所冀望。就像只要誅殺唯一一人就會折斷碎裂，與對方同歸於盡的冰刃。

說不定，直到兩個月前那夏日銀雪的戰場都還一直是如此。

「不過現在你看起來已經不用我操心了——你長大了，真的。」

「……被神父大人你這麼說，總覺得沒什麼實際感受。」

因為神父個頭實在太高大了，感覺身高差距完全沒縮短——辛跟他講著講著，還是覺得自己好像變回了小孩子。

「對我來說，你永遠都是個孩子……所以如果有什麼煩惱或問題想商量，隨時可以找我傾訴喔。畢竟我是隨軍祭司嘛。」

看到神父促狹地揚起一邊眉毛，辛露出苦笑。

然後他無意間陷入沉思。

煩惱、想商量的問題。

例如現在正好懸而未解的——……與蕾娜之間的那些或這些問題。

「……神父大人。既然這樣，我可以向你請教一件事嗎？」

「當然。」

辛沉思片刻以整理思緒……倏地陷入了更深的思考。

「……我看還是算了。」

雖然這陣子發生的事讓他學到，把無法靠自己解決的問題悶在心裡非但沒好處，反而還會給身邊的人造成困擾，但他覺得，這件事似乎也不該靠別人幫忙。

「怎麼，是戀愛方面的煩惱嗎，青少年？」

「……你怎麼知道的？」

於是神父哈哈大笑了。

「因為你這個年紀的孩子，會去煩惱的不外乎就是這種事……你已經變得會跟你這年紀的孩子煩惱同樣的問題了啊。真的——真是太好了。」

賽歐早已聽說，找到「那個人」的家人了。

賽歐知道自己為什麼不像辛或萊登那樣公開與故人重逢，而是獨自被帶到另一個房間。也知道人家為什麼告訴他雖然找到了，但如果不想見面也不會逼他與對方會面。

然而看到在另一個房間等著他的人，賽歐當下吃了一驚。

「……聽說你認識我爸爸。」

驚訝的是這個可恨的共和國民——雪花種（Alabaster）的訪客頂多不過十一二歲，是個年紀尚小的男孩。

他就是賽歐在第八十六區最初配屬的戰隊，那位戰隊長的……

那個人為了讓戰隊部下逃走，自願殿後而捐軀了。而這個男孩就是那個說只讓八六上戰場是錯的，竟然自己選擇進入第八十六區——身為共和國民又是白系種，屬於雪花種的他的……

賽歐之前心想假如他的家人還活著，至少可以告訴對方戰隊長是奮戰到最後一刻而死，於是請聯邦軍代為尋人。

可是……

賽歐微微抿起嘴唇。

他沒想到會是他的太太……或是孩子。

會是選擇與他共度後半輩子的人，以及夫妻之間生下並託付未來的骨肉。

賽歐想都沒想到——戰隊長居然不惜與妻兒分離，也要來到第八十六區。

「你媽媽呢？」

「在大規模攻勢中……」

「……這樣啊。」

男孩垂著頭，注視著地毯上被踩扁的花朵圖案。

「她一直說，爸爸是為了公理正義而死。她說雖然很寂寞，不過這是值得驕傲的事……可是爺爺或附近鄰居的老奶奶他們，還有我朋友跟朋友家的阿姨，都不是這樣說我爸的。」

那對於還是個孩子的他來說，就如同世上所有人的意見。

「他們說我爸竟然為了八六而拋棄祖國與共和國民的驕傲，甚至連家人都不要了，到最後還丟掉了性命，說他很笨。他們都說爸爸是個笨蛋，大家都這麼說……我想問你……」

帶著拚命求助的意味，雪地陰影般的銀色眼眸抬眼看著賽歐。

與可恨的共和國白豬具有同樣的色彩。

一回想起來，至今仍如舊傷般隱隱作痛——與戰隊長的雙眸完全相同的色彩。

「我爸不是笨蛋，對吧？他做了正確的事，對吧？你們八六雖然跟我們不同顏色，但都是人類對吧？所以我爸是在救人……並不是做了什麼蠢事，對吧？」

「……這還用說嗎？」

賽歐回得直接。發出的聲音與其說是冷漠，不如說只是單純感到沒勁又傻眼。

「因為他不知道」。賽歐覺得比起自己只知道那個人的堅強與開朗、笑臉狐狸的識別標誌與死前遺言，這個小孩對父親更是一無所知，所以才會說出這種傻話。

對方是個頂多十一二歲的男孩。在十一年前開戰時，還是個剛出生沒多久的嬰兒。

不可能記得父親的長相。

也不像自己只是忘了——他與戰隊長之間，連能留下記憶的時間都沒有。

「他跟我們一起對抗『軍團』，然後戰死了。誰都不准說他是笨蛋。戰隊長就像你媽媽說的，是個秉持著正義……」

講到這裡，賽歐忽然說不下去了。

秉持著正義…………怎樣？

秉持著正義活完一輩子？——秉持著正義而死？

他拋家棄子，連兒子都不記得他的長相就來到戰場，然後死在戰場上。就連如何奮戰如何捐軀都沒能讓自己的孩子知道。

這樣……

算是——正義嗎？

他的這種什麼正義，有得到回報嗎？

親手捨棄眼下與未來的幸福，最後戰死沙場。生前就連並肩戰鬥的八六——就連賽歐都拒絕接納或諒解他，自始至終不曾受到任何人的讚揚。這樣……

難道不該說是——愚昧之舉嗎？

——不要原諒我。

所以，最後才會只留下這句話作為遺言。

「……總之我想說的是……不管那些人說什麼，你都要相信你爸爸啦。」

真虛偽。腦海中某個冷漠的部分如此低語。

聽說辛還有萊登、安琪等人去迎接的隨軍祭司與輔助教員都是共和國人，所以可蕾娜目前還不想見到他們，一個人留在總部基地，懷著無處宣洩的複雜心情。

可蕾娜也知道白系種當中也有好人。養大辛的神父或藏匿萊登的老婆婆，他們的事她早有耳聞，還有蕾娜、阿涅塔與達斯汀。

可蕾娜自己也沒有忘記，曾有位白銀種(Serena)的軍人想救她的雙親。只是可蕾娜當時年紀太小記不得那人的名字，所以無法請人代為尋找。

之後會過來的隨軍祭司與輔助教員一定也都不是壞人。

即使如此，她還是不想立刻就去見他們。因為她會怕。

對——她很害怕。

可蕾娜一直……直到今天一直在害怕這件事。

害怕去信任唯一值得信賴的同伴們……辛或戰友以外的人。

她將臉埋入抱住的雙膝之間。

因為一旦相信他們，總有一天一定又會遭到同樣的對待。就像笑著射殺雙親的那些軍人、一去不返的姊姊，以及一開始真的就只有她一個人，孤立無援的第八十六區絕命戰場。

那些事情……一定會再次發生。

什麼白系種，什麼人類——什麼世界，都好殘忍。

一定會背叛她。絕對不能相信他們。

她無法相信他們。

所以什麼未來也是，其實根本就不存在。

夢想也是。就跟希望今晚能作個好夢差不多。

能作個好夢的話，當然很好。

但就算夢不到——那也沒辦法。不過如此而已。因為……

「什麼戰爭……」

一定也——永遠不會結束——……

由於機動打擊群總部基地的地點必須保密，再考慮到辛隨時會聽見「軍團」叫喚所承受的負擔，瑟琳被收容在聯合司令部近郊的地下研究所。

辛在聯合司令部辦完事，入夜後前去探望瑟琳，結果面對的是笑得前俯後仰的「軍團」——

這種想都不曾想像到的東西。

「……妳再笑我就要生氣了，瑟琳。」

『不是，那個，雖然我也覺得不該取笑你……！啊哈哈哈哈……！』

為了限制並妨礙對話以外的功能，瑟琳目前被密封在屏蔽貨櫃裡。

透過這個貨櫃內外的端子進行有線連接的低感應度攝影機、麥克風與揚聲器成了與她進行對話的窗口……但收納這些器材的紙箱被人用麥克筆畫了張臉放在另一個箱子上，弄成了個奇怪的人形是怎麼回事？

「我可以走人了嗎？」

『啊，對不起，你先別走。是我不好，我們再聊一下……噗哧！』

瑟琳忍俊不禁，又開始了一場電子音效的大爆笑，笑到不能自已。

辛將確實沒辦法溝通的瑟琳晾在一旁，瞪著萬惡元凶。再怎麼說瑟琳也不可能會知道他跟蕾娜之間的紛紛擾擾，反正大嘴巴一定是……

「維克，等一下你就知道了。」

「辦得到的話就來啊。」

維克一副完全尋他開心的表情嗤之以鼻。

瑟琳一面憋笑，一面說：

『回到正題……』

「……不用了，沒差。」

『不要鬧彆扭嘛，正事還是要談的啊……更何況，你本來就是為此而來。』

這時宛如機械開關喀嘰一聲地切換過來，瑟琳的聲調變得寒氣逼人。

『——關於大規模攻勢……』

八六在聯邦一邊從軍，一邊學習本來在任官前就該修完的高等教育，被視為聯邦特有的少年軍官——特軍軍官。

而自幼就被丟進強制收容所，沒機會接受多少學校教育的他們，必須修習的教育課程比一般特軍軍官更多。因此除了兼做休假的通學期間外，也盡可能安排了其他課堂或自主學習的時間。訓練期間自不待言，就連正在執行派遣任務的期間也不例外。

在總部軍械庫基地設置了自習室也是這項措施的一環。

蕾娜路過時看到自習室裡坐了不少人，駐足看了一下。

就在不久前，自習室裡還只有大隊長與副長等人，冷清得很。

大隊長藉由設置比規定更多的助理，以勉強彌補靠尉官階級有權限不足之虞的大隊長職務；副長則是必須盡快修完特軍軍官課程以進入下一階段的教育。他們被要求的課業自然比其他任何人都要多，不趁勤務的空檔做自主學習就會趕不上進度。

本來應該只有他們必須這麼做，但蕾娜探頭一看，自習室裡除了他們之外還有好多學生坐在書桌前，或是在聽輔助教員的補充講課。現在晚餐時間就快結束，應該還有人在用餐，再加上有些人應該是坐在自己房裡的書桌前用功，看來有很多人都勤於進行自主學習。

「——妳找辛的話，他除了迎接神父外還有很多雜事要辦，今天不會從聯合司令部回來喔。」

沉重的喀喀軍靴聲逐漸靠近，轉頭一看原來是萊登。

「這樣啊……啊，不是，我不是在找辛，那個，只是覺得人很多。」

「喔……」

蕾娜被說中一半心思而急忙搖頭，但萊登顯得不太在意，點了頭。

「自從休假結束後就是這樣嘍……明明不久之前，大多數的人都還不愛來這個教室呢。」

萊登看看座位坐滿一半的自習室說道。平常拉鬆的領帶不知為何今天卻整齊繫緊到領口，腋下還夾著課本與兼做筆記的資訊裝置。

「——說是好像被人暗暗逼迫著，不准他們再當八六了。」

「…………」

自習室裡總會有一些輔助教員，書架塞滿了教材，再加上準備作為將來出路參考的聯邦高等教育機構或職業訓練所的資料，還有專為孩童或學生設計的職業圖鑑。換個角度想，就好像在強迫他們面對戰場以外的世界。

無論是輔助教員們還是設置這個教室的聯邦軍，一定都沒有強迫他們放棄八六身分的意思。只是希望他們能放眼看看戰爭後的未來……可是對於初來乍到的八六們而言，這份心願仍嫌操之過急。

如今，試著放眼未來的人開始一點一點地增加。

這讓蕾娜鬆了口氣。

「萊登也是來念書的？」

「算是吧，想說差不多該考慮一下戰爭結束之後的事了……是說，妳聽說了嗎？新任輔助教員的事。」

「聽說了……」

講到一半，蕾娜輕笑一聲。原來如此，難怪他會把衣領弄得整整齊齊的。

「好像是萊登以前的老師。」

「我幾份作業沒交被她抓到，說接下來要訓我一頓外加補習。真是，還是一樣很囉唆……」

萊登彎著嘴角嘆氣，爾後隨即發現他們聊起的新任補助教員老婦不知從何時起目不轉睛地盯著他瞧，於是像個惡作劇穿幫的小孩似的別開了目光。

「……蕾娜偶爾要不要也來做個補習？賽歐還有可蕾娜都不太常來，安琪選的是其他科目，辛今天又沒來，那個……我實在不想單獨跟那老太婆大眼瞪小眼……」

看到他個頭比那位老婦高大卻像個小朋友似的講悄悄話，蕾娜忍不住笑了出來。

蕾娜保持微笑，向如小孩子般垂著眉毛的他問道：

「萊登……你有沒有什麼想做的事呢？等戰爭結束後，現在有沒有想到什麼？」

早在兩年前的共和國第八十六區戰場，她已經問過辛這個問題。當時除了隔著知覺同步的聲音，兩人對彼此一無所知——她不知道根本沒有什麼未來。

不知現在又是如何？如果他們存活下來，不再注定一死……而變得開始會為戰爭結束之後做打算的話……

萊登沉默了片刻。

不是被問得不高興，也不是不想回答……而像是在緬懷某種事物。

「……蕾娜妳之前……兩年前妳問辛這個問題時……」

——不知道。我從來沒想過。

「當時那傢伙是真的沒有任何心願。不只是因為很快就要死了，一方面也是因為那傢伙太過執著於死去的老哥，一心就只想著要安葬他哥。」

「…………」

「所以辛現在——上次說希望能帶妳看海就跟奇蹟沒兩樣，那傢伙應該也是下了很大的決心才會說出口。我希望蕾娜妳能再稍微多體察一下他的心情啦。」

蕾娜差點沒昏過去。

該怎麼說呢？真想找個地方躲起來。是不是該挖個洞把自己埋了？

「你怎麼會知道的……」

結果引來一頓可憐她的目光。

「想也知道吧，蕾娜……很遺憾，幾乎所有人都知道了。」

「——如同妳提供的情報，聯邦軍已經確認到該種兵器了。他們說應該是第二次大規模攻勢的徵兆。」

一旦公開「軍團」的停止手段，不只聯邦，最糟的情況下可能導致全人類爆發內亂。所以辛和維克決定祕而不宣，取而代之地要求瑟琳提供能公布的情報，於是得到「軍團」目前計畫中的第二次大規模攻勢的情報。

『可想而知。因為「那個」是用來代替「軍團」禁止使用的航空武器，由各總指揮官機設計開發的兵器嘛。既然禁規（防護裝置）無法解除，它們自然會再將那個投入戰場代替轟炸機。可以預料到一定有在重新製造的。』

「嗯？」辛眨眨眼睛。瑟琳是總指揮官機，他本來以為當然是「這樣」。

「『預料』？……原來不是確定情報？」

『我在研究開發方面的管轄範圍是控制系統，基於保密問題，管轄範圍以外的事是不會具體告知我的。就是……以在共和國擄獲的人腦樣本為基礎的研究。』

「『牧羊犬(Sheepdog)』——是吧？」

現在說這個也許有點晚，但身為「軍團」的瑟琳難以啟齒地補充，身為人類的維克卻若無其事地點頭，看起來實在很怪。

『還有篙基洞型——說錯了，是高機動型(Phoenix)才對……你們還真是給它取了個有趣的名字呢。』

這次換維克皺眉了。

「等等。那架新型也在妳的管轄範圍內——屬於控制系統研究的系列嗎？」

『是啊。所以我才能把要給你們的訊息藏在它身上。』

「…………？」

維克疑惑地陷入沉思。

看他沒有要繼續提問的樣子，辛便回到原本的話題。

「兵員數量這次沒有增加嗎？關於這點，目前沒有任何地點提出報告。」

關於第二次大規模攻勢，一方面也為了確認瑟琳提供的情報真偽，各國都在加強收集國內對峙的「軍團」集團的情報。

聯邦也多次收到要求辛協助搜敵的請求——但辛始終沒感覺出兵員數量的明顯增加。他也想過可能是距離問題，但如果在任何戰場都捕捉不到增兵的徵兆，就得另作考慮了。

『是啊——「軍團」在前次大規模攻勢中，沒能用增兵的方式達成作戰目標。所以在第二次大規模攻勢時變更了戰略，藉由改良各兵種與提升性能的方式增強戰力。』

例如阻電擾亂型(Eintagsfliege)的光學迷彩與天氣操控能力；例如以「黑羊」的高階機種「牧羊犬」代替這些小卒。

『只是不同於歷史上缺乏資源的國家，並不是因為無法重量才會重質，很遺憾。況且第一次大規模攻勢也不是所有戰線都失敗……話說回來……』

瑟琳淡然地說了：

『你果然——只能看穿「軍團」的數量與位置，並不是能看見遠方「軍團」的模樣呢。』

辛心頭一驚，抬起了頭。

瑟琳雖然表現出合作態度，但畢竟是「軍團」，不能給她多餘的情報。溝通用的介面「只有」攝影機、麥克風與揚聲器，既不能挪動身體也無通訊功能。辛從未把自己的所屬部隊與軍階告訴她。維克雖然跟她聊過蕾娜的事，但想必連她的名字都沒說過。

當然，他們也不曾把辛的異能詳細告訴過她。

『你的事情——特異敵性體「火眼」的事情，「軍團」早已有所認識……我們已經推測出火眼具有方法不明的廣域高精確度探敵能力，但無法掌握兵種，並有著無法感知休眠機等限制。事實上在列維奇要塞的戰事中，你的確沒能看穿我設下的陷阱。』

在第一次龍牙大山攻略作戰中，辛沒發現「軍團」前線部隊換成了以重戰車型(Dinosauria)為主體的重機甲部隊，造成前進的伴攻部隊遭到殲滅。正如她的說法，等於是針對辛可以聽出兵員數量與位置的異能，但關於兵種只能推測的這個漏洞下手。

「沒能看穿陷阱是我失策，實在慚愧……但難道說『軍團』就因為戒備諾贊一個人，而決定變更戰略嗎？」

『雖然不只這個原因，但也沒什麼好奇怪的吧。耗時數年籌備的大規模攻勢被敵軍料中並做好了迎擊準備，而且還真的撐了下來——「軍團」總指揮官機對你的評價比你自己想像的更高。它們甚至想盡可能地擄獲你，辦不到的話就火速除掉你。』

所以……

『你的部隊的下一次作戰，我不會問你們要去哪裡——但是無論要去什麼地方，都請你多加小心。』

†

「——好了，先讓我說聲好久不見吧，諾贊。米利傑上校也是。」

在軍械庫基地的簡報室，為了因應辛隸屬的第一機甲群的派遣行動，大隊長與副長、作戰指揮官蕾娜與她的幕僚，以及同行的維克與他的幕僚齊聚一堂。

其中唯一一名隸屬第二機甲群的少年在橢圓形桌子的一角笑著。

梅霖・席恩中尉。他是在第一機甲群放假時，負責作戰的兩個機甲群當中第二機甲群的總戰隊長。

而在半年前的大規模攻勢中，他是共和國南部戰線第一戰區第一戰隊「剃刀」的戰隊長。鐵幕遭突破後這位少年並未成為蕾娜的部下，而是在獨立建造防衛據點的八六們之中成了隊長。

「從聯合王國以來就沒見過面了，所以差不多有一個多月了吧……第二目前不是還在通學期間嗎？」

看到辛一臉不解，穿著立領學生服的少年聳了聳肩。他的個頭比萊登更高，有著濃金色的頭髮與雙眸。

「今天特別破例，說是要讓我來解釋狀況。因為第三的迦南他們正在作戰，所以目前基地裡的人員呢，只有我們在你們準備派遣的地點──雷古戚德征海船團國群戰鬥過。」

雷古戚德征海船團國群。

也就是位於聯合王國東方與聯邦北方，以夾在與兩國國境上的山岳、丘陵地帶與北方海岸線之間狹窄地域為領土的小型城邦。

該國在「軍團」戰爭中從丘陵地帶的東邊裂縫遭受侵攻，運用將其中一個成員國全境改造成防衛陣地的壯烈手段撐過這十年歲月，但小城邦的國力終究有限。他們在去年的大規模攻勢下終於到達極限，一取得斷絕了整整十年的聯繫就立刻在大約四個月前向聯邦求援。

接到求救訊息，梅霖等人受到派遣，針對「軍團」三處據點實行了破壞作戰。派遣後他們壓制了從一開始即已抓出位置的兩處生產據點；到了派遣的最後時期查明了第三處──司令據點的所在位置，本來正要前去壓制──……

從結論來說，他們找不到辦法攻破據點，決定暫時撤退。

「你們第一群這次要壓制的就是這剩下的第三處據點……我想你們已經聽說過我們撤退的狀況了，但還是看過實際影像比較快。」

全像式螢幕展開，映出粗糙的光學影像。

色澤深淺各異的多種藍色填滿整個畫面，原來是一片有如大風颳過湖面般波濤起伏、無邊無際的水。在呈現尖牙般銳角形的波濤另一頭，一棟聳立的金屬製建造物一看就知道是要塞……下個壓制目標位於水上，將是連擁有七年戰場經歷的辛都還不曾體驗過的——海上戰鬥。

其中的困難度在這瞬間卻好似事不關己。

海上要塞的最高樓層，放大的圖片……

那東西在呈現鐵青色的「軍團」當中，擁有罕見的黑色裝甲。光學感應器如鬼火般幽藍。它背對著顏色些許有別於聯邦的蔚藍蒼穹，張開以銀絲編成的兩對散熱索翅膀。

還有那令人永難忘懷的，宛如一對逆天長槍的砲身。

辛瞇起單隻血紅眼眸，忿忿地說了。雖然早已聽瑟琳與恩斯特說過，但他可不想再度跟這種對手交手。永遠都不想。

「——磁軌砲（Railgun）。」

口徑八百毫米。初速每秒八千公尺。有效射程長達——四百公里。

那是藉由列車砲的形態讓戰鬥重量少說超過一千噸的龐然巨軀高速移動，僅只一輛就威脅了聯邦與聯合王國、盟約同盟與共和國各地前線的防衛，是最大最強的「軍團」。

電磁加速砲型。

一陣悄然的沉默支配了簡報室。

即使在場只有辛一個人直接與電磁加速砲型對峙過，然而，當時待在共和國戰場的八六及負責指揮聯合王國軍的維克都知道它的威脅性。

這個「軍團」投入於大規模攻勢的祕密武器，不過兩天就單方面燒盡了聯邦四個聯隊兩萬多人駐紮的基地，並在一夜之間攻陷了鐵幕。

僅僅為了擊毀這一架敵機，聯邦、聯合王國與盟約同盟被迫聯手突破重圍。三國在大規模攻勢中早已蒙受甚大損害，此次行動的嚴重失血變成了最後一根稻草，導致聯邦與聯合王國停止前進，不得不改成運用機動打擊群攻打單一重要據點的方針。而這單單一架就能迫使三國改變戰略的機體竟然……

「船團國群已經把這個據點命名為摩天貝樓了。位置在變成『軍團』支配區域的舊革流船團國海岸以外，直線距離三百公里的海上。發現電磁加速砲型的調查船隨後遭到砲火擊沉，也就是說對方也知道位置被我們發現了……之後，敵機連續多日以砲擊轟炸船團國群的領海及射程內的防禦陣地。」

船團國群位於水源自南方丘陵地帶流入國內的低海拔位置，其國土的大半疆域都是溼地，屬於不適合運用重量級機甲的地形。

取而代之地他們鋪設了重重防禦陣地帶保護國土，並在臨接「軍團」支配區域的海域無數小島建構了砲陣地群與軍艦。

船團國群基於其建國起源，擁有不合國力的強大海軍。在設置於砲陣地，具備一百公里以上長射程的多管火箭砲掩護下，軍艦航行至海岸附近。先用堅固的防禦陣地拖住「軍團」大軍，再以艦砲射擊和艦載多管火箭砲從側面加以掃蕩，就是這十年來船團國群的戰鬥方式……不過也是因為國土南北狹窄，大半土地又是溼地使「軍團」難以進攻，這種以暴制暴的戰術才能奏效。

而這勉強維持了十年的國防關鍵，如今……

「海上砲陣地在這一個月內全毀。通往『軍團』支配區域的航線也遭到砲擊造成軍艦的嚴重損害。最糟的是陸上防禦陣地的第一線將近一半都在磁軌砲的射程內——我們撤退後沒多久，船團國群就放棄了防禦陣地的第一線。聽說是被迫退到第二線的備用陣地了。這對於國土狹窄的船團國群來說，等於是退到了最終防衛線。」

維克淡定地開口說道：

「然後等到船團國群淪陷，大規模攻勢就會再次來臨是吧……一旦無法運用機甲的泥濘戰場變成電磁加速砲型的砲陣地，無論是聯合王國還是聯邦都將束手無策。」

船團國群是地處聯合王國東方與聯邦北方的鄰國。憑著擁有四百公里射程的電磁砲，要跨越過去的國境砲擊兩國東部與北部的前線與基地，甚至是部分都市都不成問題。

「唔……」瑞圖皺起了臉。

「……聯邦要我們再次出動，該不會其實是擔心自己的安全吧……？」

梅霖嘆一口氣，如此說道。瑞圖在大規模攻勢時不願聽從共和國人的命令而選擇待在梅霖指揮的據點，所以跟他是舊識。

「瑞圖，你這種想到什麼就說什麼的個性還是改改吧。比方說，你應該也不希望我這時候跟大家爆料『瑞圖其實是個愛哭鬼』吧？」

「你……不要這樣啦，梅霖大哥！」

「還有你偶爾會叫我諾贊隊長，就像有些人把別人叫錯成媽媽那樣。」

「就跟你說別說了嘛！」

「……席恩。別管瑞圖了，繼續。」

辛淡定地吐槽，梅霖聳了聳肩說：

「我想我在派遣到聯合王國時已經說過了，諾贊，叫我梅霖就好。我不喜歡我的姓氏，會害我想起一些事情。」

薄唇透露些許苦澀地淡然一笑。

「我曾經有個姊姊，只是戰死了。就跟大家一樣，我沒能幫她蓋墳墓或做任何事，所以至少想留下姊姊的說話方式。」

「我打個岔，從曾經有個姊姊的部分開始全部都是騙人的。」

「瑞圖你幹嘛這樣啦！就讓我再逗大家一下又不會怎樣！」

前提整個被推翻導致蕾娜正要變得嚴肅的表情僵在不上不下的狀態，謊話遭人無情戳破的梅霖一副氣鼓鼓的樣子。

「討厭…………在第八十六區大家總是一言不合就像野狗一樣打起來，這諾贊你也是知道的嘛。一下子吵誰能當戰隊長，一下子看某某人不爽，什麼事情都用拳頭解決。」

「我就是討厭那樣。」梅霖苦澀地唾罵道。他的個頭比萊登還高，身軀勁拔如鞭。外表看起來比在場所有人都更利於行使暴力，本人卻像排斥著這種狂暴。

「我們是人不是狗，應該要記得打人是不對的。雖然我是這樣想，但像我這種大塊頭就是容易跟人發生糾紛……所以用這種說話語氣呢，最能避免跟人家打架。結果過了五年，就完全養成習慣嘍。」

他輕輕地揮揮手，繼續接著說：

「總而言之……真不好意思，變成讓你們來替我們收拾爛攤子。但畢竟對手是射程四百公里的超長距離砲，我們或船團都實在不敢有勇無謀地一頭栽進去。」

「這一個月來，船團國群之所以被逼退到最終防衛線卻沒催促聯邦再次派遣機動打擊群，就是為了這個原因。說是他們也需要做準備——而且必須靜待良機。」

一名還是少女的聯合王國紫黑軍服軍官接在他的後面說了。這位少女副長在船團國群代替維克的職務，與第二、第三群一同率領「阿爾科諾斯特」受派到當地。

「換言之就是為突破電磁加速砲型的四百公里砲擊區域做準備。首先請各位看這裡。」

少女以抬頭挺胸的優美姿勢揮了一隻手，叫出操作用的全像視窗。她正要開啟資料圖片時，梅霖沒特別多想就說：

「麻煩妳嘍，柴夏少校。」

「……！我已經說過了，我不叫小兔兔（柴夏）……！」

柴夏霎時變得像發條玩具般轉頭看向梅霖。不知為何還一副快哭出來的樣子。

順帶一提，這位柴夏少校身高只比芙蕾德利嘉高一點，體格纖細，綁著兩條茶褐色髮辮，圓眼鏡底下有著一雙紫眸。儘管這個女生一身色彩屬於純血紫瑛種（Amethyst），卻給人相當懦弱的印象，不符合聯合王國「貴族即軍人」的價值觀。

「可是，聯合王國的人都是這樣叫妳的耶。」

「是這樣沒錯，但那都是因為維克特殿下他……！」

「誰教妳的名字跟姓氏都那麼長，尤其對外國人來說太難發音了，沒辦法。」

「覺得難叫的話可以叫我羅恰啊，我明明向殿下您請求過很多次了……！各位也是！」

她苦苦哀求般地環顧簡報室，然而所有人……就連辛與蕾娜都歉疚地別開了目光。

因為維克說得沒錯，她的本名不但很長，而且對共和國出生的蕾娜、八六或是聯邦出身的幕僚們來說都相當難以發音。與其每次叫她都舌頭打結，他們覺得還不如用好叫的綽號稱呼比較不失禮。

「好了，繼續。」被維克再次要求，她變得垂頭喪氣。

「……遵命。恕臣僭越，這就為各位做說明。」

她將目標畫面顯示在全像式螢幕上。是船團國群的沿岸地區和往北擴展的海圖。

……在那中央亮起紅燈的摩天貝樓據點圖示，它的周圍……

「摩天貝樓據點如同方才梅霖中尉說明的，是建造於『軍團』支配區域三百公里外海面上的要塞。至於建造時期依然不明。由於船團國群在開戰後仍維持著領海全域的制海權，據推測可能是在船團國群以外的沿岸國家淪陷後，從該國海港進入領海建造而成。」

目前聯邦已確認過安危的其他國家，只限從大陸中北部到西部、南部的極窄範圍。特別是東方諸國之間有如今受到「軍團」占領的廣大礫漠橫亙，阻電擾亂型的擋牆比其他任何地區更厚，導致無線電傳達不了。

「據點位於開戰之前船團國群計劃開採的海底礦脈，其開挖預定地的正上方。除此之外，敵方同樣也占用了原本計劃作為熱能資源的海底火山，很可能是建造了兵工廠。然後——」

隔著圓眼鏡，原本就有些低垂的柳眉垂得更低了。

「一如我現在解釋，以及各位所看到的——這座據點的周圍不分人工、天然，沒有任何高於海面的地形。」

地圖上，在摩天貝樓據點的圖示周圍，方圓幾十公里內連一座小島都沒有。敵方利用的資源是海底礦脈與海底火山，換言之周圍沒有可利用的陸上資源。

明明要在射程四百公里的超長距離砲砲擊下前進——卻沒有任何掩蔽。

「因此，船團國群在等待暴風雨。他們這一個月來為了隨時可能潰散的防禦陣地恐懼不安，卻仍未實行攻略作戰就是這個原因。船團國群每到這個時期，在夏末之際會有來自北方的大型暴風雨。他們打算藏身於暴風雨中，以突破電磁加速砲型的砲擊區域。」

為的是在毫無遮蔽物的海上，以狂風大浪與阻擋視野的風雨作為掩蔽。

蕾娜微微偏頭提問。藏身於暴風雨中，說得簡單……

「可是——……要能夠穿越暴風雨的話……」

「靠一般船隻想必很難辦到。特別是這個海域離沿岸很遠，浪頭也高。聽說就算暴風雨沒來，小型船隻也無法航行。又說就算是戰鬥機，在暴風雨中飛行也不見得能回得來。所以他們在等待的機會就是暴風雨，所說的準備指的則是這方面。換言之——如果用一般船舶無法穿越暴風雨，派出超乎常規的軍艦就行了。」

影像切換到另一個畫面，那個東西顯示在螢幕上。

以「艦船」一詞給人的印象而論，平面甲板的輪廓顯得有些異質。平直的飛行甲板與偏向左舷而非船體中央、稱作艦島的獨特艦橋形成對比。船艦特地讓艦橋偏向一側，好在艦艏與艦尾兩端各保有兩條夠長的跑道與彈射器(Catapult)。

甚至連兩座四門的四〇「公分」多管砲都為了不妨礙到艦載機出擊而設置在比飛行甲板低一

些的位置，與高掛在艦橋最高處的傳統女性雕像一同反射出黯淡的陽光。

「征海艦（Supercarrier）——本作戰當中將由船團國群引以為傲的獵殺原生海獸軍艦，將機動打擊群送至目的地。」

第二章　莫比敵，或某白鯨

沉重昏暗的天空下，是一片陰沉黯淡的起浪水面。海濱黑岩處處，聽見的是陰鬱的波濤聲，以及令人傷感的海鳥悲鳴。至於遠方，則可看見宛如連綿小島般擱淺的腐朽軍艦。

「……妳要的海來了。」

「不是這樣的！這不是余要的！」

聽到辛從初次看見的海邊景觀將眼睛拉回來這麼說，芙蕾德利嘉不滿地跺腳大叫。

——余想看海。

芙蕾德利嘉這麼說的時候，心中浮現的是陽光燦爛的天空下，清澈透明的湛藍大海。或是聽說由珊瑚遺骸碎裂形成的白沙灘，或者是反射陽光四濺的水花、鮮翠碧綠的椰子樹、色彩鮮豔的各種花卉，或是海鷗熱鬧的鳴叫聲等等。

附帶一提，海水呈現黑色並不是因為天色陰暗，而是海底的岩石與沙子呈現的黑色，換言之就算天氣再好，這片海還是黑的。永遠都是黑的。而且由於全年水溫都很低，連游泳都不行。

「而且不知何故，有種莫名的腥味！這是什麼味道啊……！」

「應該是海風的味道之類的吧？雖然我不清楚。」

他只是在某本書上看過，沒實際體驗過。所以就算聞到了也不能確定。

「……嗚嗚。難得來到海邊，余卻不知該如何是好了……！」

芙蕾德利嘉瞪著「啪嘩——」一聲湧向岩壁撞個粉碎的海浪，淚水都在眼眶裡打轉了，似乎是期待的心情徹底破滅，不知該往何處發洩。

「余倒要問汝都不介意嗎！汝對芙拉蒂蕾娜說想帶她看海，想一起看海的地方，指的不會是此種海吧！」

「的確，這跟我想帶她看的海不太一樣……」

說著說著，辛看向待在稍遠處的另一個人。雖然他還沒能跟她說上話……

「但即使是這樣的海，蕾娜似乎照樣看得很高興。」

在視線前方……

蕾娜沒說話，唯獨白皙的臉龐容光煥發，注視著打上岸邊的海浪。

看著她那張側臉，辛也不禁跟著笑了一下。芙蕾德利嘉厭煩地說：

「汝等……實在是喔……」

遠方，如白銀細笛般的「歌」聲越過浪潮聲微微傳來。

「——剛才的『歌』是那些傢伙當中最大種的鳴叫聲，與『她』同屬五十公尺級。那在船團國群並不稀奇，但你們竟然來這裡的第一天就能聽到，運氣真好啊。」

據說這間海洋大學的附屬博物館在開戰之後，即刻由國家接收成了軍事基地。一位開朗的軍官站在館內寬敞的入口大廳如此說道。他將深紅內襯的海軍碧藍軍服披在身上。從額頭、左眼眼角到顴骨下方刺有火鳥展翅般的精緻刺青。

成熟沙啞的嗓音在海風中朗朗響起。他有著經過日曬的肌膚與曬得褪色的金茶頭髮。可能只有翠綠種的青翠淡彩眼睛是與生俱來的色彩。

然而到場集合的機動打擊群所有成員，都被頭頂上方，從有如船底翻轉的天花板垂吊下來，堂而皇之地——多少有點嫌窄地游弋空中的「那東西」奪去了目光。就連辛也不例外。

看著那巨大的——比陸上從古至今存在過的任何動物都還要巨大的白骨看得出神。

「她正是我們征海艦隊引以為傲的最大戰果——我是很想這麼說，但很遺憾，她是自然死亡後漂流上岸的。聽說當時捕到的魚可多了，每一尾無不是油脂肥美，讓漁夫大賺了一筆。只不過有聽說試著把她埋起來做成骨骼標本的那些學者費了好大一番工夫就是了。」

成串的脊梁骨宛如千年老樹般粗壯，光它本身就像一條巨龍。胸腔大到好像能在裡面蓋間小房子。它有著長長的頸骨與尖銳的頭部，最驚人的是即使化做白骨仍能憑藉自身存在震撼人心的——超乎常理的魁偉威儀。

辛想到自己以前，曾看過同一種生物的骨骸。

在被送進強制收容所之前，他在某個博物館或類似的地方看過。當時他以為那巨獸的標本是童話故事中的巨龍骨骸——……

「在戰爭爆發的幾年前，博物館曾將她外借給聖瑪格諾利亞共和國的皇家博物館，所以也許有人已經看過了？有印象的小朋友請舉手，不要害臊。一、二、三！」

原來正是他以前看過的那具骨骼標本。

雖然正是如此，但辛沒理會他，其他人也都沒舉手。

他說的那間博物館位於共和國首都貝爾特艾德埃卡利特，居民有半數以上是白銀種；而現在在場的全是八六，所以幾乎沒人去看過。

只有軍官一個人愣了一愣。

「咦，奇怪了……明明聽說很受前來參觀的小傢伙歡迎的說。好吧，算了。她的名字叫妮可，你們可以親密地叫她妮可妹妹——就算是原生海獸，像這樣死了變成骷髏後也就不可怕了吧？」

他說這種生物的名稱是原生海獸（鯨魚）。

此種敵性海棲生物從星曆前起就支配著海洋——特別是環繞大陸與其沿岸海域，浩瀚無垠、深不見底的碧藍外海全域。正確來說應該稱為敵性海棲生物「群」。這些海洋支配者至今仍不肯將大海的霸權拱手讓給踏遍並占領大陸全境的人類。

即使面對現代的鋼鐵軍艦與搭載兵器群，這點依然不變。人類與他們生產的所有軍武、所有平台對原生海獸而言全是排除對象。人類直至今日，仍然無法運用沿岸以外的海域資源。就連貿易或運輸的航線、漁船的航行作業，甚至是軍艦的部署，都受限於原生海獸不會造訪的沿岸窄小範圍。

海洋不是人類的世界。人類無法離開大陸。

只有一個國家不願意認命——直到現在都不願意。

「然後呢，我就是這次跟你們聯手作戰的雷古戚德征海船團國群聯合海軍，征海艦隊『遺海孤軍』旗艦『海洋之星』的艦長以實瑪利．亞哈。看你們想叫我以實瑪利艦長、以實瑪利上校還是以實瑪利大哥都行。啊，不過不可以叫我亞哈艦長喔。因為那說的是我過世的老爸……我們的前任艦隊老司令。」

也就是機動打擊群的派遣地點——這個雷古戚德征海船團國群。

他們是以高喊驅逐原生海獸與征服大海的戰船集團——征海船團為遠祖的小型城邦。成員國是以過去曾存在於大陸沿岸全境的征海氏族——最後的十一氏族為母體的十一個船團國，擁有大陸唯一能往遠洋鋪展軍力的艦隊和專門用來與原生海獸交鋒的軍艦「征海艦」，是世界第一的海軍國。

話說回來，辛他們機動打擊群的隊員們被召集到這座大廳，應該是為了聽他說明本次作戰的概要才對。

在以實瑪利背後待命，比他年長幾歲的女性開口了。她也穿著海軍軍服，只是穿得整齊拘謹，有著黑檀般的肌膚和赤色的鱗片刺青。

「『兄長』。聊天差不多就到這裡，可以進入作戰概要的說明了，否則機動打擊群的各位都快受不了了。」

「喔，抱歉抱歉。我想說先介紹一下我們家可愛的妮可妹妹，不小心就說太多了……啊，這個酷酷的美女是副長以斯帖上校，她是我『妹』。請大家叫她以斯帖妹妹……哎喲。」

被以斯帖上校無言地一瞪，他縮起了脖子。

一位碧霄種與極東黑種（Orienta）的混血，帶有牡丹花刺青的青年軍官喀啦喀啦地推著白板過來，在他背後擺好後便沉默地離去了。

「好了，那麼說到作戰概要——我們征海艦隊會把你們帶到摩天貝樓據點，麻煩你們壓制要塞然後幹掉電磁加速砲型。完畢。」

「…………」

要形容為緊張感十足，略嫌虛脫又掃興的沉默瀰漫在八六之間。感覺就像在說「這人沒問題嗎？」。

蕾娜不得不做補充：

「摩天貝樓據點位於國群與原生海獸疆域——碧海的界線上，無論是聯邦還是聯合王國，目前都沒有能航向該海域的船……因此機動打擊群這次的運輸與海上護衛任務將交由征海艦與他們的艦隊負責。」

征海艦隊是以征海艦為中心，運用排水量一萬噸的護衛用遠制艦與六千噸的破獸艦、專精反海獸探敵能力的斥候艦與補給艦組成艦隊，藉著這支軍力勇闖原生海獸支配的碧海。在「軍團」戰爭爆發前，船團國群成員國都有自己的艦隊，因此在北海曾有過共計十一個征海艦隊。

只是聽說「軍團」戰爭爆發以來的這十年間，征海艦隊所屬艦也在國土防衛需求下動員——大多都被擊沉，只剩下少許殘存的艦艇……

難怪會稱為「聯合」艦隊。辛想起以實瑪利一開始的自我介紹，如此心想。他們並不是要從保有的十一個征海艦隊中派出一隊。所謂的聯合艦隊「遺海孤軍」其實是將倖存的船艦湊起來，勉強組成一個征海艦隊。

以斯帖上校用磁鐵把作戰圖和資料貼在白板上，接下去說道。藍色的作戰圖下方是船團國群的海岸線，中央附近標出了代表目標的紅點，其他大半範圍都是海洋的藍色。

「機動打擊群的運輸、來回的護衛以及去程航行中的佯攻行動由船團國群海軍負責。據推測，電磁加速砲型目前具有四百公里的射程，相較之下，征海艦隊的侵攻速度最大為三十節。」

「換算成陸地人的單位就是……時速五十六公里嘍。」

「咦，好慢！」

「是哪個傢伙給我說慢的，小心我揍你喔。你以為征海艦有幾萬噸啊？跟你們差不多就十噸大蚊子似的機甲可不一樣好嗎，你這小子！」

「兄長，我明白您的心情，但再這樣講下去會沒完沒了，請收斂一點。」

「歐利亞少尉，這樣太失禮了喔。」

「抱歉。」

「對不起。」

在以斯帖與蕾娜的好言相勸下，以實瑪利和瑞圖都安靜了下來，以斯帖稍微想了一下話題進行到哪裡了。

「……對，時速三十節。換言之，為了突破電磁加速砲型的砲擊區域且抵達摩天貝樓據點，單純以直線距離來想也要花上七小時。其間，為了引開電磁加速砲型的注意，會有兩個聯合海軍的一般艦隊與我們兵分二路，比我們先入侵砲擊範圍，嘗試接近摩天貝樓據點。」

以斯帖替作戰圖蓋上一塊透明板子，直接在板子上畫線。首先是從海岸線的兩個地方——很可能是母港，以最短路線接近摩天貝樓據點的兩條航線。接著她換了不同顏色的筆，畫出從這座基地——聯合艦隊的母港先往北航行，然後改變航向往東南方摩天貝樓據點延伸的航線。

「本艦隊於佯攻艦隊出擊之前將會先祕密出航。然後在位於砲擊區域外圍的北方撥風羽群島待機，在佯攻艦隊開始交戰後，藏身於暴風雨中突破砲擊區域。換言之，本作戰將等到暴風雨來臨後才會實行。」

「順帶一提，『軍團』沒有海戰機種，所以不用擔心得跟電磁加速砲型以外的傢伙戰鬥……至少這十年來，船團國群的戰場上從沒確認到海戰型的機體。」

以實瑪利隨口補充了一句。以斯帖點了點頭。

「很遺憾，我國只是小國。『軍團』們想必也是認為在大陸北部（這附近）與其開發只對我國有用的海戰型，不如將開發資源用在對聯邦或聯合王國有效的兵器上吧。」

「事實上不用做啥海戰型，我們也已經快被它們烤乾啦。」

「…………」

以實瑪利講了句對機動打擊群這些外國人來說，非常不知該做何反應的笑話替說明收尾。

辛略為歪頭提問——他們說是因為這樣所以沒有海戰型，聽起來是有幾分道理……

「可是……海上還是有幾個『軍團』的小部隊。從動作感覺起來似乎是巡邏用的『軍團』，它們又是什麼？」

「啊？喔……我懂了，老兄你就是傳聞中的……」

以實瑪利愣了一瞬間後點頭。看來他對辛的異能早有耳聞。

「那玩意兒不是海戰型，是前進觀測機的飛機母艦。因為想用電磁加速砲型打軍艦的話，觀測機是不可或缺的。況且我想不用我說老兄你也明白，警戒管制型（Rabe）不能待在海上。」

「咦……」蕾娜轉頭看辛，他點頭回應。雖然原因不明，但海上上空的確沒有警戒管制型。

而電磁加速砲型是無導引的超長距離砲，命中精度不太高。

如果是像運用在大規模攻勢那樣，對著基地或要塞——位置明確、標靶較大又不會採取閃避動作的固定目標一口氣轟個幾十發還好；換成在廣闊大海迎擊動來動去的小艦船，沒有警戒管制型的話前進觀測機便不可或缺。

「這艘觀測機母艦也會由伴攻艦隊負責引誘與排除，你們不用擔心。我可以很乾脆告訴你，征海艦是絕對不會沉的。」

可能是判斷對不懂海戰的少年講太多海上機動的細節也沒用，也可能是出於認為海戰是自家領域的一份傲氣。以實瑪利對於前往要塞的航程只是輕描淡寫帶過，帶著剛才那種開朗態度咧嘴笑了。

「你們八六願意來幫忙，真的是救了船團國群一命。所以……賭上『海洋之星』之名，我會第一優先讓機動打擊群活著回來。」

船團國群提供給機動打擊群的宿舍，過去是大學的學生宿舍，後來由國家接收變成了基地。熄燈時間將至，賽歐一個人走在仿造遙遠南方古代樣式的彩色馬賽克磁磚迴廊上。他看到瑞圖抱著一大疊小冊子，從像是辦公室的房間走出來。

「……你在幹嘛？」

「啊，利迦少尉。」

無意間，賽歐看到他的視線高度比幾個月前離自己更近，發現他長高了一點。

「喔，是這樣的。我去問人家還有沒有剩，結果果然有剩所以就要來了。他們說現在沒有，但等戰爭結束後預定從國外招生……」

「……瑞圖。我也有不對，不該突然這樣問你，但我勸你還是不要想到什麼就說什麼，先把想法整理好再開口會比較好喔。」

「啊，好，我最近好像常常被這麼說。我想想……這些是這裡的大學，以及附屬的海洋高級中學的資料，我想帶回基地的自習室。想說其他沒來的人說不定也會有興趣。」

瑞圖的神色頓時明亮了起來。

「是說你也看到那個了吧！原生海獸！超壯觀的耶，那可是真正的怪獸喔！」

這讓賽歐想起，瑞圖他們幾個年紀較小的處理終端都很喜歡那些大官愛送他們的漫畫、電影或動畫，其中的怪獸電影更是讓他們看得兩眼發亮，讓賽歐覺得滿可愛的。

不如說包括賽歐在內，他們這些大哥大姊上次享受這類娛樂也是很小時候的事了，所以其實看得都滿開心的。

「換句話說，等戰爭結束後，你是想做些跟原生海獸有關的事情？」

「我是想說那也不錯，好像很好玩。」

「不知不覺間，瑞圖你也變得會想很多了呢。」

附帶一提，瑞圖上次在盟約同盟說想挖化石，更久之前則是說想製作飛天摩托車，所謂的「想很多」也不過就這樣罷了。

「啊，是啊。因為我……」

講到這裡，瑞圖稍微想了一下。

「利迦少尉，你見過柳德米拉嗎？她是『西琳』，個頭很高的紅髮女生。」

「……見過啊。」

有著紅髮高挑少女外型的……

──來吧，各位請。

她讓他們見識到，八六的下場也不過就是如此。

她們跟我們八六不一樣──這點賽歐很清楚。

但是──若要打個比方，就像兩者都是讓某人的死亡得不到回報。

「……柳德米拉怎麼了嗎？」

「在執行龍牙大山據點的攻略作戰時，我跟柳德米拉在同一隊。在那之前我一直很怕『西琳』，然而柳德米拉卻來找我說話。」

這時賽歐才想到，瑞圖的確是在不知不覺間變得不再害怕那些「西琳」了。

「她說希望我能獲得幸福，對我的生命抱持期望──於是我才知道，她們……『西琳』只是在用她們的方式關心我們。」

如無瑕野獸澄思寂慮的瑪瑙眼眸在老舊電燈照亮下散發近乎蜜色的光澤。

「有人會關心我們。八六在第八十六區總是被人叫著去死，但在這裡不一樣。聯邦軍也是，雖然念書很累，但其實也是在告訴我們能過自己想要的生活，對吧？讓我們可以去喜歡的地方，或是想去的地方。」

想去的地方、想看的事物、想做的事。等戰爭結束後，或是就算沒結束也可以離開軍隊。這

些……

「想要什麼都可以去追求——我們在第八十六區只有一份驕傲，不能奢求別的。但現在不一樣了……我已經知道了，所以我什麼都想要。」

追求在第八十六區無法奢求的，遭人剝奪的許多事物。

賽歐有些呆愣地聽著這一番話。

他覺得瑞圖長高了，但不只如此。不知不覺間他變得會去考慮這些，還能用言辭表達出來。

瑞圖也在……嘗試走出第八十六區。

這讓賽歐茫然不知所措。

辛變得會去追求未來，讓他很高興。他也發現萊登與安琪都在試著效法辛，很為他們高興。

可是……

不只是他們。瑞圖也是，恐怕只是賽歐沒發現，其實很多人都……

在試著走出戰場。

瑞圖無憂無慮地笑著，完全沒發現賽歐受到了多大衝擊。

「所以目前，我想先到處看看……既然可以趁著作戰的機會到處走走，我想多收集一些好像很有趣的東西帶回去。」

『……意思是要試著從「牧羊人」的控制系統讀取祕密司令部的相關情報？』

瑟琳手中的情報或許會在作戰中派上用場，但因為不能加裝通訊功能的關係，於是就讓收納她的貨櫃混在「破壞神」的零件中，與第一機甲群同行。

這個貨櫃就藏在運輸車的車廂裡。沒有外傳的停止步驟的相關事宜必須在兩人獨處時才能談，於是辛抓準時間來找瑟琳，她也回答了問題。

『換句話說，你們是把可能性賭在皇室派高官變成「牧羊人」的可能性上嘍……要找出地點的話應該還有其他辦法，沒想到聯邦能想到這麼冷血的手段呢。』

「有可能辦到嗎？」

『確實是有皇室派高官的「牧羊人」。』

這個答案讓辛心情有點複雜。

自從聽到瑟琳說出停止手段以來，這份糾葛時常在他心中悶燒。

他希望戰爭能結束。但是用瑟琳告訴他的方法結束戰爭，而且要為了這個目的去查出祕密司令部的所在位置……坦白講，他不是很樂意。

『名字與部署地點是「警告。觸犯禁規」——不行呢，這個無法轉換成語音。』

所以當瑟琳正要接著說下去，話語卻被同種聲音的機械性警告蓋過時，他不禁鬆了口氣。

他不想犧牲芙蕾德利嘉。

既然要奮戰到底就不該依賴奇蹟，要靠自己的力量走到戰爭的最後一刻。

再說……雖然它們是敵人，雖然不過是戰死者亡靈的殘骸，但他還是不願把「牧羊人」視同單純的機械零件。

『總而言之，聯邦要的情報確實就在「軍團」當中。想從控制系統讀取情報也不是不行……「至少我們『牧羊人』就像這樣存在於這裡」。』

她的意思是抽取記憶——讀取儲存於腦內的情報，並將其轉移至另一容器，從理論與技術兩方面來說都不無可能。

……如果有這個可能，他早就想過……

有個問題，是遲早得做確認的。

『只是其實不用執著於皇室派的「牧羊人」，還有其他幾種可能的找法。例如這次談到的命令是經由通訊衛星傳送給各個大本營與總指揮官機，但當衛星遭到破壞時會由附近的警戒管制型做遞補——』

「瑟琳，在那之前……我有件事想問妳。」

『？什麼事？』

從一開始瑟琳回應對話要求時，辛心裡就有了這個疑問。他之所以害怕承認擁有異能的自己可以與「牧羊人」進行對話，原因是……

他有罪與否的真相。

「妳聽得見我的聲音。而身為『牧羊人』的妳聽得懂我在說什麼。那麼——其他的『牧羊人』也跟妳一樣嗎？」

瑟琳似乎試著想微微偏頭，但好像辦不到。

『「是啊」。但也只是像現在這樣你在我眼前，周圍又沒有其他「軍團」才能勉強聽見就是了……所以不會因為你的存在，導致埋伏地點或部隊部署位置洩漏給敵人知道喔。』

「我不是想問這個……」

辛不想聽。既不想問，也不希望疑問得到答案。

即使如此，還是得問。

「既然這樣，既然你們聽得見我的聲音，如果像妳現在這樣有辦法和我溝通，那麼只要肯花時間，我也能跟其他『牧羊人』談話嗎？」

他們曾有過一場骨肉相殘之戰——辛以為只有這樣才能夠讓他安息。

但會不會其實不用那樣自相殘殺，也不用無益地互相傷害；只要心平靜氣地說說話，就能互相了解？

而不是堅信對方憎恨自己，當時什麼都沒能溝通了解，僅僅在燃燒殆盡的最後一瞬間如幻覺般聽見哥哥真正想傳達的話語——迎來那般悽慘的永訣。

「我是不是，其實可以……跟我哥說話……？」

瑟琳沉默了半晌。

『……原來如此，變成「軍團」的家人是你哥哥呀。』

辛輕輕地點頭……在這一刻，他實在無法開口說出詳細情形。

『是你打倒了他，對吧？打倒了你曾經珍愛的哥哥變成的「牧羊人」。』

「……對。」

『這樣啊……』

隔了一段沉思般的時間。過了一會兒，瑟琳靜靜地說：

『在回答你之前，我也想問你一個問題……我是人類嗎？』

這次，換辛陷入沉默了。

「這——……」

蕾爾赫以前也問過他這個問題。當時，他也是無法回答。

若要問是不是人類，蕾爾赫與瑟琳都已不再是人。他傾聽亡靈悲嘆的異能斷定瑟琳是個亡靈——不是活人，而是名為亡靈的生命殘骸。

然而如果問辛能不能對著眼前的人這麼說……他無論如何就是辦不到。

瑟琳猜出了他的心思，似乎笑了一下。

『真是個心地善良的孩子。』

「…………」

『你是個好孩子。如果可以，我會想跟你做朋友。可是——我辦不到，你哥哥跟我都已經辦不到了。因為……』

我們是「軍團」——……

『我之所以能跟你談話，是因為受到拘束。我所有的感應器都被封鎖，從感應器的功能來說並不曉得你就在我面前。否則我在面對人類時，是維持不住理性去對話的——變成「牧羊人」就是這麼一回事，我們都成了殺戮機器。只不過是具有類似人格的部分，但終究會變成受到破壞衝動支配的怪物。』

在盟約同盟的瑟琳、在第八十六區戰鬥時的哥哥，伸出的手都帶有殺意。

就連遭到破壞的瞬間溫柔撫觸自己的——哥哥的手，在遭到破壞前都是如此。

『就算是我也一樣。你是個好孩子，我會想跟你做朋友，然後——「正因為如此」，我會覺得更該殺了你。』

這時候瑟琳的聲調一瞬間透露明確的殺意。

帶有「軍團」特有的機械般冰冷，不需理由就能殺人的——自律兵器的不合理殺意。

『你哥哥也是一樣。你哥哥身為「牧羊人」，只能殺害身為人類的你。殺戮機器的本能會想殺死眼前的人類，你哥哥無法抵抗這種本能。如果是斥候型還另當別論，重戰車型連拘束行動自由都辦不到。所以……你沒有做錯任何事。』

辛心頭一驚，抬起頭來。

儘管瑟琳待在貨櫃裡，不在他眼前……他卻感覺彷彿與某個陌生人的溫柔眼眸對上了目光。

『你的心裡一定有這份疑慮吧？所以才會來問我。嗯，我來回答你。你想錯了，你哥哥跟你只能一戰。你無法拯救哥哥或設法跟他一起活下去，連可能性都不存在。自從你哥哥變成「牧羊人」的那一刻起，這件事就確定了……並不是因為你失敗了或是有所疏忽，才會失去他。』

那不是你的錯。她說——……

『當時是，以後也是。你在面對「軍團」時能做的——就只有打倒它們，然後使其安息。』

聽了蕾娜的報告，葛蕾蒂在通訊全像視窗的另一頭頷首。

『辛苦了……真不好意思，米利傑上校，把那些皮小子都丟給妳管。』

「不會。上校才是，下次派遣前往諾伊勒納爾莎聖教國的談判工作都交由您費心……」

葛蕾蒂這次並未與第一機甲群同行，也並未隨同第四機甲群前往盟約同盟南部戰線重建與大陸南方各國之間的交通幹線。

順帶一提，機動打擊群的作戰部隊每次由兩個機甲群擔任，有時會依派遣地點的需要讓兩個群共同前往，有時則會像這次這樣受派前往不同地區。

換言之，這就表示……

蕾娜愁眉不展。

「雖然早已聽說派遣要求應接不暇了，但沒想到竟然會這樣，每個地方都岌岌可危……」

造訪了船團國群，目睹了此地的戰場……

她看到的是暴露在激烈攻勢下隨時可能失守的防禦陣地帶、人數明顯不足而疲憊不堪的士兵、民生困窮的後方城市及層層翻倒的軍艦遺骸，盡是令人不忍卒睹的慘狀。

難怪他們一與聯邦恢復聯繫就請求救援。因為船團國群早在很久以前，就連機動打擊群程度的備用戰力都沒了。

『畢竟都十年了嘛。不是所有國家都能在無止盡的戰亂中撐下來。』

「…………」

不像聯邦或聯合王國這種大國在戰線腹地還有餘力，或是像盟約同盟受到天然要害所保護。

無意間，這件事讓蕾娜覺得有點奇怪。

就算是這樣好了，但究竟是為什麼？……無論是船團國群還是聖教國，每個國家都是一恢復聯繫就尋求救援。明明即使國困民艱，他們畢竟都靠自己的力量撐過了這十年戰亂和一年前的大規模攻勢……

簡直好像在大規模攻勢後的這短短一年之間，戰況急速惡化了一樣——……

像要掃除令人鬱悶的沉默，葛蕾蒂乾咳一聲後說：

『對了，上校。妳有一件事忘了報告喔。』

「咦！」

看蕾娜急忙努力回想，葛蕾蒂微微一笑。

『妳給諾贊上尉答覆了沒有？』

沒想到竟然連長官都來落井下石。

「您您您您您在說什麼呢！」

『雖然說讓男生一顆心七上八下是女生的特權，但是讓人家苦等太久可是會被討厭的喔。事實上上尉他啊，在那之後是真的沮喪極了。就連……』

講到這裡，葛蕾蒂好像想起了什麼討厭的記憶般皺起了臉。

面對著全像視窗，蕾娜整個臉都紅了。真想挖個洞躲起來。

『連那個斬人螳螂都一副同情不已的表情了……說到這個，維蘭在大家旅遊時跑去露面處理的那件事，後來不知道怎麼樣了？』

†

「——您說在聯合王國發生的，知覺同步的情報外洩……」

這次派遣由於沒有自己的事，阿涅塔就留在機動打擊群的總部軍械庫基地。她在基地研究班的個人辦公室裡，狐疑地對訪客說道。一方面是因為這個沒見過幾次面的人不該選在此時造訪，而更大的理由則是……

「我應該報告過了，那並不是經由知覺同步外洩的——埃倫弗里德參謀長。」

「我聽過報告了。但是……不見得吧，亨麗埃塔·潘洛斯。」

在她回望的視線前方……

維蘭・埃倫弗里德參謀長冷冷嗤笑，宛如薄刃。

†

即將來臨的離岸三百公里的海上要塞攻略作戰，又是一次無法期待友軍支援，以敵境正中央為目標的突擊作戰。

八六們嚴肅地度過這段可能成為人生最後時間的日子——其實並沒有，他們都成群結伴地到鄰近市鎮的海邊去玩了。

他們出身於第八十六區，原本就是拿鄰近死亡的戰場當成人生故鄉。在戰火頻仍的歲月中，八六總是貪婪地享受任何一點小小的活動。更何況幾乎所有人都是頭一次看到海，即使是生長於海邊的少數人也是初次來到北海地區。

沒錯，對他們而言，戰爭仍是日常生活。

所以儘管在作戰前夕繃緊了神經，但不會因為緊張而玩不起來。

有人探頭往海裡找魚影，有人看到游向海面的魚比想像中更大而急忙逃開；有人追趕驅散著群聚的海鳥，有人在潮池釣螃蟹或小魚。雖然聽說過的那些海邊遊戲幾乎都享受不到，但他們依然從陌生環境中硬是挖掘出樂趣。

辛聽著背後傳來一如往常的喧鬧聲，站在岩岸邊緣一言不發地眺望眼前浩瀚遼闊的海面。無論看幾次都覺得……

身邊與他同樣看得出神的萊登用一種感動萬分的語氣呻吟道：

「……太猛了。這些真的全都是水嗎？」

或許值得慶幸的是今天的天空晴朗無雲，呈現北國的淡藍色而不像昨天那麼陰暗。遠處有著迷濛的水平線，一些海鳥此起彼落地鳴叫，發出不知為何像是貓叫的喵喵聲。

順帶一提，正牌貓咪狄比說是整天看家太可憐了，這次派遣有帶牠一起來，現在懶在蕾娜的房間裡。還有在盟約同盟之旅時被狠心拋下的菲多似乎是氣不過，完全無視於辛親自下達的待機命令跟著他們來到海岸，現在忙著跟瑞圖還有馬塞爾一起釣魚。

「而且這麼多的水居然喝起來還有味道，實在很難置信對吧……」

「你嚐過了？」

不至於吧，又不是小孩子。辛抱著這種想法問了問，得到的卻是奇妙的沉默，看來是輸給好奇心嚐了一口。

「順便問一下，是什麼味道？」

「就是鹽巴……不，好像有那麼一點腥味。他們不是有種名產是鹽漬魚卵嗎？就像把那個沖淡的味道。」

說完不知道為什麼，他皺起了整張臉。

「是說，你覺得那個好吃嗎？老實說我吃不下去，太腥了。」

被他這麼一問，辛偏了偏頭。在屯駐基地餐廳的餐桌上，有種鹽漬的紅色魚卵和果醬還有奶油放在一起當成吐司抹醬。聽說那是船團國群的傳統保存食，很多人覺得稀奇而試吃了一下，辛也在別人的推薦下嚐了一點。

「不會啊？我覺得還好。」

雖然如果人家問他好不好吃，會有點答不上來就是了。

「……你味覺真的夠遲鈍的了……」

在附近撿貝殼的芙蕾德利嘉插嘴：

「先不論辛耶是否有味覺障礙，那個應該是個人口味問題吧。至少余很喜歡。」

「對喔，妳的確是吃了一堆。在吐司上堆滿了魚卵與酸奶油。」

「應該說不只吐司，其他東西也吃了一大堆。」

「！汝等這是什麼對淑女的說話態度！余、余體重的確增加了，但那是正值成長期啊！」

看芙蕾德利嘉滿臉通紅地辯駁，兩人點點頭。他們不是在取笑她，只覺得是理所當然。

「知道啦。我的意思是說胃口好是好事。」

「食量與體重增加是為了幫助成長，所以妳別在意，想吃多少就吃多少比較好。」

「唔——」芙蕾德利嘉鼓著腮幫子不說話。

然後又用莫名有決心的神情點了點頭。

「沒錯，余也是會成長的。可不會永遠是個孩子。」

她那血紅的眼眸甚至散發出某種悲壯感。

「所以……………哇呀！」

講到一半，她突然發出奇怪的尖叫，把撿起來的貝殼丟了出去。

「動了！它剛才動了！」

……兩人心想：果然還是個小孩子。

萊登在一臉不快的芙蕾德利嘉旁邊蹲下關心她。

「怎麼了，裡面有東西嗎？」

「…………不是……」

而辛不假思索地撿起海螺看一看後，不由得沉默了。

怎麼搞的？萊登過來一看，也不說話了。

貝殼裡冒出了一堆包著甲殼的腳，在那裡扭來扭去。

「……是……寄居蟹嗎……？」

「實際上動起來一看，沒想到還滿噁的……」

「——照妳的個性，一定是覺得身為指揮官必須以任務為優先吧，米利傑。」

在屯駐基地的臨時辦公室。看到蕾娜請以實瑪利幫忙，正在瀏覽能調閱的近期戰鬥紀錄，維克嘆一口氣。一雙帝王紫眸很是傻眼。

「但是去海邊玩玩散個心又不會怎樣。我不去只是因為海我看多了，不覺得稀奇罷了啊。」

「聯合王國國境最北方的雪禍連峰，北邊的斷崖底下直接與海相連。到了冬季，那片海就會變得滿是冰塊，十分壯觀喔。」

一如既往地陪侍左右的蕾爾赫補足說明，蕾娜苦笑著搖頭。

雖說辛好像跟夥伴們出去玩了，所以自己或許無須在意，不過……

「不了……雖然昨天我一不小心看到了海，之後作戰也會看到……但我打算下次等到戰爭結束後再自己去看海。」

辛告訴過她，想帶她去看海。而自己回應了這份心願。

所以——因為自己至今還沒能回應他表達的感情，至少這份心願必須守住。

「有人邀我戰爭結束後一起去看海。我想遵守那個約定。」

「哼。」維克用鼻子哼了一聲，蕾娜收起笑容轉向他。

「比起這個，維克，我有件事想跟你確認。」

蕾娜請以實瑪利幫忙，看過了上次大規模攻勢以來船團國群的戰況。雖說一方面是因為離每場戰役不到一年，統計數字並不正確，但戰事規模與戰死者人數不吻合，很多人也在戰役中下落不明。可見當時戰況之激烈與混亂。

而且本來應該屬於後勤支援兵種的回收運輸型（Tausendfuessler）的目擊事例也增加了。

她透過葛蕾蒂做過確認，得知聯邦並沒有接到相同的事例報告。

「那麼在聯合王國呢？還有——關於你們聽『她』說過的『軍團』戰略上的變更，也請詳細說給我聽。」

同伴們都在視野的邊緣各玩各的，但那些嬉鬧對注視著海浪遠處陷入沉思的賽歐而言都感覺遙不可及。

大海。

就在一年前他們還聊過，說希望有一天能看看海。巧的是當時他們也正在執行電磁加速砲型的追擊作戰。想看是想看沒錯，但當時覺得有可能敗給電磁加速砲型而戰死，所以也許無法實現……事實上他那時覺得就算無法實現也沒辦法，如今，他卻待在這個曾經只是個漠然目標的場所。

意外地，很輕易地，就抵達了這個地方。

當然賽歐當時想像的並不是這個北海，但沒想到竟然真能抵達象徵未知之地的海邊。

或許是因為如此，使得他如今看著大海感覺到的既不是初次目睹的感動，也不是總算抵達的感慨，而是意識中的某處開了個洞似的空虛。

也有點像是失去作為目標的事物，呆站原地時的心情。

因為，他自己沒有任何改變。

明明覺得自己還沒有踏出一步，明明離開第八十六區到現在還沒有任何改變，卻先抵達了目標，先看見了前所未見的景色。這讓他莫名地感到極度空虛。

即使裹足不前，即使無法改變……即使遲遲不知該以什麼為目標，只要隨波逐流就能來到從未見過的場所。

雖說無論是聯合王國也好、盟約同盟也好，現在回想起來甚至是兩年前受到聯邦保護，被帶到首都與恩斯特官邸的時候都是如此。

眼前的大海比起昨天的陰沉晦暗，今天太陽有出來還好一點，但仍是色彩青黑、陰鬱透頂，海風又冷又腥，有點像在嘲笑他。

明明是初次看到、抵達的大海……卻一點都不美麗。

他好久沒有意識到了。這在第八十六區，是不知不覺深植內心的認知。

這世界，根本不需要人類。

不會考慮到人類的需求、心情或感慨。在某人死亡的夜晚替天球鋪滿明月幽星，在勉強撿回一命而計劃一點小小慶祝的日子卻下場大雨。世界對人類毫不關心，甚至到了壞心眼的地步。

總覺得，好像被迫體會到了這點。

賽歐覺得再也待不下去，索性轉身回街上去了。

「本來以為戰場以外的城鎮，應該都很和平……」

安琪喃喃自語，嘆一口氣。聽基地餐廳的大嬸說現在正好是祭典時期，所以她來到了基地所在地區的港都。

聽說這叫做船姬祭。以前每個城市都有屬於征海船團的船，寄宿船艏雕像的精靈就是船姬。又聽說這是一年一度祭祀精靈的節日。

在市政廳前的廣場，豎立於中央的少女塑像的確裝飾了大量花朵，呈現祭典的氛圍。但這市政廳前的廣場……卻荒廢得與第八十六區的廢墟沒兩樣。

到處都是塵土與受損的建物，不然就是破裂的路面與枯死的行道樹。雖然還勉強保有建築物的功能，但恐怕早已沒有餘力修補了。路上來來往往的小孩，身上穿著雖然乾淨卻滿是補丁的舊衣服。明明在辦祭典，攤販卻少之又少，賣的都是一看就知道是合成品的簡單點心。

相反地，以小城市來說，居民簡直是摩肩擦踵，廣場與公園林立著組合屋式住家，用來收容這十年來從持續後退的戰線腹地逃來的眾多難民。

這就是以小國之力與「軍團」持續抗戰十年的船團國群所付出的代價。

「原來只有聯邦或聯合王國是特例啊……其他國家，都早已面臨極限了。」

其實根本沒有繼續戰鬥下去的力量，卻為了求生存而縮減一切開銷竭力抗戰——到最後力竭難支，空虛地耗盡資源後步上滅絕一途。

事到如今，她才體會到這個現實。

身旁一起來看祭典的滿陽輕聲說道：

「——可是，祭典還是照辦呢。」

裝飾少女雕像的花朵雖然一朵朵都是小花，數量卻相當多。想必是城裡的人想盡一點綿薄心意，各自帶來的吧。除此之外還有笑聲、歡呼和叫賣聲，偶爾再來點怒吼。

城市街景一看就知道日常生活有多苦，讓人知道他們已被「軍團」戰爭逼至瀕臨滅亡。

即使如此他們仍咬緊牙關，強顏歡笑地舉辦民族祭典。

滿陽說了。她在共和國的少數民族八六當中，是更罕見的大陸東方極東黑種，容貌也顯現出濃厚的血統。

「我對我那邊的祭典一無所知——因為，沒有人傳承給我。我對故鄉根本沒印象，家人也都死了。所以我看到這些不但覺得寂寞，而且好羨慕。他們擁有這種生活再苦都非辦不可的節慶，有這麼值得珍惜的事物——讓我好羨慕。」

值得珍惜的事物，無論如何都不願放手的事物——賦予自己定義的某種事物。

八六除了唯一懷抱的，戰鬥到底的驕傲之外……至今仍一無所有。

賽歐離開海邊回到街上，在喧鬧的市區裡卻仍無處容身。

明明是個小鎮，人卻莫名地多，大多都跟他一樣是翠綠種。

包含翠綠種在內的綠系種，是以大陸南方沿岸地帶為勢力範圍的民族。其中一部分追逐原生海獸移居至此地，就成了船團國群十一國中七個船團國的起源。

然而，這塊土地上的任何角落都沒有賽歐的親族或摯友。他也不曉得有這個祭典。

在海邊嬉鬧的同伴們，恐怕有些人其實也是在舉辦祭典的市區待不下去，才會待在海邊。

選擇待在市區之外，人類世界的外側——跟第八十六區一樣，由非人物種支配的場所。

因為在那裡就不用意識到自己沒有繼承任何傳統——沒有任何依歸。

只能依靠自己與同袍，在戰場上生存。

換個說法，這就表示他們除了自己以外無依無靠。表示他們跟這個城市的居民不同，在這世界上沒有任何依歸。

賽歐離開第八十六區後明明對這點有自覺過幾次，不知為何卻感到心痛。

或許得知有辦法能結束戰爭，被迫意識到戰爭終結並非遙不可及的夢想，而是有實現的可能性也造成了影響。

但更大的原因是……辛已經開始邁向未來，而萊登、瑞圖與安琪他們也都在跟隨他的腳步。

賽歐曾說過，辛其實可以活得更輕鬆。而不是執著於哥哥或先一步戰死的弟兄們，受困在名為死者的過去當中。

所以賽歐是真心慶幸他能放眼未來，而自己該放手了，但……同時又有種惴惴不安的感覺。

因為，他不知道該怎麼做。

即使無所依歸，在這世上沒有任何安身之處，辛仍得到了救贖與未來。可是賽歐不知道自己該怎麼做。他不認為能那麼容易得到救贖，因為他根本不知道自己的希望或未來是什麼，可是若是得不到，他就更無所適從了。

他很害怕。

像要逃離緊跟不放的自身影子，賽歐漫無目的地到處亂走，不知不覺他回到了基地，走進了征海艦的船塢。

明明停放在打通幾層樓，遠比「破壞神」機庫來得寬廣的船塢，艦橋卻跟貓道同高，讓人重新體會到它的巨大。瞻仰這艘將探測無數從海底來襲的——正如「軍團」般數量無限的——原生海獸的反海獸巡邏機，以及負責為它開路的艦載戰鬥機運向遙遠碧海的海上機動基地之威儀。

為了探測或攔截潛藏於海底的成群原生海獸，除了艦船本身的配備外，巡邏機的聲納裝置也不可少。而為了運用巡邏機，他們必須用戰鬥機引誘出堵塞碧海上空的原生海獸最大種「砲光種(Muscula)」予以排除。

與原生海獸的鬥爭中，兼具先鋒與關鍵角色的就是艦載機和運送它們的征海艦。

在那艦橋前方，一個仰望著最高處小巧女性雕像的人可能是聽到腳步聲，因而轉過頭來。那人有著金茶頭髮與翠綠雙眸，身穿碧藍軍服並刺著火鳥刺青。是以實瑪利。

「……咦，小子，你是機動打擊群的……」

他停頓了一下。

「…………………………呃……」

「你在想我的名字的話，我姓利迦。」

「噢，抱歉。我們都是用刺青認人的，只看臉有點分不清楚。」

用刺青認人？賽歐疑惑地抬頭看他。看來紋身是征海氏族的特色，但賽歐覺得每個看起來都大同小異，只知道不同氏族有著不同花紋。以實瑪利是火鳥紋，以斯帖是鱗紋。極東黑種是花朵紋，金晶種（Topaz）是藤蔓圖案，天青種則是幾何圖案；翠綠種（Emerald）、翠水種與金綠種的話還有其他圖案，像是波浪紋、雷鳴紋或是螺旋紋等。

……這時他才發現，沒看過其他翠綠種跟以實瑪利同樣刺火鳥紋。

「你不跟其他人一起去海邊嗎？聽說共和國與聯邦現在不是都不靠海？」

「去過了，只是……就看膩了。」

「城裡在辦祭典，去逛過了嗎？」

「……沒興趣。」

不知為何，以實瑪利露出苦笑。

「你老兄是翠綠種，對吧？移民到共和國之前的祖籍是哪裡？」

「……？嚴格來說我應該混合了很多血統……」

「啊——沒差沒差。要去計較的話誰不是這樣？什麼完全純血之類的，有聯合王國、帝國那些貴族老爺或共和國就夠了……啊，我說的不是你們那個正妹指揮官、王子老兄或是總隊長小哥喔。」

辛的雙親是純血但他本人是混血，所以並不符合這個例子。總而言之……

「南方一個叫伊萊翠的地方……我想大概是兩百年前的事了。」

「喔，那追溯起來我們是同鄉了，我這兒的氏族也是從那附近來的。雖然粗估起來大概是一千年前的事了，管他的，心情最重要啦。歡迎回來，小子。」

完全是開玩笑的口吻。

即使如此，賽歐當下心裡產生的——是堪稱強烈的反感。

這個人只不過是顏色與他相同，實際上是個毫無瓜葛的外人。

這個國家只不過是跟他有著同一群祖先，甚至不是兩百年前的祖籍。

最重要的是對賽歐而言，同胞指的是每個人色彩全然不同，但卻在同個戰場並肩奮戰到底的八六弟兄們。

只不過是色彩相同，沒資格對他擺出同胞的嘴臉。

更何況這個人擁有祖國、故鄉與承襲的文化……應該還有他喚做老爸的艦隊司令——他的家人……擁有自己與戰友們沒有的一切。

「──」

看到賽歐忍不住以沉默作為回應，以實瑪利灑脫地聳肩。

賽歐覺得他那個動作跟某人有點像。

「你就是這樣，才會讓我忍不住想逗你……看你跟豎起一身毛的貓似的。不只是你老兄，有些八六也是只跟同伴待在一塊形成小圈子，不跟任何外人親近。」

「不過也有人不是這樣就是了。」他無憂無慮地笑著說：「像是總隊長小哥、大塊頭副長或是嫌征海艦慢的臭小子。」……是說辛、萊登和瑞圖啊。

那些原本相同，曾幾何時卻開始產生轉變的同伴。

倏地浮現的一句話讓內心變得冰冷。

同胞，指的應該是以同一種生命樣態為傲的八六。可是就連這些同胞，如今也都……

「該怎麼說咧……開始有點產生差別了。」

「……是啊。」

不知不覺間賽歐不見了，對祭典產生興趣的安琪姑且不論，可蕾娜根本就不來看海。當然萊登早就都發現了，辛想必也一樣。

有人是不想看海而不在海邊，有人是在人群聚集的街上待不下去而留在這裡；有些人為了初次看到的海而興奮，還有些傢伙跑去參觀陌生的城市和祭典。他們雖然是同一夥人，其中卻有著隔閡。兩者之間有了某種差別。

在絕命戰場上戰鬥到最後一刻，無關乎血統或繼承的色彩，只以這份榮耀為牽絆，以這份榮耀同心戮力的他們八六……曾幾何時竟已產生了分裂。

「所以你不用放在心上沒關係喔。」

萊登沒看向身邊與大家分道揚鑣的同胞之一，直接這麼說。

血紅眼眸看了他一眼，但他依然沒回望，繼續說：

「這跟什麼拋下或棄之不顧無關，只不過是每個人有他的步調與選擇罷了。所以無論你做出什麼選擇，都不用去在意其他事，知道嗎？」

「……我知道。」

這種語氣表示他是明白，但卻無法苟同。

「可是，如果有人覺得被我一句話撇開不管很難受的話……我覺得大家幫了我很多，所以到時候……」

萊登忍不住苦笑起來。這個笨蛋，怎麼還在講這種話？

一直以來受到幫助的，應該是……

「別再這麼想了啦……你已經做得夠多了，我們的死神。」

「——是是是。我回來了，叔叔。」

賽歐回了一句，沒想到口氣簡直像在鬧彆扭。

賽歐煩躁地另外找了個話題……沒錯，他才無所謂。才不像什麼害怕的貓。所以他也可以像這樣，跟人家正常閒聊個兩句。

「你說外面在辦什麼祭典？」

「嗯？喔喔，船姬祭啦。就是征海船團的船神祭典。這個城市的話就是魚雷艇的……」

他講出一個賽歐不知道的，在技術發展下遭到淘汰的軍用艦船類別——然後偏了偏頭。

「…………………………什麼來著？」

「什麼……」

「不是啊，因為……我又不是這個城市出身的。」

賽歐抬頭看著對方，但以實瑪利沒看他。

「你沒聽說嗎？……也是，不可能有聽說吧。船團國群在這場戰爭爆發後，很快就放棄了其中一個成員國，把國土全改造成迎擊用的戰場。由於防禦陣地的縱深不夠深，所以就把位於『軍團』進攻路線上最東方的國家整個砸下去了。那就是我的祖國，革流船團國。」

「……啊……」

他有聽說。在派遣前聽蕾娜說過了。

只是，他從沒放在心上。直到聽見失去祖國的人現身說法，他才終於想起了「這件事」。

那就跟在「軍團」的侵犯下放棄了大半國土，還把幾成國民留在放棄的國土不顧，將該地改造成名為第八十六區的，戰死者為零的戰場……

就跟共和國一樣。

他好像是抬頭盯著對方，動也不動了。以實瑪利揮揮一隻手說：

「……不用露出這種表情啦，我們沒遭受到你們那種不人道的待遇。人家既沒有拿槍對著我們，也沒搶走我們的一切。我們能帶什麼逃走都帶了，逃去其他地方也沒受到什麼歧視。好吧，雖然住是住在臨時住宅，但避難國的人民也跟我們一樣苦……我們的艦隊司令（老爸）還帶著征海艦和整個艦隊逃過來了咧。」

他半帶戲謔地笑著說道。

他說的艦隊司令，對，他也說過。他說，因為那指的是他「過世的」艦隊司令（老爸）。

那個人已經過世了……恐怕是戰死沙場。

在即將進行作戰的這座基地，賽歐從沒看過任何人的刺青跟以實瑪利一樣。說不定不只艦隊司令……不，除了他以外，恐怕其實都……

一個不剩。

……他並沒有擁有一切。

豈止如此，根本就一樣。跟他們八六一樣。無論是故鄉、家人或本該從這些故人身上承襲的傳統或文化，全都同樣遭到剝奪而喪失。

所以……

不用想也知道，其實他是在……關心境遇相同的八六。

「對不起……還有，那個……」

瑞圖說過的話浮上心頭——有人會關心我們。走出第八十六區後，即使是他們也能得到別人的關懷。

他說的沒錯。

而且還有幸遇到與八六境遇相似的——心懷榮耀的人。

「……謝謝你。」

他彷彿在黑暗中，儘管仍然遙遠，但總算看見了一盞孤燈。

在漸沉的陽光照耀下，大海宛如鋪滿了無數明鏡，染上輝煌沉沒的日陽金光，鋪展於眼前的世界明燦得炫目。

破獸艦上有著牡丹刺青的女性艦長告訴他「從那裡能清楚看見這個星球有多圓」，於是他爬上了郊區的燈塔。從這個開放作為觀景台的塔上，確實可以把描繪出和緩圓弧的水平線，以及傍晚的低垂光線在無數海浪反射下形成的燦爛光景盡收眼底。

黃昏時的大海宛如破碎瑩鏡中的倒影，又像在不屬於人世間的金色火焰中熾熱燃燒。

尤德覺得那有種拒絕旁人的美感。

可能是從別人那裡聽到了相同地點而來，西汀與夏娜也在附近，跟他一樣注視著金色大海。雙方雖然屬於同個部隊但交情沒親密到有話聊，尤其尤德又比較沉默寡言。雙方既無交談，視線也沒有相交，卻也沒有拒絕稍有距離的體溫，只是站在一起看著陌生的夕景。

「——征海氏族習慣由同一氏族組成一個征海艦隊。與其說是軍隊，不如說比較接近一個巨大的『家族』。」

尤德只轉動視線，望向新來的說話者。

說話的人是以斯帖，不知為何可蕾娜也跟她一起爬了上來。可以想見八成是可蕾娜在街上或海邊都待不住所以留在基地，結果被以斯帖發現帶過來了。就跟西汀和夏娜或自己一樣。

不光是以斯帖，或是向尤德攀談的女性，船團國群人不分軍人或街上民眾都積極邀請他們去看海或逛祭典，或是告訴他們城裡有哪些景點，總是試著做點事情關照他們。起初尤德以為那是對瀕臨亡國時前來救援的部隊致謝，或是覺得十年來不曾看到的外國人很稀奇……但看來似乎不只如此。

他們光是作為船團國群就有數百年的歷史，以征海氏族而言更是長達數千年，與原生海獸爭奪海洋霸權——換個說法就表示這些人長達數千年之久，儘管連戰連敗仍持續奮戰至今日。

彷彿在吶喊著除此之外，他們一無所有。

「或許是所謂的同情心吧……對我們八六的。」

以斯帖淡然地繼續說：

「所以，身為副長的我會稱呼以實瑪利艦長為哥哥。就算沒有血緣關係也一樣。」

「呃……」

可蕾娜明確地被以斯帖的氣勢壓倒，回望著她。可蕾娜只不過是抱著輕鬆的心情，在閒聊的同時隨口問她為什麼明顯沒有血緣關係，年紀又較小的以實瑪利卻是「哥哥」罷了。

「……抱歉，我聽不太懂……長官。」

她想起對方好歹是位上校，於是補了一句。

所幸以斯帖顯得不太介意，微微偏了偏頭。

「很難懂嗎？我想這就跟你們八六的關係差不多呀。」

聽她這麼說，可蕾娜眨了一下眼睛。

「……跟我們差不多？」

「例如我初次見到妳與總戰隊長諾贊上尉時，還以為你們是兄妹呢。當然，我一眼就看出你們沒有血緣關係了。」

豈止是長得不像而已，這些少年少女連與生俱來的色彩都完全不同，卻不可思議地擁有相同的眼神。

一眼就能看出他們的血脈不相連。但是……

「這種事一看就知道了。你們八六……對，可以說靈魂的形貌相同。你們活在相同的戰場，步向一樣的墳場，肯定著相同的人生觀，以同一種生命樣貌為傲。靈魂上的相似才是你們之間的牽絆，而非血統的近似……如同征海氏族以征海榮耀作為一族的聯繫。」

不知為何，可蕾娜覺得這番話彷彿甜美得令她渾身顫抖。

可蕾娜宛如狂熱入迷般重述一遍，就像人在口渴至極時得到一掬清水。

「靈魂上的……相似……」

「是的。它比血緣上的關係，比相同的祖國更難磨滅。『無論發生什麼事』。」

以斯帖說道。在金色光芒中，用理所當然、無須強辯的語氣。

「所以無論今後產生什麼改變，他都是我哥哥——諾贊上尉一定也是，無論發生什麼事，永遠都會是妳的哥哥。」

†

「雖然你說因為相隔太遠，所以距離和數量都只是個大概，但能知道這麼多就已經輕鬆不少了。不只那些負責佯攻的，我們也是。」

接收大學建物改造成的基地，原本的禮拜堂成了簡報室。

在這光線透過古老但色彩鮮豔的花窗玻璃射入的空間，以實瑪利低頭看著攤開在大桌子上的資料破顏而笑。在這張海圖上，記載了辛確認過的觀測機母艦數量與大致上的部署位置。

「等回來以後，讓我請你喝一杯代替謝禮吧，上尉。還可以拿船團國群的傳統海味乾貨當下酒菜喔。」

「…………」

辛聽到他不明講是魚類還是貝類，刻意用「海味」模糊帶過就猜出八分而沒答腔，由賽歐代替他吐槽：

「艦長，你說的鐵定是那種的吧。就是當地居民用來開旅客玩笑的那種獨特名產吧？」

「才不是好不好……只不過是作為原料的生物長得有點有趣而已。」

蕾娜看著他們的對話，心想「已經打成一片了呢」。八六們與以實瑪利等征海氏族的人混熟，讓她感到很溫馨。

或許是因為船團國群無論是軍人還是城裡居民，很多人都很善良隨和的關係。

「啊，你們可以好好期待今晚的晚飯喔。現在正好是祭典時期，廚房那幾位大嬸說你們來救了大家，卯足了勁要給你們煮好料。」

「那我走啦。」最後以實瑪利舉起一手打個招呼，就離開了簡報室。蕾娜自然地帶著笑容目送他，然後重新環顧室內齊聚一堂的機動打擊群大隊長與幕僚們。

「那麼……我們也開始吧。」

被逗笑了的情報參謀及愣在原地的柴夏都變回嚴肅的表情。

至於八六們則顯得一派自然不太緊張，這已經是常態了。蕾娜並不介意，啟動了全像視窗。

「首先，這是此次的壓制目標——摩天貝樓的全視圖。」

她讓藉由調查船取得的光學影像分析、建構而成的立體地圖顯示於上。那是一座只以鋼骨組合而成，有些像是生物的遺骸，但巨大無比的海上要塞。

「到最高層的高度，推測為一百二十公尺。整體共有七座塔，分別是中央的一座本棟，以及支撐它的六根支柱。內部推測分成十到十二個樓層。為了破壞這座要塞的控制功能與最高層的電磁加速砲型，我們將投入總共三個負責攻堅與砲兵機型的『破壞神』分隊加以攻略。」

之所以必須縮小投入的兵力，問題出在運輸力上。

「海洋之星」能夠搭載的「女武神」約為一百五十架。即使將原本隸屬征海艦的最基本戰力——巡邏直升機換乘至遠制艦，仍只能運送這個數量。

為了安全起見，原先預定將其餘戰力留在船團國群的前線充當守備，不過……

「瑞圖．歐利亞少尉、曆．滿陽少尉，請你們的部隊留在陸上。我要將你們預置於前線後方，負責船團國群前線的機動防禦任務。」

奇怪？瑞圖眨眨眼睛。

「我跟滿陽不是攻略組啊？而且妳說機動防禦……」

「『軍團』陸上部隊有可能以摩天貝樓據點引誘船團國群主力，於據點戰鬥開始的同時展開攻勢。我想在預置部隊保留一定的戰力。」

兩人面面相覷，然後堅定地抿緊嘴唇，點了頭。既然如此……

「收到，好喔。」「請放心交給我們。」

「另外，敵軍組成有變更之虞。關於應對方式我稍後說明，請各位做好準備以隨時因應。」

維克朝蕾娜瞥去一眼。

「妳請聯邦追加提供彈種，原來是為了這個啊……『阿爾科諾斯特』在這場作戰中，除了我指揮的斥候之外也都是配備於防衛線對吧？我留下柴夏擔任指揮官，妳就一起使喚吧。」

既然可運輸的總重量有限，就必須以綜合戰鬥能力勝過「阿爾科諾斯特」的「破壞神」作為攻略要塞的優先戰力。

接著辛開口了：

「作為目標的『牧羊人』就我所聽見的有兩架。一架是電磁加速砲型，另一架假如據點是兵工廠——自動工廠型（weisel）的話，應該就是它的控制中樞了。由於距離這裡太遠，我只能聽出數量，但靠近後就能抓出正確位置。我想能由蕾爾赫她們擔任斥候，我來帶路不成問題。」

聽他淡然地這麼說，蕾娜想起那項指示，皺起眉頭。在準備實行此次作戰時，西方方面軍透過葛蕾蒂給了她一個令人費解、強人所難的指示。

「高層指示過為了分析敵情，要求盡可能奪得控制中樞，但請不要鋌而走險……我判斷這項指示的優先度不高。」

辛看起來似乎沉默了一瞬間。

但她還來不及感到疑惑，辛已經以他一貫的冷靜透徹點了頭。

「收到。」

「——辛耶。」

從宿舍房間的窗戶可以眺望海景，如今他們就寢起床都配合作戰時間，即使到了起床時刻，大海一樣陰暗。

時間豈止不到早晨，甚至還是深更半夜。越過夜深人靜的寂靜城市，只有波濤聲形成通奏低音傳入耳裡。辛漫不經心地聽著宛如不絕於耳的「軍團」悲嘆般的沉靜呢喃及更遠的聲音，聽見有人從敞開的門口小聲叫他，將視線轉去一看。

芙蕾德利嘉揉著還有些迷糊思睡的眼睛，走了進來。

「汝在看什麼呀？看得見什麼珍奇玩意兒嗎？」

「喔……沒有，我沒在看什麼。」

「那麼是在確認『軍團』的……電磁加速砲型的聲音了？」

傾聽遠在沉睡的寂靜城市另一端，波濤聲的彼端——摩天貝樓的「牧羊人」與它麾下亡靈的聲音。

芙蕾德利嘉發出輕微腳步聲，來到辛的身旁。心事重重的血紅眼瞳注視著大海的另一端。

「——辛耶。」

芙蕾德利嘉直到現在仍不用暱稱稱呼辛。

辛早已隱約察覺到這是自我警惕，以免將辛與她那位個頭相仿的近衛騎士——她暱稱為齊利的那個人搞混。

「辛耶……要塞裡的那個電磁加速砲型……」

隔了一拍。

她彷彿心生恐懼般停頓了一下。

「可是齊利嗎……？」

「？妳不是沒看見他嗎？」

芙蕾德利嘉的異能能夠看見熟識者的現在，即使對方已化做亡靈一樣能看穿。辛回問的時候以為她在明知故問，但一問出口才會過意來。

她恐怕是連「看」都不敢。因為，她害怕會再次看見齊利亞。

「那不是妳的騎士——嗓音與說話方式都不一樣。」

芙蕾德利嘉猛然抬頭。

「那個應該是帝國人，但至少跟妳的騎士不是同一人……所以，還不知道能不能當成恩斯特說的情報來源就是了。」

「…………」

芙蕾德利嘉沉痛地低頭。

她咬住嘴唇，然後直勾勾地抬頭看著辛，提出要求：

「辛耶，余依然認為，若『那一刻』到來之時應該立刻讓余去。時間花得愈久，傷亡人數就愈多。誰也不知道何時會殃及聯邦，也無人可保證屆時死的不是汝等。余一人不過是微小犧牲罷了，所以——……」

「不行。」

「辛耶！」

他被芙蕾德利嘉一把抓住。由於體格相差太大，這點程度根本不能讓他有分毫動搖。

辛自認為明白她的心情。假如易地而處，自己想必也會這麼說……甚至實際做過。兩年前特別偵察的最後階段，他也曾認為拿自己當誘餌能救同伴的性命。

所以辛自認為能理解她的焦躁與覺悟。

即使如此……

「一條人命，不過是微小犧牲……犧牲少數是在所難免。我們八六就是被人用這種理論扔進第八十六區的。」

芙蕾德利嘉微微地睜大雙眼。

辛低頭看著她繼續說道。他明白她的焦躁與覺悟。即使如此，這件事——他還是無法讓步。

「我不認為犧牲妳一個人不算什麼……我不想做共和國做過的那種事。」

第三章　直闖暴風圈

對他人來說算是簡樸的隊舍房間，對於習慣了征海艦狹窄床鋪的他而言卻太過寬敞，總覺得很不自在。

更何況以實瑪利在陸地上向來無法放鬆，也睡不沉。身為征海氏族的氏族長——艦隊司令的「兒子」自幼就在艦上生活起居的他，待在腳下不會搖晃的陸地反而覺得不自然。

所以當破曉前資訊裝置的鬧鈴一響，才響半聲他就接起了電話。

「……嗯。」

只有嗓音由於剛剛起床顯得有點沙啞。

『……兄長，恕我一早打擾。』

「是以斯帖啊。」

在征海艦隊裡艦隊司令就是父親或母親，艦長們是兄姊，總計數千名的組員是弟妹。在征海氏族裡家族的年長者全是父母，生下的孩子是他們所有人的孩子。一個家族或一個城市各自擁有船舶，由氏族組成一個征海「船團」。此種風俗習慣形成了對長官的獨特稱呼。

因此與以實瑪利出身於不同征海氏族的以斯帖，其實並非他真正的「妹妹」，但雙方都失去了隸屬的艦隊，如今船團國群組成了東拼西湊的征海艦隊，以斯帖稱呼他為哥哥並沒有錯。一個是失去征海艦以外整個氏族的艦長（哥哥），一個是失去艦艇與大半氏族的副長（妹妹）。底下的弟妹們也都大同小異。「遺海孤軍」是由征海十一氏族的最後倖存者不分出身氏族與母艦混在一起，各自懷抱著不同的失落感互相依靠。

東拼西湊的孤兒艦隊（遺海孤軍）。

身為氏族長的艦隊司令全都與征海艦共赴黃泉，或是出於做父親的責任，犧牲了自己讓部下逃走。

所以「遺海孤軍」沒有艦隊司令。身為最後一名倖存的「長兄」——征海艦艦長的以實瑪利理應繼承此一地位，但他總是不太情願。

『暴風雨即將來臨——終於來了。』

「喔。」

終於來了——是吧。

†

乘著夜色，征海艦「海洋之星」駛出港口。

所幸這晚是新月，除了星辰暗影之外沒有光源照亮的深沉黑夜，這點在受到暴風雨封鎖之下前進的翌日夜晚想必也一樣。

這是一場祕密出航。飛行甲板實施了無線電靜默與燈火管制措施，但有幾名八六上到甲板來看看。

「海洋之星」的組員在出航時各有職務，但處理終端講得極端點就只是讓人運送的貨物，閒來無事。有幾人不帶燈具，並在甲板人員的叮嚀下留意不要靠船邊太近以免落海，看著漸漸遠離甲板的陸地。

這是一場深夜的出航。時間是一般人沉眠的深更半夜。

然而在漸漸遠去的岩石海岸上，港都居民們卻聚集在那裡揮手。

他們沒帶任何燈光以防萬一被發現，不只大人，連小孩都讓父母親牽著手或是抱著，一語不發，所有人都只是揮著手。這是一場祕密出航，「海洋之星」不會鳴響警笛回應。即使如此他們仍陸續聚集而來，持續揮手，注視著艦艇。

那副模樣，莫名地令人印象深刻。

為了在夜晚較短的高緯度地區夏季乘著黑夜接近目標，征海艦隊在作戰前一天晚上就各自從不同港口出發。

不是一直線航向位於母港東北的摩天貝樓據點，而是在北上至約定集結的撥風羽群島會合。

在頂多只能供海鳥棲息的岩石小群島中，艦隊各自藏身於受到海水侵蝕的斷崖暗處，屏氣凝神地等待第二天的作戰開始。

在其中的「海洋之星」艦橋最高層，蕾娜好奇地環顧信號台。接下來一整天都得待機。儘管必須盡可能保持肅靜以免被發現，不過她早已經習慣了，不怎麼在意。

考慮到最長可達半年的航程，征海艦內部連禮拜堂與圖書館都有，包括這個信號台在內，以實瑪利告訴她待機期間可以到處參觀。

這時傳來一陣步上階梯的輕快鏗鏗聲響，以斯帖過來露臉了。

「米利傑上校，要不要下來甲板看看？可以看到有趣的東西喔。」

「甲板嗎……不了，我……」

雖然對以斯帖還有組員們過意不去，但她已經決定直到戰爭結束前都不再看海。

即使如此，她的視線仍忍不住往下方飄去，這時才恍然大悟。她看見了藍色的幽光。

想一探究竟的好奇心冒了出來，蕾娜費了好大的勁才把視線硬拉回來。因為，她已經跟他說好了。

說好等戰爭結束後，兩個人再一起看海。

組員叫他們來看看，於是安琪與達斯汀上了甲板，站在一起倒抽一口氣。

星辰之光乍看之下璀璨炫目，卻不至於照亮夜裡的大海。在這奢靡華麗的黑暗夜空下……

「好驚人……」

「海浪……在發光……？」

暗色的海面，簡直像把繁星或螢火蟲群鬮入其中似的，點綴著淡藍色的夢幻光粒。

特別是那些靜靜拍碎的海浪。每當它滔滔而至，在岩壁或船舷撞碎散開時，海躍的軌跡總會散發淡藍微光。帶他們過來的組員說，這叫夜光蟲。

兩人靜默地看著不帶熱度的藍色光芒看得出神。組員似乎把其他處理終端也找來了，飛行甲板各處都是俯視海面的群聚人影。

「真的好美……美到好可惜不能大聲喊出來。」

「畢竟這裡也是戰場嘛……等戰爭結束後，希望可以再來看一遍。」

這番話讓安琪心跳漏了一拍。

當然，達斯汀並不知道瑟琳託付給他們的情報，只不過是說出沒指望的願望罷了。只不過是希望戰爭能結束，想在和平的世界裡生活罷了。

「達斯汀，你……」

自己還沒能明確想像「那之後的事」。

不曉得達斯汀怎麼樣？達斯汀對共和國的作風義憤填膺，為了洗雪祖國的汙名而離鄉背井，選擇站上牆外的戰場。那麼，當這個戰場消失時，他會……

「等戰爭結束後，會回共和國嗎？」

「……大概會，因為到時候應該會需要重建的人手。只是，那個……」

達斯汀煩惱了起來，不知能不能接著說：「如果安琪妳不喜歡，我就不回去。」

安琪看著他的側臉，知道他在煩惱能不能說：「妳不喜歡的話我就不回去。」同時也在猶豫，不曉得能不能戳破他的心思。

安琪至今仍無法回應他的心意，假如這樣挖苦他，會不會有點不妥當……

她跟達斯汀站在一起時，距離比站在戴亞身旁時更遠……但比當初認識時更近。

這種像是尷尬卻又自在的奇妙距離感讓安琪不知該如何應對。

飛行甲板是供艦載機起飛降落的空間，不可能設置護欄或欄杆。

賽歐在沒有東西遮蔽視野的甲板一隅和可蕾娜一同坐下，對著身旁像小貓般探出上半身的她說：

「……好吧，這也可以算是藍色大海吧。」

「對啊……！」

——好想去看看喔，去南洋地區。等戰爭結束後。

一年之前，當時他們也是正在突破重圍追趕電磁加速砲型。那時候這麼說過的可蕾娜現在雙眼發光，注視著散發朦朧藍光的大海。

如同頭頂上方的繁星，奢靡華麗卻不會照亮黑夜，是一種夢幻般的藍光。

只是極輕極淡地從浪濤中透射，這般微微幽光反而突顯了夜晚海洋的幽邃，賽歐看著看著，竟開始憂疑有某種東西將從那晦暗深淵浮起，不由得脫口說了句：

「竟然真的來了呢……來到海上。」

可蕾娜笑了笑。

「什麼竟然真的來了，聽起來好像你不想來一樣。」

「嗯……可能是真的還不想來。」

他不想和辛、萊登或蕾娜說這種話。只有面對可蕾娜時才會脫口而出。

因為可蕾娜恐怕也「和他一樣」。

「本來是希望等一些事情告一段落再來看的。像是我想成為什麼人，或是想去哪裡……本來是想等到這些問題有了答案，再來看的。」

「……不用勉強找出答案也沒關係的。」

可蕾娜說道。嘴上這麼說，卻像個不安的孩子似的抱著膝蓋。

但金色眼眸卻又正好相反，像鬆了口氣，又像隻得到滿足的小貓。

「因為我們是夥伴，是同胞啊。這點是絕對不會改變的……以斯帖上校說我們就是這樣。所以，不用擔心。」

不管產生了什麼差異。

只有肯定並選擇同一種人生觀的八六身分，不會改變。

「是嗎？」

如同以斯帖與以實瑪利……或是在這個國家邂逅的征海氏族後裔們。他們就跟賽歐等人一樣，故鄉與家人都被戰火奪走，卻活得心懷榮耀。

「……妳說得對。」

很慶幸能遇見他們。

賽歐很慶幸能來到這個國家。

這裡的國民失去一切，只剩下榮耀，卻仍然能笑著過活。

有這些抱持相同人生觀的人在，讓他知道即使這樣還是能好好活著。

既然這樣，他們八六一定也能維持現狀活下去。

「本來有很多事情讓我有點焦慮，不過……妳說得對。一定沒事的。」

頭頂上方的繁星如同過去的第八十六區，由於沒有人造光源而受暗夜深深支配，所以才能有如此的奢靡美麗；視野下方鋪展的景象也同樣虛幻易逝，無數藍光就像成群的螢火蟲。

在第八十六區時，辛不帶感慨地仰望過那璀璨的幽冥，然後過了兩年，如今他感到有點落寞。無論是第八十六區的戰場還是這片遠離陸地的大海，都不是人類的世界。這份寂寞此時此刻不知為何，奇妙地緊逼胸口。

全長三百公尺的廣大飛行甲板上看不到蕾娜……對他來說不可能看錯的白銀長髮。他本來想約她看看，但是聽維克說她直到戰爭結束前都決定不再看海，以回應自己說過的那句「想帶妳看海」。

這雖然很讓人高興……但比起這個，是不是可以給個答覆了？

這時無意間，他看見了以實瑪利站在艦艄附近的背影。

以實瑪利似乎沒發現辛在看他，就在飛行甲板上跪下。然後他直接以額貼地——應該是親吻了飛行甲板。帶著親吻年老母親的敬意與感謝。

「…………？」

那是什麼意思？辛並未產生強烈的疑問，只是隨便想想。

「辛耶。」芙蕾德利嘉在稍遠處呼喚他……於是辛便把這件事忘了。

†

翌日。

『——密細亞第九艦隊呼叫太初第八艦隊。艦隊已抵達作戰開始線，即將開始進攻。』

刻意於日落前從母港出發的兩個佯攻艦隊，明顯裝出掩飾目的地的樣子先往「軍團」支配區域沿岸航行，然後轉換航道。兩者各自在轉個大彎的同時航向摩天貝樓設施——此時進入了敵軍的砲火射程。

「——收到。願聖艾爾摩保佑你們。」

征海艦隊「遺海孤軍」目前處於無線電靜默中。以斯帖悄悄回以傳達不到的祈禱……艦外已是第二個深夜，在隨著風暴而來的薄雲中閃現疏落朦朧的星影。如今作戰即將開始，身為艦長的兄長正在小憩片刻。以斯帖作為他的代理，這是最後一次立於綜合艦橋了。

「通知『遺海孤軍』各艦。準備出擊——只要佯攻艦隊其中一方開始交戰，就開始攻打摩天貝樓據點。」

「遵命，長官……兄長那邊……」

「還不用通知。等到本艦隊與敵軍交戰之際，必須請兄長以最佳狀態指揮我們——並為大家送行。」

†

『太初第八艦隊呼叫密細亞第九艦隊。已確認失去誘標五號——開始交戰。』

†

兩個伴攻艦隊進入交戰，征海艦隊以他們為障眼法，在黑夜的幫助下前進。幾小時後即將抵達作戰區域，在征海艦隊的居住區塊，換好衣服的蕾娜從船艙入口偷看走道。

換好衣服。沒錯，就是裝備起了「蟬翼」。

這已經是第三次穿它了，但還是一點都無法習慣。再加上她從聯合王國回營時立刻請人準備了大一號的軍服，卻粗心忘了帶來。

但她又不想穿著這種身體線條畢露的服裝站在征海艦的組員們面前。而且接下來還得跟隊長級人員開簡報會議，也會跟辛碰面。

趁現在去跟安琪或夏娜借件軍常服好了。

蕾娜做好打算，環顧空無一人的走道。

她們個頭都比蕾娜高，應該可以把她們的軍服穿在「蟬翼」外面。雖然西汀也符合這個條件，但蕾娜總覺得好像不能跟她借。不知為何就是有這種感覺。

蕾娜僅伸出頭來把整條走廊偷看到最尾端，眼睛一朝向反方向的瞬間，便赫然看到辛就站在眼前。

蕾娜整個人霎時變成了雕像。

辛眼睛略為瞪大，呆立於原地不動。

他眼睛往下看著只穿了「蟬翼」的蕾娜。

看著銀紫色仿神經纖維作為外接仿人腦覆蓋皮膚，但只是覆蓋而不肯幫忙支撐所以很多部位會搖晃，身體線條也清楚明顯地展露無遺的她。

這時蕾娜才想到，辛……

他有個毛病，曾讓安琪與達斯汀以前有一次感覺互相來電，卻因沒注意到他而發生了悲劇。就是走路不發出腳步聲的毛病。

經過一場極其漫長，好像沒完沒了的沉默後……

「——聽說妳在聯合王國向維克領取了『蟬翼』。」

辛說道。用一種壓抑著沸騰湧起的火氣，嚴峻而冷冽的眼神。

「我正覺得奇怪，為什麼我這邊沒收到半點相關訊息……難怪不管我問誰都沒人要回答，在列維奇基地時蕾爾赫還卯起來跟我道歉。」

可想而知。

若不是蕾娜自己得穿，她可不想跟別人解釋這種東西。

「馬塞爾更是我一問他就說什麼『我還不想死』然後逃之夭夭……早知道就不該手下留情，應該好好逼問他一頓的。」

「手下留情……馬塞爾跟你不是特軍校的同窗嗎？不可以太欺負人家……」

「蕾娜，請不要轉移話題。我現在不是在跟妳說馬塞爾的事。」

啊，看來不用懷疑了，辛氣炸了。

被辛逼近到幾乎鼻尖碰鼻尖的距離，蕾娜不禁有些後仰的同時，帶點逃避現實的意味如此心想。她還是第一次看到辛這麼明顯地表現出惡劣的心情。既新鮮又讓她有那麼一點高興。

「不是，那個，我並不是有意要瞞著你……況且這個真的滿有用的。只是有點…………非常讓人害羞就是了。」

呼──……只聽見一聲彷彿要發洩內部壓力的長嘆。

辛無聲無息地轉身離開。

「我明白了。我去把維克處理掉扔進海裡。」

「辛……！你在說什麼啊！」

「雖然手槍交給機庫保管了，但有磨利的鐵鍬就夠了。神父大人說他年輕的時候曾經用那個送敵兵上西天。」

「那位神父大人怎麼可以教小孩子這種事情啊！不對！征海艦上怎麼可能會有鐵鍬啦！」

不管怎麼說，用鐵鍬連自走地雷都打不倒（反人員自走地雷體內配備的是有效射程五十公尺的指向性破片地雷），所以完全不必教即將前去對抗「軍團」的辛如何用鐵鍬戰鬥。

還有蕾娜的吐槽，其實也沒吐到點上。

「那我直接把他踢落海裡，這樣就夠了。以實瑪利艦長告訴我把人丟進外海基本上都會沉下去，在失手時最適合用來毀屍滅跡……」

「辛！」

「……嗯？」

為了迎接作戰開始前的最後一次簡報，維克待在當成臨時會議室的艦橋一樓的飛行甲板控制室，渾身打了個冷顫。

「怎麼搞的？有股莫名的寒意。」

蕾爾赫微微偏頭說：

「可是暈船了？」

「感覺比較像是有人在替我挖墳，我有種不好的預感。」

可蕾娜聽到後插嘴道：

「八成是你在聯合王國的作戰讓我、安琪還有蕾娜穿上的那件情色緊身衣……」

維克高雅地蹙起形狀優美的眉毛。

「那叫『蟬翼』。」

安琪接下去：

「那件殿下自以為幽默，但穿它的人一點都笑不出來的性騷擾緊身衣……」

「……好吧，我是活該遭受這種批評，就當作是這樣吧，然後呢？」

西汀半睜著眼加入她們：

「那件你勇於認錯是很好，但並不是這樣就能一筆勾銷的大變態緊身衣……」

維克被毫不留情地補上一腳，神情顯得有點洩氣。可蕾娜沒理他，說：

「一定是那個終於被辛發現了吧。」

「噢……」

維克發出小聲呻吟，態度卻顯得不怎麼焦急，動作誇張地搖了搖頭。

「這下糟了。情報是從哪裡洩漏的？」

被他瞄了一眼，馬塞爾急忙一個勁地猛搖頭。

「不，我怎麼可能會說出去嘛，殿下！我要是不小心說溜嘴，諾贊第一個會先把我宰了然後殿下再來把我宰了好不好！」

「你很清楚嘛，馬塞爾。事實上如果你說溜嘴，在諾贊對付過你之後，我會親手讓你復活然後再扒掉你全身上下的皮。」

「…………！」

「殿下……這話讓設計了『西琳』的殿下來說實在不像玩笑話，還是少說為妙……」

也許是可憐臉色發青的馬塞爾吧，蕾爾赫稍稍打了個圓場。

可蕾娜像隻心情惡劣的貓，看著一如往常地搞笑搞怪的主從組合加一位說：

「所以，現在王子殿下的狀況是要不被辛從『海洋之星』踢下去，要不就是被他用船上配備的整修用斧頭把腦袋劈開……殿下你打算怎麼辦？」

「這有什麼，不成問題。反正聖女般善良的米利傑必定連我這種毒蛇都會袒護，然後被米利傑一攔下，諾贊也會暫時打住的。」

「…………」

好吧，照蕾娜的個性八成是如此，辛也一定會這麼做，但是……

「王子殿下，我可以趁下次作戰之類的機會誤射你嗎？」

可蕾娜覺得這傢伙應該去死一遍看看比較好。

靠著雙手抓住即將快步離去的辛一條手臂，再使勁踏穩地面的強硬手段，蕾娜總算是成功留住了辛。

話說，勝利的原因是辛擔心軍艦的粗糙走道地板會弄傷她只包覆著薄薄「蟬翼」而幾乎赤裸的腳尖，所以不敢再走下去。

「……………………既然這樣，至少請妳把這個穿上。在卸裝之前不用還給我沒關係。」

被辛粗魯地把軍常服外套啪沙一聲地往身上蓋，蕾娜侷促不安地把蓋在頭上的外套重新披到肩上，同時抬眼看向辛。

結果跟還是有點不高興，但好像被她弄到生不起氣來的血紅雙眸對上了目光。

「…………」

一種奇怪的沉默隨即瀰漫在兩人之間。雖然稱不上尷尬，卻總覺得話有點接不下去。

應該說他們都發現，其實該談的不是這件事。

隔了一小段猶豫般的時間後，結果是辛先開口：

「……真可惜，第一次看到的海竟然是戰場。」

這番話讓蕾娜心裡一驚。

我想帶妳看海——想與妳一起看海。

在一個月前，舞會那晚的煙火之下，從託付給她的這份心願連綴出的話語，蕾娜到現在還沒能做出回應。

「嗯……那個……」

簡而言之。

辛的言外之意是：都已經過了一個月了，作戰快開始了，之間的尷尬也已經淡化到可以像這樣閒聊的地步了，是不是可以給我個答覆了？

蕾娜其實也聽出來了，但一意識到那個問題又說不出話來了。

「沒……沒關係，很漂亮啊！我是第一次看到。」

結果就回答得就像完全不重要，沒有意義的閒談。

這當然引來了辛的小聲嘆息，使得蕾娜更是心慌意亂。

「呃，那個……對了，聽說辛你答應了聯邦的提議，要嘗試控制異能對吧？說是會請辛你媽媽的娘家幫忙。那個，現在進展到哪裡了？」

「……目前暫時只會進行面談。他們說必須先建立信賴關係。」

「這樣啊……不過，要是能早點成功控制就好了，這樣辛一定也會輕鬆很多。我一直很擔心你喔。」

「……」

「呃，我是說……──咦……」

蕾娜正慌亂地找話講時，突然被他用力一把拉進了懷裡。

「咦？」當蕾娜還在瞠目驚訝之際，嘴唇已經覆了上來。

與一個月前的夜晚正好相反，這次是辛主動。

那是個啃咬般的吻。

揉雜著渴望、衝動與某種飢餓感，蕾娜從來不知道有這種凶猛的吻。

蕾娜腦袋變得一片空白。

彷彿時間倒轉，蕾娜就像那晚一樣地心跳加速，頭腦充血過度讓她陷入混亂。男人的凶猛對蕾娜來說仍然陌生，這讓她有一點害怕。

但唇瓣相貼的甜美熱度勝過恐懼，令她陶醉得無法自拔。

互相予取予求，分享彼此的血液熱度，恍如身心相融。

這次，不曉得究竟過了多久。

兩人嘴唇分開，她自然地喘了口氣，呼出的氣息再次交融。

蕾娜面紅耳赤、全身僵硬。她想都沒想到會這樣遭到突襲，害得她六神無主、手足無措。

「一個月前妳突襲我，我被妳嚇了一跳，這次是回禮。」

蕾娜抬頭看去，只見辛的表情有點像是小孩子鬧彆扭。

「等蕾娜妳願意回答我了……再告訴我妳的答案吧。」

†

由兩艘斥候艦帶頭劃破外海的巨浪，征海艦隊「遺海孤軍」組成以征海艦為中心的輪形陣，最終入侵了暴風雨的勢力圈。

厚重不祥的烏雲覆蓋天空。拍擊般的豪雨讓視界模糊泛白，隨每次眨眼改變風向的強風讓雨滴狂舞成漫天紗簾，打在具備裝甲外殼的飛行甲板上。包圍艦艇的浪濤形成尖聳銳角，起伏的海流把艦體上下搖晃得軋軋作響。

距離摩天貝樓據點尚餘一百八十公里。

†

為了指揮航海與艦隊整體戰鬥，征海艦的艦橋設置了打通兩個樓層的綜合艦橋，航海人員與指揮控制人員都在此處候命。除此之外，在這次作戰中，機動打擊群的指揮官蕾娜與管制人員則是使用備用空間。

以實瑪利在綜合艦橋的最後方，感慨萬千地看著比起五年前最後一次作為革流征海艦隊上戰場時，人數還要多出許多的艦橋。

綜合艦橋的窗戶已用裝甲板封住備戰，取而代之地，室內展開了無數的全像螢幕。螢幕中的船外風雨與狂暴浪濤愈演愈烈，艦艇已從強風圈進入暴風圈，闖進風速惡狠狠超過三十三公尺，稱作颶風的定義上最大風速狂暴肆虐的破壞漩渦。

背後的門伴隨著壓縮空氣外洩的聲響開啟，眼睛轉過去一看——是蕾娜。

不知為何，她只有今天穿著聯邦軍的鐵灰色軍服，而且還是大一號的男用制服，腳步有點輕飄飄的，不太穩定。

她先是對艦外恐怕不曾體驗過的大風暴倒抽一口氣，然後總算回過神來，銀眸取回了精明果斷的緊張感。

「艦長，最終簡報的時間就快到了。」

「喔——了解……以斯帖，代替我指揮——……」

「兄長。」

有著藤蔓圖案刺青的通訊軍官說道。金晶種的金色眼睛銳利且帶著一絲冰冷。

「——是密細亞第九艦隊。」

「……『已經』來了？真快啊。」

那道聲音聽起來略為低沉了些。

蕾娜仰望他的側臉。冷硬的翠綠眼瞳不曾轉向身旁的蕾娜。

「……幫我接通。」

「是。」

通訊軍官操作操縱台。密細亞艦隊傳來的通訊響徹綜合艦橋。

聯邦應該提供了同步裝置，訊息卻以無線電傳來而非知覺同步。

『——即將潰滅的太初第八艦隊，聽得到嗎！』

蕾娜猛然睜大雙眼。

為了預防不必要的混亂，軍方的無線通訊有一套固定規範。無論陷入多混亂的場面，都不可能用這種荒唐的說話方式呼喚通訊對象。

這並不是在跟太初第八艦隊通訊，而是發給「遺海孤軍」的廣播。為了不用擔心遭到「軍團」竊聽——絕不讓敵軍察覺第三個艦隊（遺海孤軍）的存在，才會偽裝成傳給太初第八艦隊的通訊。

『這裡是密細亞第九艦隊快速艦『阿斯特拉』，代替旗艦『歐羅巴』與貴隊通訊！——『歐羅巴』已遭電磁加速砲型的砲擊轟沉，艦隊目前剩下三艘快速艦！貴隊目前仍是巡防艦二、快速艦一嗎！』

旗艦遭到轟沉。豈止如此，以七或八艘艦艇組成的佯攻艦隊，兩隊都只剩下不到一半數量。

蕾娜不禁倒抽一口冷氣。

接著身旁的以實瑪利，以及艦橋內征海氏族們冷酷無情的態度令她大吃一驚，然後她才終於搞懂了整件事。

『由於戰力不足，就此放棄掃蕩觀測機母艦的任務，繼續執行「最優先任務」。目前推測敵方餘彈數六十五……！……六十四。我們會盡可能將其減至零！』

最優先任務……也就是爭取時間，把征海艦隊送到摩天貝樓。

不管多少艦艇遭到擊沉，就算要以艦隊全軍覆沒為代價——也要盡量吸引電磁加速砲型的砲擊。

『願聖艾爾摩保佑貴隊，太初第八艦隊——在航海星之下！』

『——這裡是太初第八艦隊，收到。我們也跟你們一樣。願聖艾爾摩保佑，回歸航海星……』

通訊就此中斷。

蕾娜愕怔地仰望以實瑪利。他的確說過這是佯攻，但是……

「從一開始，佯攻艦隊就打算……」

「……我本來沒打算讓妳聽見的。因為這是我們船團國群——船團國海軍的問題，跟你們機動打擊群無關。」

以實瑪利嘆氣說道。左眼邊緣的刺青描繪著火鳥之形。

「『沒錯』，佯攻的那些人從一開始就是敢死隊。參加的也都是損傷艦或練習艦，而且是一群其實早該退伍的老頭、老太婆。船團國群已經沒剩幾艘像樣的艦艇，無法用來進行生還機率這麼低的佯攻行動。」

所以雖然給了同步裝置，他們卻沒有帶上戰場——……

「為了讓船團國群存活下來，無論如何都得打倒電磁加速砲型，無論如何都得把『海洋之星』送達那裡，為此付出代價也在所不惜……佯攻艦隊全軍覆沒後，接著就換『遺海孤軍』的破獸艦——弟弟們成為誘餌。」

不同於蕾娜當場定住不動，以實瑪利語氣平淡，用眼角帶著刺青的臉龐說道。用他那據說代表了隸屬的船團、搭乘的船艦及雙親血統的火鳥刺青臉龐。

據說他全身刺滿了同樣的圖案，而征海氏族的族人都是如此。

死在海裡的人，遺體有時會被海洋生物或海浪力量弄毀，連長相都無法辨認。所以自古以來，靠海生活之人總是以特定刺青或圖案的衣服作為身分證明。而此種證明遍布他們的全身上下，而非只限一處。

豈止認不出長相。死於與原生海獸的搏鬥就表示將會死無全屍。就表示理所當然地會是一場激戰，死者連一點屍塊都撿不回來。

他用一種甘願承受這種悲壯命運的神情說道：

「……這是戰爭，不管怎麼做都會有人傷亡。既然我們已經縱容臭鐵罐們拿出那種超長距離砲把我們單方面當砲灰，就更是如此了。」

在一年前的大規模攻勢當中……

聯邦用大量巡弋飛彈發動飽和攻擊，將電磁加速砲型打到嚴重損毀。他們投入幾分鐘就能飛越一百公里的翼地效應機，將一個戰隊送去直搗黃龍。

船團國群這種國力不足以保有昂貴巡弋飛彈，又不具備技術水準獨力開發翼地效應機的小國，假如要突破射程四百公里的敵軍砲擊區域，就只能以鮮血作為代價。

要譴責他們殘忍無情很簡單，但是……

「……很抱歉。」

「……怎麼會是妳跟我道歉啊？」

見蕾娜低著頭，以實瑪利笑著搖搖頭。

宛如天空破洞一般的豪雨導致全像螢幕映出的艦外景況幾乎是一片白。這樣的急風暴雨，除了彷彿要壓潰萬物的沉重壓迫外，甚至還能感受到某種巨大存在的惡意。

「不過，好吧。既然妳都聽到了，就順便……再多知道一點吧。」

多知道一點我們的事情。

「遺海孤軍」有按照當初的預定將同步裝置帶來，他用手指輕觸一下啟動裝置，拿起艦內廣播的麥克風。

艦內廣播的範圍可達三百公尺艦艇的每個角落。知覺同步的對象則包括征海艦隊所有艦艇的艦長、副長與通訊軍官。

「各位弟兄，我是『海洋之星』艦長以實瑪利．亞哈。」

沒人出聲回應。但感覺得到整艘艦內身為運作征海艦的血流，組員們都在側耳靜聽。

「本艦隊目前位於敵軍大本營直線距離一百八十公里外的位置。兩個佯攻艦隊正在與敵軍的砲火交戰，不幸地毀滅在即。估計我們『遺海孤軍』也將提早與敵軍開戰。」

以實瑪利對此心裡感到踏實的同時，首先對既非部下也非征海氏族的一群人出聲說道：

「各位八六，等抵達摩天貝樓據點後就輪到你們上場了。雖然船身會搖晃一段時間，但你們不用怕，甚至可以當成機會難得的遊樂設施好好享受一下。征海艦——只有這艘艦艇，絕對不會沉沒。」

這話他重複過很多次。

身為旗艦艦長兼實質上的艦隊司令，這是他非盡不可的義務。他為了保護祖國而借用了外國軍隊，而且是一群少年兵。當然，這些少年的母國聯邦也不可能只是基於善意派來機動打擊群。但他們船團國群，終究是把這些孩子捲進了自己國內捅出的婁子。

無論如何都得讓他們活著回去。不管要犧牲什麼，都得把他們平安送回陸地。

即使為了這個目的，自己與「海洋之星」必須苟延殘喘讓人恥笑……

「各位組員——征海氏族十一氏族最後倖存的弟妹們。首先，感謝大家願意跟隨我這個名義上的哥哥，謝謝你們——然後，向決意捐軀報國的出航表示敬意。」

為了將僅僅一艘「海洋之星」送到敵軍據點，征海艦隊的十一艘艦艇注定成為誘餌。

雖然後方有救難艦候命，但海上狂風大作，對手又是連要塞都保不住的八〇〇毫米砲，沒人能保證來得及救援。在這暴風雨的大海中，可能連遺體都帶不回海港。

儘管，戰死在人跡未到的碧海是征海氏族的榮耀。

沒錯。

「雖然最後的敵人不是原生海獸而是那些臭鐵罐，但一樣是光榮戰死。來場讓先走一步的艦隊司令（老爸）他們懊惱到掉淚的航海吧，講一堆冒險過程給他們聽吧，展現出流傳千古的勇猛與果敢吧……讓後人說——」

千年之後，不曾謀面的子孫們必定會傳誦這個故事。

縱然從未目睹過征海艦與征海艦隊，甚至再也無法想像它們的英姿，仍會繼續傳誦下去。

「這正是我們船團國群『過去曾經擁有的』征海艦隊——最後一趟征海航海。」

「咦？」在他背後等候的蕾娜睜大雙眼。

船團國群的軍官們沉默地高舉拳頭，或是跟旁邊的人互相擊拳，他們的背影令她無法置信。

最後？過去曾經擁有？

聽起來簡直像是整個征海艦隊……全船團國群僅剩的這一個征海艦隊，將在這場作戰中成為歷史——……

維克透過知覺同步說話了。他在艦橋一樓的飛行甲板控制室待著，那裡由於這次作戰不會用到艦載機而被當成臨時會議室。

『——航空母艦……』

征海艦的原型，航空器的海上平台……

『這種艦種在軍艦中雖然擁有最大火力投射能力，但本身極其脆弱。必須讓擔負護衛、戒備與防空的驅逐艦與巡洋艦固守周圍，才終於能夠專注於制空戰鬥……一旦失去護衛就很容易遭到擊沉。這也就是說，征海艦隊也不例外。』

就算只有征海艦倖存，失去友艦就等於失去征海艦隊。眼下是戰時，船團國群已消耗到極限，他們的國力原本就不足以建造和運用昂貴的破獸艦或遠制艦，今後更是再也無法製造了。

而失去征海艦隊，就代表雷古戚德征海船團國群揭櫫為國號的征海榮耀也將永遠喪失。

他們是真正地不惜捨棄一切甚至是尊嚴，也要讓祖國維繫命脈。

那種小國的——無力的慘狀。

但以實瑪利絲毫不把這些表現出來，說了。

就像個大哥帶著弟弟妹妹，進行一場期待已久的遠足。

就像執行特別偵察任務時與弟兄們一同歡笑，消失在支配區域的先鋒戰隊。

「我會見證你們的奮戰與捐軀。我與『海洋之星』將成為說書人。就算過了一百年變成老頭子，我也會講到斷氣為止。然後等過了一千年，『海洋之星』……只有她會變成紀念碑，證明征海艦隊與征海氏族的存在，以及船團國群過去的榮耀。所以，各位，放膽去帥氣地、浮誇地……壯烈犧牲吧。」

「……所以，那些人才會來送行……」

用以掌握艦載機狀況的定位板(Ouija board)放在臨時簡報室的中央位置。辛在這個房間裡抑鬱地喃喃自語。

明明是深夜出海，卻好像全城居民都聚集到了海岸，有那麼多人不斷揮手為他們送行。

他們，甚至是船團國群的全體國民，恐怕都已經知道了。

知道這場作戰，將是僅存的征海艦隊的最後一戰。

知道征海船團國群冠於國號的征海榮耀——將在今天，永遠喪失。

征海艦隊目前是無線電靜默狀態，不過在這場作戰中艦長、副艦長與通訊軍官都有使用聯邦提供的同步裝置，即使是艦艇之間的訊息也能以知覺同步即時傳遞。以實瑪利的發言直接傳達給了四周護衛的三艘遠征艦與小上一圈的六艘破獸艦，以及兩艘斥候艦。

在暗夜與風雨的罩幕中，左舷前方依稀可見的遠制艦「瑤光」艦橋上有剪影在移動。可蕾娜從「海洋之星」的艦橋五樓司令指揮台望著像是艦長與副長的身影在僅以最小儀表燈光為光源的航海艦橋上擊掌的情景。

為什麼？呆怔的腦海一隅產生這個疑問。

為什麼？明明都快喪失尊嚴，失去定義自己與同胞的零碎片段了。

這些出於善意說過「我們跟你們一樣」的人，為什麼……

她笑著那樣說。

說與同胞之間的牽絆絕不會改變。

難道當時以斯帖那樣說，意思其實是「就算失去一切，至少同胞還在」……

「……這根本就……」

包括這艘「海洋之星」在內，極星級征海艦的艦艏都是經過密閉的封閉式設計。機庫與隔壁的待機室都不會遭受風吹雨打，只有聲音會模糊微弱地傳進來。

與其說是雨滴，雨聲已經堅硬到如同被碎石撞擊，呼嘯的風聲時高時低，宛如數千枝笛子或古老蠻族的戰吼。閃電強行撕破理應為絕緣體的空氣，發出近乎破碎聲的驚人雷鳴。

那是深刻於人類本能，讓人無條件感到恐懼的太古暴威之聲。有史以來人們都相信這種轟然巨響是天怒，是神祇或怪物的咆哮。

在做好準備的待機室中，處理終端們無自覺地屏氣凝神，窺伺看不見的天空。大家都體驗過強風大雨，但這可是在毫無遮蔽的大海上遭遇暴風雨。

再加上方才聽到艦內廣播才初次知道的事實，逼出了眾人平常無意識地藏在內心深處的不安與疑慮。

戰鬥到底的，驕傲……他們八六至今仍只有這份驕傲。八六向來認為這就足夠讓他們奔馳沙場奮戰到底，別無所求。

就連他們最後僅剩的驕傲，征海氏族……船團國群都能直接拋開繼續戰鬥，那種生命樣態令他們無法置信。連這份驕傲都失去了，連唯一能夠定義自己的尊嚴都失去了，為何還能繼續戰鬥？為什麼還能……堅強活下去？

他們辦不到。假如所有一切都遭到剝奪，連最後剩下的驕傲都失去了的話——他們將無法繼續維持自我。

假如就連僅剩的驕傲……有時都如此簡單，輕易就遭到剝奪的話——……

未曾體驗過的垂直激烈運動從腳下往上撞擊著不曾見識過大海的他們。

海上風大浪大。被海浪的力量往上抬起，又往下砸落的上下晃動不曾中斷，反覆來襲。他們早已適應「破壞神」的嚴苛機動動作，況且現在是作戰前的緊迫狀況，沒有人會丟臉地暈船。但這劇烈搖晃讓他們知道，自己只隔著一塊鐵板待在廣大無邊的陰間地獄之上。

一思及此，就讓人心裡感覺十分不踏實。

沒有任何不變的支撐。以為自己站得穩穩的立足處，其實既脆弱又不安定。

至今他們已經有過好幾次這種體悟。無論是在第八十六區的戰場、雪地要塞，或是這水藍色的地獄戰場。

有過這麼多次體悟就表示——尊嚴，是如此的不可靠。

沒有任何事物能永不毀壞。在這世界上……沒有任何事物能保證永不失去。

這份恐懼，使身經百戰的少年少女默然無語。如同膽怯的孩童，所有人都在不知不覺間——仰望著狂怒啼叫的上蒼屏住呼吸。

以實瑪利把麥克風放回原位呼一口氣，才終於離開了艦長席。

「以斯帖，簡報期間的指揮權交給妳……久等了，米利傑上校。」

「是，兄長。」

「不會……那個，以實瑪利艦長……」

以實瑪利轉過頭來，看到這次不知怎地神情泫然欲泣的蕾娜，苦笑了起來。

「我說了，妳不用露出這種表情，我說真的……只要你們偶爾能想起有過我們這個國家，我們就感激不盡啦。」

這種事不適合在綜合艦橋上談，況且大家已經集合了，正等著他們來開簡報會議。於是他移動到走道上，邊走邊繼續說：

「本來就是個沒什麼產業的小國，勉強擁有用不起的征海艦隊罷了。戰爭拖得一久就搞得民窮財盡，撐不下去只是遲早的問題。」

兩人步下軍艦特有的狹窄階梯，前往艦橋一樓。快步擦身而過的組員（弟弟）向他敬禮之後讓路。

「只不過是事情發生在今天罷了。雖說是最後一次，但也是好好盡到職責的最後一次，所以啦，已經算不錯了。」

「——哪裡不錯了？」

就在他伸手要去開飛行甲板控制室的門時，背後傳來一道聲音。

回頭一看，以實瑪利揚起一邊眉毛。在階梯前面，看在他眼裡還正值成長期的少年軀體，穿著搭配起來教人傷心慘目的沉重鐵灰戰鬥服——賽歐微微喘著氣站在那裡。

「利迦少尉——……」

蕾娜開口想勸誡一句，然而以實瑪利制止了她，轉向賽歐。「妳先進去。」以實瑪利有點強硬地把她纖瘦的背推進室內，然後關上了門。

賽歐絲毫沒察覺到這是以實瑪利的一片好意，說道：

「故鄉被人奪走，之後還要失去真正的家人不是嗎？現在連一份驕傲都得捨棄——你怎麼還能接受啊！」

至少自己辦不到。賽歐認為任何一個八六都辦不到。

沒有能回去的故鄉、該守護的家人，也沒有承襲的文化。除了戰鬥到底的驕傲，沒有任何事物能為自己下定義。

所以自己和同伴們最排斥的……最怕的就是——連這份驕傲都遭到剝奪。

明明應該是這樣的。

為什麼同樣失去故鄉與家人，甚至連征海榮耀都將被戰火奪走，以實瑪利——以及這個征海艦隊的組員們，卻能接受這種事……

豈止如此，還帶著笑容……

「……這個嘛。」

以實瑪利從正面承受他那有些聲嘶力竭的呼喊，點了頭。

他想了想，然後開口：

「『妮可』……那具原生海獸的骨骼，原本是擺設在我故鄉的總督宮殿裡。」

賽歐感到疑惑，不懂他怎麼突然說這個。妮可。那具陳列在基地大廳裡的原生海獸骨骼。

「當戰爭爆發而迫使我們放棄國土時，艦隊司令（老爸）讓難民坐滿了征海艦隊，然後勉強把妮可也運到船上才出港。他說戰爭恐怕不會一年半載就結束，我們恐怕很久都回不了祖國，所以只要能留下妮可……至少留下一個祖國的象徵，就能成為大家的心靈依靠。」

艦隊司令當時早已有所覺悟，認為革流船團國所屬的征海艦隊恐怕無法作為象徵留存下來。旗艦「海洋之星」也是，就連隸屬艦隊的征海氏族子民們也是。

很遺憾地，他完全猜中了。與「軍團」之間長達十年的激戰，造成艦隊司令與革流征海艦隊所屬艦艇全都成了海底亡魂。

勉強存活下來的「海洋之星」組員也在去年的大規模攻勢中，為了填補防衛陣地帶的破口而去參加不熟悉的陸戰，然後命喪戰場了。

如今只剩妮可與「海洋之星」，以及革流征海艦隊唯一的倖存者以實瑪利，可作為祖國曾經存在的證明——「海洋之星」與以實瑪利也將在這場作戰卸下這個身分。

然而，對於這份喪失……

「現在安置妮可的那間大廳，原本並不是為了她所打造的。那裡原本陳列的，是那座城市代代相傳的魚雷艇最後剩下的龍骨。」

有一群人，做出了回報。

「為了我們，為了放棄祖國保全船團國群的我們，他們收起自己引以為傲的事物，把那裡讓給了我們。那座城市也是我們的故鄉。那座城市從今以後就是我的故鄉——對，還是能得到新的事物。就算失去了一切，只要還有一條命在，總有一天會得到同樣寶貴的事物。即使只是假充替代，總會得到新的依靠。」

嘴上這麼說，以實瑪利笑起來的表情卻虛幻得彷彿即將消逝，彷彿會溶化在廣漠大海中消失無蹤。

「船團國群的歷史就是敗北的歷史。不只是原生海獸，我們也受到兩個相鄰大國欺侮蔑視，多少比較肥沃的土地全被迫割讓，即使如此仍為了維持剩餘國土與征海艦隊而奉承取媚，努力延續了命脈……幾百年來我們都遭人剝削，活在無止盡的挫敗中。即使挫敗而失去了些什麼，還是得活下去。船團國人本來就親身體會過這一點。所以……我們也明白，只要再尋找新的目標就行了。」

「——那如果到頭來，什麼都沒得到就死掉怎麼辦？」

賽歐像個耍賴的小孩子般搖頭，否定他這番話。雖然講話聲音變得像在哀號，但他阻止不了自己。

「一直遭人剝削，一直失去……要是到頭來沒得到其他任何東西就死掉——要是得不到半點回報就死掉要怎麼辦啊！」

就像戰隊長那樣。

拋棄未來與家庭，到最後戰死沙場。祖國同胞嘲笑他是蠢蛋，就連孩子都懷疑他的選擇與死亡的意義……到了死前都還只能說「不要原諒我」。

同在第八十六區戰鬥，卻直到死前都得不到一個知己，孑然一身。

戰隊長——你為什麼待在那種戰場，還能繼續……

以實瑪利笑了。

「這有什麼關係……只要能不以自己為恥就很好啦，這不就夠了嗎？」

用開朗得傻氣，堅強得傻氣，一如戰隊長的表情。

「要不然，我就太對不起艦隊司令了。艦隊司令都死了，都為了保護我與氏族而死了……我要是活得畏畏縮縮，他就白死了。」

†

「——兄長，指揮權交還與您……僚攻艦隊於十五分鐘前通訊雙雙斷絕。最後的通訊內容為『剩下四十五發。祝好運。』」

「收到……再來，就換我們了。」

敵機，餘彈數四十五。距離剩下一百四十。

†

為了與作戰指揮官分享狀況到最後一刻，身為總戰隊長的辛與副長萊登、尤德與他的副長在艦橋五樓的司令指揮台待機。

話雖如此，不斷敲打厚重防爆玻璃窗的雨水飛沫幾乎遮蔽了整片視野。室內為了不被敵機發現而關了燈，一片黑暗。

啪！彷彿整面窗戶都在發光，強烈的雷光將天地間的色彩塗抹成純白。緊接而來的，是宛若冰山於極近距離內崩塌的轟雷巨響。在一同染成鉛灰色而失去界線的天海交會處，一道紫電閃光穿過雲間。

它恰如古代將其譬喻為征天飛龍一般，沿著恍若神話生物般有生命力的軌跡奔馳，形狀一如在烏黑陰天中，高空大氣迸出的一道裂紋。

「……喂。」

萊登分不清楚是呼喚還是呻吟的呆愣聲音讓辛把眼睛轉過去看，然後也察覺到了。

即使電光消失，外頭的朦朧亮光仍然沒消失。

不是月亮，更不是太陽那種祛除黑暗的光明。宛如星光，宛如雪地反光，宛如夜光蟲散發的藍光，是一種彷彿要溶於黑暗的微光。

雖然心裡明白就算雷電直接命中也不會打破窗戶，辛仍出於本能小心謹慎地走到窗邊，窺視一下外頭後倒抽了一口氣。

是整艘「海洋之星」在發光。

在船身邊緣，比飛行甲板低一截的位置，設置於左右的兩門四〇公分多管砲與它們的砲口在發光。這座艦橋很可能也是。在理應連艦艄都看不見的黑暗中，它們正因為帶電而幽晦地發光。

如同不具溫度燃燒的幽藍鬼火。

如同以鬼火為燈，用破裂船帆與折斷的船桅永久徬徨於海上的幽靈船。

一片帶著幻想色彩的光景。

——也許就連這整個世界都只是幻象。

人類的歷史也是，榮耀也是。就連人的一生都是。也許人類以為具有價值，自以為寶貴而不肯放手的一切，全都是不具意義的幻想。

辛握緊了拳頭，壓抑住閃過腦海的一連串空虛思維。

……豈有此理。

他絕不會接受。

這時有人粗魯地開了門，一名組員軍官探頭進來。

「小子們！就快進入摩天貝樓據點的海域了！做好準備！」

「——收到。」

辛先走了出去，萊登等人也跟著快步走出房間。啪的一聲，響亮貫耳的雷鳴目送他們離去。

綜合艦橋上的蕾娜也目睹了那幅光景。

「這是……」

彷彿撕裂天空的雷鳴傳染了艦體。微白的幽晦藍光如不具熱度的火焰隨波蕩漾，忽明忽滅地搖曳。

可能不是什麼稀奇事，也可能是在這暴風與大浪中無暇理會。以實瑪利等人讓艦艇前進，看都沒看那景象。警報聲響個沒完沒了，警示燈亮起。怒吼般的指示聲飛過空中。

兩個伴攻艦隊全軍覆沒，觀測機母艦未能徹底擊毀就得進攻。即使是習慣了大海的征海氏族平時也會選擇避免這種狂浪海域，這次「遺海孤軍」卻刻意選為航線前進。

觀測機母艦似乎是拿已經滅亡的外國商船或漁船來用，它們並未建造成適於在風大浪高的遠洋運用，無法進入這片海域。此處離原生海獸的地盤有段距離，飛於高高度的警戒管制型在這個海域飛行會遭到擊墜，觀測機也無法取得高度，不太可能被發現。

而如今，他們即將穿過這片海域。

距離剩下一百一十公里。

輪形陣的外圍有六艘破獸艦轉舵擴展圓圈。帶頭的兩艘斥候艦拉開橫隊長度，拓寬搜敵範圍。聲納浮標投射。容易遭到反偵測的對空雷達繼續不用，對觀測機母艦的接近提高警戒。移動至機庫的辛已接獲報告，表示「軍團」——觀測機正進入低空並接近艦隊。

沿著輪形陣外圍前進的破獸艦與他們連上知覺同步。那是已故的貝勒尼征海艦隊，最後的一艘破獸艦「北落師門」。

『——兄長、『海洋之星』各位組員，我們準備要出發了。願各位永保安康。』

「北落師門」的艦長是女性，年紀還很輕。她把兩個孩子與並非征海氏族出身的丈夫留在陸地上卻笑得輕鬆。

『並祝各位八六武運昌隆——等有一天恢復和平後，要來我們國內玩喔。』

「北落師門」改變航向。它向右舷轉舵離開航向東方的艦隊，開始南下。稍晚一點後，破獸艦「天鵝座」隨後跟上。

艦影消失在海浪後方，等充分拉開距離後啟動對空雷達，解除無線電靜默。活潑歡快的歌聲響徹全頻段，看樣子似乎是艦長與全體組員一邊唱歌一邊前進——那是在遙遠碧洋青波中前進的水手高唱的冒險之歌。唱著未能實現的夢想。

雷達與無線電，都朝著全方位不分對象散播電波。原本為防遭到反偵測——被「軍團」發現而封鎖的電波，如今全數解放。

最後就在高山般的大浪另一頭，早已連艦影都看不見的遙遠彼方，多管火箭砲編織成的火網噴著火直達天際。

†

一架觀測機偵測到新艦艇接近發出的雷達波。

在船團國群稱其為摩天貝樓據點的海上據點最高層，接到報告的電磁加速砲型旋轉它那巨大的八〇〇毫米砲。

『珊瑚一號，收到。射擊──』

就在準星對準敵艦──或是敵軍艦隊的預測位置稍微前面一點的地方時，它偵測到了「那個」。擁有「軍團」最大威力與射程的電磁加速砲型配備了對空雷達以進行自衛。雷達有了反應。

『主砲，取消射擊。展開對空防禦。』

它捕捉到了無數飛行物體的反應。

連動的八門對空旋轉式機砲自動瞄準飛行物體射擊。它幾乎打落了所有飛來的火箭砲彈……

『──判定為無法攔截。』

它遭到一發躲過攔截的砲彈命中。

極近距離內啟動的霰彈把彈雨砸向電磁加速砲型。

船團國群的火箭砲命中精度極低。為了彌補這點，他們採用了多管構造與複數發射器的齊射方式。多達數百的成群飛行物體宛如淹沒天空的火焰紗簾般來勢洶洶，不可能完全對應。

爆炸反應裝甲啟動防止火力穿透，但假如同個部位再次中彈，損傷是在所難免——必須盡早排除。

『珊瑚一號呼叫觀測機母艦。前往指定座標。』

它反推算彈道，計算出搭載多管火箭砲的敵艦位置。呼嘯一聲，主砲破風轉動，瞄準那個方向。

鎖定。

『請求彈著觀測——開始砲擊。』

†

「——『北落師門』、『天鵝座』通訊斷絕。推測已遭到擊沉。」

當誘餌破獸艦遭反擊時，「遺海孤軍」本隊更進一步縮短距離。確認破獸艦的弟妹們已確實地慷慨赴義爭取時間後，以此作為信號，不久前改從右舷後方駛離的兩艘破獸艦傳來通訊。

『「牛郎星」、「米拉」隨後跟上。』

『那麼我們先走一步了，「海洋之星」。』

再次作為引開砲擊的誘餌，這次換成讓兩艘斥候艦脫離本隊，艦隊如今除了「海洋之星」外，只剩下三艘遠制艦與兩艘破獸艦。距離剩下四十公里。

避開如高牆般阻擋去路的大浪，接著換成一片白色霧牆遮擋開闊的視野。破曉時分應該就快來臨了，但在這海域上很少會看到晨霧。靠近一看，不具霧氣般沉靜的滾滾白煙，原來是海水溫度上升造成的水蒸氣——此處恐怕就是海上形單影隻的摩天貝樓據點的動力源了。它位於作為熱源的海底火山上方。之所以會產生水蒸氣，可能是它的熱能在海底外洩。

水蒸氣在北方空氣的冷卻下形成白煙，描繪出看不見的氣旋升上高空。征海艦用艦艏撕破產生水蒸氣的白色紗簾，穿破它繼續前進。

艦隊突破霧靄簾幕。離摩天貝樓據點尚餘三十公里，已是艦砲射程。

『——全體遠制艦及破獸艦，瞄準目標……索性在這裡擊落它也行，開火！』

倖存的五艘艦艇開始射擊。

搭載的全砲門、全火箭砲射出所有砲彈。這是憑著全力射擊的爆炸火焰與彈幕讓電磁加速砲型畏縮，並且分散敵機對「海洋之星」的注意力。

彷彿要發洩單方面遭受砲火洗禮的怨氣，又像為捐軀報國的兩個伴攻艦隊、破獸艦與斥候艦的戰友們鳴放喪砲，砲聲鳴響烈如轟雷。轉瞬間火砲硝煙瀰漫四下，即使在如此強烈的暴風中依然盤繞於艦身周圍。

撕裂這片灰霧，一道迅雷飛來。

八〇〇毫米砲彈將聲音拋在後方，彈體帶著衝擊波斜向墜落而來，在代替斥候艦擔任前衛的破獸艦「第谷」甲板上打個正著。彈體刺穿上甲板、橫跨多層的整備甲板與居住區塊，甚至達到靠近艦底的輪機室，撞上裝甲特別堅固的艦底才終於停住，然後在那裡爆炸。

砸向艦身的龐大動能與火藥的爆轟，使「第谷」一擊就被折斷成前後兩截。艦艏與艦尾彷彿做出臨死掙扎般朝向高空，下個瞬間就在反撲回來的橫波推動下被打落浪底。本隊跨越這陣大浪，接續其後進攻。

在霧靄紗簾與風雨簾幕的遮掩之下，遙遠彼方模糊不清。彷彿要溶入黑壓壓深海與天空的鐵青色尖端——終於在高聳浪頭的後方隱約探出頭來了。

「——看見目標了，輪到你們上場啦！小子們快準備好！」

一名軍官衝進來，終於喊出了這聲響遍機庫的指示。在甲板人員的操作下，負責打頭陣闖入要塞的第一個部隊搭升降梯升上飛行甲板。

小隊六架機體折起腳部，一次全部上去。「送葬者」也是其中一架，辛在駕駛艙內抬頭仰望，聽著猛烈的風吼聲，以及對他而言早已習以為常的「牧羊人」尖叫的霹靂聲。那是如今仍在不停進行砲擊的電磁加速砲型，僅僅一架就能與千軍萬馬匹敵的戰吼。

升降梯的用途不是載人而是將艦載機送上甲板，因此位於飛行甲板的舷側，本來就不曾設置什麼避浪遮風的牆壁或天花板。一出機庫，幾乎是橫著颳來的猛烈風雨立刻吹襲機身。

上升一層樓來到飛行甲板後，風雨變得更強勁。海上沒有任何遮蔽物。在這樣的大風暴中，就連重量超過十噸的「女武神」都讓人害怕會被風吹跑。

在風吹雨打的飛行甲板上，重量較輕的「女武神」粗心大意地站得太高有可能會被吹倒。他們謹慎地解除腳部鎖定機構，壓低姿勢到幾乎是匍匐著下了升降梯，走在與船身平行鋪設的起飛用跑道上，順著艦艇的前進方向移動至艦艏那端。各機走完跑道，在艦艏近處趴下待機。

讓雲層跟著發光的閃電在滂沱彈跳的雨滴反射下讓視界刺眼發白。這種不見天日之處、轟然巨響與壓迫感，讓人以為深深沉入了視野下方廣漠鋪展的黑海底層。

有著漩渦狀黑雲的天空是海面，在豪雨中如白熱沸水的甲板就是海底。遮擋陽光的厚大雨雲與堵塞視野的豪雨讓世界天昏地暗，無數雨點敲打飛行甲板的轟然巨響宛如永無止盡的海潮聲般不停鳴響。

而最駭人的是彷彿整面天空將要墜落一般，超大質量的水與空氣帶來的壓迫感令人喘不過氣，心生畏懼。

事實上只要走出「破壞神」一步，在這場暴風雨中暴露出血肉之軀，想必連正常呼吸都辦不到。如此的惡水狂風只隔著一塊裝甲，就在外頭瘋狂肆虐。

往遠方望去，依稀可見高可摩天的鋼鐵之塔。

Illustration:I-Ⅳ

在塔頂上，以烏雲重重的夜空為背景，比夜空更黑的巨影緩緩起身。想必是用以防禦敵砲，彎成鉤爪狀的金屬柱群如堅硬貝殼般覆蓋頭頂上方形成天篷；它從那底下走了出來。它讓幽藍的光學感應器燃起鬼火，好似一對長槍的砲身亮起淡紫電光，明確地定睛盯著他們這邊。

傲然地，冷然地。

彷彿發出啪沙振翅聲，帶著燐光的兩雙銀翅朝天開展。

正是電磁加速砲型。

『剩餘距離五，敵機推測餘彈數一！』

『開砲來打我啊，你這混帳東西！』

砲戰仍在繼續進行。

即使失去最後一艘破獸艦，征海艦隊仍急速駛過最後的五千公尺。三艘全數倖存的遠制艦，其中的「軒轅」加速衝出隊列，一邊連續發射兩門四〇公分砲，一邊直奔摩天貝樓據點。「軒轅」除了砲擊之外還開起探照燈，將雷達與無線電功率調至最大，用全頻段放聲大喊「開火、開火」好讓敵機瞄準自己，而電磁加速砲型讓他們如願以償，將砲口轉向它憨直的突擊路線。

鐵塔頂端閃過一陣電弧雷光——在這極近距離內，以初速秒速八千公尺為傲的磁軌砲彈體會在看到砲口火焰的同時命中。

誰知「軒轅」竟用一個左滿舵躲掉了這條超高速的砲線。他們光靠這場砲戰就看出了電磁加速砲型亡靈的瞄準習慣，展現出神乎其技的閃避機動。

最後一枚八〇〇毫米砲彈打穿海浪。「軒轅」和後續的遠制艦「瑤光」、「五帝座」的砲擊飛越同心圓狀擴展的大浪。為防敵機還有餘彈，爆炸火焰與衝擊波一時之間讓要塞塔樓最高層的巨砲退入圓頂之下，癱瘓了它的感應器。

「海洋之星」維持著最大戰速，一直線駛過它的下方。

摩天貝樓就在眼前了。

如今在綜合艦橋上，都能看見它那無法全部映入視野的威儀。

從水中垂直聳立的水泥柱，每一根都有幾棟大樓綑成一束那麼粗。六根柱子排列成六角形，以這些柱子為頂點的六角柱狀要塞高聳其上，像是要碰觸到天頂一般。

半透明太陽光發電板如鱗片覆蓋構造物外圍，在雨點拍打下一片白濁，看不見內部景象。總高度足足有一百二十公尺。形狀令人聯想到神話中棲息於某片海域的巨龍，宛如永遠爬不到塔頂的惡夢，綿延不斷地層層重疊。

艦隊靠近要塞基部的六根水泥柱之一。

不知舵手哪來的本領與膽量，船艦沒放慢速度就直接衝上前去，像用舷側摩擦柱子似的停靠在它旁邊，卻沒弄出半點金屬尖叫，就這麼技術精湛地讓艦艇在水泥的陡立斷崖旁——靠岸了。

那幅光景對在飛行甲板上待機的辛等人而言，看起來幾乎就像自殺行為。急速逼近的水泥峭壁讓他們不由得屏氣凝神，睜大雙眼無意識地戒備那一刻的到來。

就在即將發生衝撞的前一刻，征海艦有驚無險地略為轉舵，把艦艏旁的舷側停靠向要塞——停在這裡有柱子基部作為屏障，至少在攻堅部隊爬上去之前不易遭受敵機砲擊。

——作戰開始。

意識像按下開關一樣切換過來。辛幾乎是無意識地，讓彷彿不敵雨滴拍打而趴伏在地的「送葬者」站起來——這時，對大自然凶威產生的畏懼與壓力早已從徹底適應戰鬥的意識中消失無蹤。

蕾娜的號令傳來：

『砲兵戰隊，開始射擊——先鋒戰隊，前進！』

第四章　塔（正位）

征海艦以軍艦而言同樣堪稱巨大，從海面到飛行甲板也有二十公尺高。在這種高度下，以水泥柱支撐的要塞最下層底面就在他們的頭頂。那是以鋼骨橫梁組成格子狀，建成的鋼鐵製巨大蜘蛛網。

說成鋼骨聽起來簡單，但這可是構成高度一百公尺以上巨大要塞的橫梁。每一根都有「破壞神」的橫寬那麼寬，格子洞別說「破壞神」，連戰車型（Löwe）都能輕易穿過。最下層的迎擊部隊由砲兵掃蕩，接著先鋒戰隊打頭陣進入塔內。隊員各自用鋼索鈎爪勾住橫梁跳躍，一邊回收釋放的鈎爪，一邊降落在橫梁上。

摩天貝樓據點內部是一連串的樓層，在此次作戰中為求方便，將這些樓層以三層為單位稱呼為樓層A到E（Level Agathe Else）。辛站在它的「第一層一樓（Agathe one）」——要塞最下層的樓層，仰望頭頂上方鋪展開來的要塞內部空間。

儘管這棟建造物從外面看來已足夠巨大，入侵內部一看更是能體會它無邊無際的寬廣。每個樓層都寬敞到足以容納一座基地，或是一座兵工廠。

三根橫梁形成正三角形的各邊長，這種三角形無數連綿組成了格子狀的樓層地面。整座要塞從上方俯視會呈現六角形的形狀。支柱維持著基部水泥柱的粗度與數量，一共六根。在六角形的頂點位置則直接暴露金屬構材延伸至遙遠上空。這些空心柱子垂直與桁架的構材組合而成，呈現複雜的幾何圖形。

要塞的牆面也一樣，半透明發電板底下只有整齊排列的垂直構材，雖然風雨進不來，但外界光源會微微射入室內。外頭應該已是破曉時分，陽光卻遭到風暴阻擋，使得夜晚繼續逗留於這片海域；微弱光源可能是經過折射的關係，將摩天貝樓據點內部染成藍色，有如曙暮之光。就像那太陽沉沒，夜色尚未造訪，就連大氣也夾在日夜之間，染上微暗冷藍色調的那段時刻。

而這群青色使得同樣呈現正三角形的格子狀各樓層地板相互重疊，刻下黑壓壓的蕾絲花樣。所有構材都巨大到足以乘載「破壞神」，或是讓它們攀爬。海上樓閣宛如白日夢的威儀，讓人目眩神迷。

可能是用來讓最高層的電磁加速砲型補充彈藥或消耗的零件，寬度相當於四線鐵路的鐵軌描繪出弧線，從最下層樓層的西側往塔頂——塔頂樓層延伸，貫穿各個樓層。

以它們的陰影與亡靈們的哀嘆、永恆的曙幕與幾何圖案的影戲為背景……

唰地一聲，「軍團」特有的鐵青色身影無以計數地一齊站了起來。

「死神閣下。按照預定，由我等『阿爾科諾斯特』擔當斥候。」

留下這句話，蕾爾赫就讓「海鷗」飛衝出去。一群「阿爾科諾斯特」隨後跟上。

可供登上更高樓層的立足處，除了鐵軌外，只有在要塞中央位置呈現雙重螺旋往上延伸，同樣以鐵骨製成的階梯。當然兩邊都有敵人埋伏。特別是鐵軌由於完全無處藏身，走這條路會遭到上方的狙擊。因此她們活用輕量機體，使用為了此次作戰附加安裝的鋼索鉤爪，纏住原本並非立足處的立足處——牆面的構材或零星分布於樓層中的支柱，一直線往上衝。

當然，「軍團」也不會坐視不管。當「阿爾科諾斯特」衝上第一層二樓〔Agathe two〕挺進樓層後，近距獵兵型〔Grauwolf〕的一個集團即刻降落包圍了她們。

接著反戰車砲兵型〔Stier〕在它們背後把砲口一字排開站起來。看來，防衛部隊的主力就是近距獵兵型與反戰車砲兵型這兩種了。在這種地面不利行走的要塞裡，很難運用重量級的戰車型或重戰車型。輕量且具備高度運動性能的近距獵兵型以及火力強大的反戰車砲兵型，在這地形中很能發揮作用。

代替其他「軍團」耳目的斥候型，躲在它們的背後用複合式感應器看著她們。

辛的異能可以在某種程度上掌握「軍團」的位置。

所以她們身為斥候的職責，是代替只能聽出位置但無法判別種類的辛，成為眼睛辨識現場有哪種敵人，並在後續的八六部隊進入樓層前盡可能地耗損敵軍戰力。

「——先擊潰耳目……優先獵殺斥候型。」

讓攻堅的「破壞神」兩個分隊登陸後，「海洋之星」退後至摩天貝樓的十公里外——戰車型的戰車砲射程之外。征海艦是很脆弱的艦種。要是被「軍團」上船大肆破壞，將會斷了攻堅部隊的退路。

沒錯，在這遠離陸地的海上孤立要塞——唯一的渡海手段「海洋之星」正是此次作戰最大的弱點。

在摩天貝樓的塔頂第五層（Level Else），理應已被迫射盡彈藥的電磁加速砲型走出圓頂，探出機身。採取最大俯角的八〇〇毫米磁軌砲，以轟雷鳴動的天空為背景纏繞蒼白閃電——這是砲擊的預兆。

目標是——正在駛離據點，遇上八〇〇毫米砲簡直無力招架且毫無防備的「海洋之星」。

「——我想也是啦，換作是我也會這麼做。」

以實瑪利小聲唾罵的同時……

部署於從三個方向包圍摩天貝樓的位置，嚴陣以待的三艘遠制艦一齊發射了主砲——四〇公分多管砲。

征海艦所屬艦艇雖然以潛藏海中的原生海獸為假想敵，但國力弱小而無法生產夠多的昂貴導引武器，因此主砲的使用目的並非破壞水上艦艇或陸上設施，而是數十公里外的深水炸彈投射與散布。在對付水上目標時，他們的艦砲射擊精度並不算高——然而為了解決大型種，此主砲可將重量將近一噸的深水炸彈用砲彈，以秒速超過七百八十公尺的超音速投射至三十公里外。即使製造目的並非打穿裝甲，其隱藏的破壞力卻強大無比。

來自三個方向的砲彈迫近為了對「海洋之星」展開砲擊而離開遮蔽用圓頂，將己身暴露於惡劣天氣中的電磁加速砲型。外殼引信在極近距離內啟動，射出酬載的深水炸彈。用來對抗大型種的深水炸彈如暴風橫颳般砸在電磁加速砲型身上。大多都被本體的裝甲彈開，但其中一枚直接命中了砲身基部。

長條磁軌中的一條，從根部被打斷飛了出去。

『——已成功破壞電磁加速砲型的砲身……它果然在這一年之間，增加了一次能夠射擊的彈數呢。』

雖然按照預定一探出頭的瞬間就有友艦進行砲擊，但畢竟是待在作為誘餌的征海艦上。看來她不免有些緊張，銀鈴嗓音還顯得有點僵硬。因此辛刻意用平靜的聲調回話。他跟著「阿爾科諾斯特」，正在攻略第一層二樓。

每一塊構件的超大重量使得彈藥裝填與整備工作都難以縮短時間，但裝填彈數與砲身壽命卻有辦法改良。去年大規模攻勢時一百發已是極限，但如果以為此次作戰還是一樣就太樂觀了。

「是啊。不過聲音還沒消失——還沒能擊墜它。既然還有餘彈，等砲身一換裝完成，它還是會繼續對『海洋之星』開火。」

換言之，必須在那之前壓制據點，並擊毀電磁加速砲型。
之前猜測摩天貝樓是兵工廠，然而實際上所有樓層全是空洞，疑似據點控制中樞的第二架「牧羊人」似乎也跟電磁加速砲型一樣待在最高層。該擊毀的目標待在同一處是很好……但電磁加速砲型以外的第二架機體的真面目依然不明。

「到換裝完成前，推測還有多少時間？」
到作戰結束前——不讓它對「海洋之星」開火的時間，還剩多久？

『這一個月來，它對船團國群的砲擊間隔最短為六小時……請將它當成這次的時間限制。』

在裝載重量有限的狀況下，他們也討論過要優先裝載蕾娜的「華納女神」還是維克的「卡迪加」作為分析計算之用，最後考慮到有個萬一時的火力高低，裝載的是「卡迪加」。
維克在駕駛艙內一邊管制作為先遣斥候的「阿爾科諾斯特」，一邊看著藉由「阿爾科諾斯特」的資訊鏈共享的摩天貝樓據點內部景象，瞇起一眼。方才還占據了「海洋之星」機庫的「破壞神」已出擊，讓這裡現在變得一片空曠。
這座像建造到一半只有骨架，又像站著朽敗的巨獸白骨，形狀異常的要塞……
……建造的目的是什麼？
他就是不明白這點。柴夏說可能是兵工廠，但裡面沒有類似兵工廠的設備。也許是接下來才打算運進來，只不過在那之前就被發現了？總不會只是電磁加速砲型的砲陣地要塞吧。若真是如此，根本就不用建造在這種遠洋地點。

他看不出目的何在。總覺得這座要塞的價值似乎沒高到能讓「軍團」投入數量龐大到來源不明的鋼材，用上這麼大的資源。

不對……

「來源再明顯不過了吧。」

受到阻電擾亂型的電磁干擾所封鎖，許多國家與勢力圈至今未能取得聯繫。甚至連生存與否都還尚未確認。

就算在大規模攻勢中滅國——消息也不會傳到聯合王國或聯邦。

未能確認滅亡與否……並不等於每個國家都還沒滅亡。沒錯，瑟琳也說過「大規模攻勢也不是所有戰線都失敗」。

「……搞不好被米利傑料中了。」

作為大火力與輕量的代價，反戰車自走砲向來機動力低且裝甲較薄，屬於埋伏專用的兵種；反戰車砲兵型並未違反此一角色定位，在各樓層架構了濃密的火力網，於己方挺進的同時以砲火猛攻。近距獵兵型則是無畏地跳越腳下的地獄深淵，不需鋼索支撐就能於垂直平面上疾馳撲來，用第一雙前腳的高周波刀斬殺對手。

更具威脅性的是電磁加速砲型的六管旋轉式機砲，能撕開離這第一層三樓既高又遠的第五層底面群聚的阻電擾亂型銀色紗簾，往下方展開機槍掃射。

萊登藉由知覺同步共享辛聽見的「軍團」悲嘆，從那眾多聲音中聽見電磁加速砲型的淒厲尖叫變得更加高亢，於是他讓「狼人」緊急停步，往後方跳開。只在毫釐之差，機槍砲彈的彈道斜向撕裂他眼前的空間。

一擊就被打斷的鋼骨橫梁脫離接合部向下墜落。

四〇毫米機砲砲彈不但彈速飛快且彈體龐大，豈止「女武神」，就連「破壞之杖」要是正上方中彈的話也會被打穿。此種砲彈原本是對空武裝，此時卻憑著戰鬥機器的精密度穿梭於電磁加速砲型與「破壞神」之間多重相疊的鋼鐵橫梁縫隙，化做赤熱豪雨砸向他們，或是作為把機甲連同裝甲一併斬裂的長矛橫掃而來。

一次呼吸之間消耗數百發彈藥，因此砲身與機構部位都容易過熱的旋轉機砲無法長時間連射，但射擊間隔比想像中更短。看來比起一年前電磁加速砲型配備的六門——最終被僅僅一架「送葬者」削減殆盡的數量，又多增加了幾門對空機砲。

視野邊緣可以看到一架友機跳離爬到一半的垂直支柱。是辛率領的先鋒分隊裡的一架「破壞神」。

它才剛躲過一架把高周波刀對準正下方，沿著支柱一直線滑降、衝殺下來的近距獵兵型。它用鋼索鉤爪纏住上層橫梁，用踢踹的方式離開柱子以脫離衝刺軌道。近距獵兵型失去目標，就這麼空虛地往下滑落；「破壞神」吊在半空中瞄準它的背部……

緊接著，趴伏潛藏於上層橫梁的自走地雷撲向了這架「破壞神」。

趁著它把注意力放在近距獵兵型身上的破綻，時機抓得完美。

『……！』

萊登湊巧看到了這整個狀況，所以趕上了。

「狼人」於千鈞一髮之際開槍掃射。重機槍子彈整團飛去狠揍自走地雷的側腹部，直接把它打成兩段震飛。

接著似乎同樣在前一刻察覺危機的「送葬者」砲擊將向下滑落的近距獵兵型擊毀。背部飛彈跟著引爆把它炸個粉碎。

可能是真的一下子措手不及，「破壞神」的光學感應器始終注視著那爆炸火焰。

『……抱歉。謝謝你們救了我……』

「不會，小心點。」

至於辛則似乎是默默地點了個頭，與他指揮的全隊以及尤德重新連上知覺同步。悄然靜謐卻又嘹亮清晰的嗓音響徹戰場。

『通知各機，已確認敵方迎擊部隊中包含自走地雷。這種小型機種很容易看漏，不要太過依靠資訊鏈。加強警戒。』

他們的死神重新說出本就毋需多言、理所當然的話叮嚀大家，然後維持著靜謐的聲調，倏地又補了一句：

『作戰時間還很充裕——雖然不能拖，但也不用焦急。』

擊殺第一層三樓東北區塊的最後一個敵方小隊後，第一層終於壓制完成。

代替辛率領的先鋒分隊，尤德指揮的雷霆分隊挺進第二層（Level Bertha），開始攻略第二層一樓（Bertha one）。包括安琪的「雪女」在內，先鋒分隊趁這段時間補給消耗的彈藥。

在第一層三樓留下警戒部隊，他們暫且退至第一層二樓，為了追隨「破壞神」加裝了四具鋼索鉤爪的「清道夫」們往上爬到他們身邊……第一個到達的菲多還馬上高興地跑向「送葬者」。

這座要塞雖然水平方向廣大，但垂直方向從頂層到最下層樓層只有一百多公尺，對於有效射程以公里為單位的反戰車砲、重機槍或反戰車飛彈而言算是極近距離。原本屬於對空砲的四〇毫米旋轉機砲更是不言而喻。

雖然戰鬥換班進入補給與休息的時間，但仍不能大意。在光學感應器朝向上方提高戒備的成群「破壞神」中，無意間，夏娜開口了：

『——不免讓人去深思這個問題呢。』

就是征海氏族讓他們體認到的，但仔細想想其實理所當然的事實。

尊嚴這種東西，隨時可能……無論有多重視它。

『像那樣當著我們眼前，而且還光明磊落地說放棄就放棄，要是換成我們八六的話不知道會怎麼樣……會讓我懷疑自己變得跟他們一樣時，還能不能笑得出來。』

可蕾娜似乎不悅地蹙起了眉頭，立刻否定她的想法。語氣超乎尋常地冷淡，好像拒絕去思考這個問題。

『……夏娜，現在不是想這種事情的時候啦。』

『那什麼時候才該想？』

被她這樣回嘴，可蕾娜語塞了。

夏娜以一半陷入思考的聲調說：

『我覺得我們至今都太少用心思考了。假如有一天我們失去尊嚴，那必定是再也無法戰鬥的時候。雖說現在我已經知道戰鬥到底的下場（結果），就是列維奇要塞的那堆「西琳」遺骸……但卻不曾去思考無法戰鬥到底的可能性，但其實就算在這場作戰中發生意外也不奇怪。我們……難道不該試著去反思這個問題嗎？』

『話是這麼說，但也不該挑在這時候去想吧，夏娜。雖然我明白妳耿耿於懷的心情啦。』

西汀語氣略顯傻眼地插嘴，安琪也點點頭。她說的沒錯，這裡是戰場，沒有那閒工夫讓他們分心。

不過夏娜的憂心也有道理，而她所說的這些恐怕其實都沒錯。

戰鬥到底。為了這份決心，讓戰鬥中不需要的思考或感情沉眠……說著說著曾幾何時，竟變得除了活在戰場上之外不做他想。

「說得對，之後再想吧……等這場作戰結束後，可以一邊看海一邊想。」

到時候就選個不能講「之後」……不能再找藉口的時間。

與機體重量相比之下輸出功率較大的「女武神」其高功率與高機動性以這座要塞裡的水平移動來說略嫌過剩，辛一面駕駛「送葬者」，一面覺得有點綁手綁腳。

摩天貝樓據點內部無論哪個樓層，都只有橫梁作為水平立足處，呈現除了連綿的三角形三邊之外，全是巨大深淵開著大洞的狀態。在橫梁上直線疾馳時還好，但往旁跳躍時必須正確降落在鄰接的斜向橫梁上，每次都得確認自己與橫梁之間的距離。

一時粗心以平時的感覺跳躍有可能會跳過立足處，讓自己落入深不見底的大洞，再加上橫梁的寬度讓他們很難取得制動距離，結果被迫以零碎的短距離跳躍為基本。「女武神」最擅長的飛燕般疾走在這個戰場無處發揮。

不過，它的高功率與高機動性在垂直移動時就成了一大利器。

在視野邊緣，那彷彿以鋼骨組合織就，支撐整座要塞的柱子之中。他的異能早已掌握到那裡有敵機，只見鐵青色的巨軀站起。鐵樁般的八條腿本身便有如凶器。砲塔受到厚重裝甲護身。極具特徵而威嚇他人的一二〇毫米滑膛砲早已令他看到厭煩。是戰車型。

……雖然恐怕只能當作固定砲塔運用，但在這構造格外堅固的要塞，原來連重量級的戰車型都能部署啊。

縱然採用了空心構造，即使具有能部署戰車型的空間，但畢竟是在構材複雜交纏的柱子裡，讓它爆炸怕會有不良影響。

辛躲開敵機射出的高速穿甲彈，用主動滾落立足處橫梁的方式退至樓下的第三層一樓（Carla one）。包括戰車型在內，很多機甲兵器都不擅長將砲口對準上下方向。「送葬者」從無法取得俯角因而無從瞄準的下方接近敵機。他幾乎是一口氣急遽加速到最高速度，抵達戰車型潛藏的柱子。

他快跑速度不減，腳部踏上垂直的構造體，順勢一直線往上衝。

戰車型旋轉砲塔把砲口轉向他，他踢踹構材以斜向跳躍躲開，再繼續垂直快跑在另一個構材上，轉瞬間就占據了戰車型的上方位置。機身扭轉，穿過桁架的縫隙，跳到了由於潛藏於窄小空間而無處可逃的機體砲塔上。

選擇裝備，腳部五七毫米破甲釘槍——發射。

有如強震。

被人將電磁貫釘打入體內，渾身痙攣的戰車型停了一拍後頹然倒下。可能是振動傳導的關係，外牆面板被震得啪啪作響。

確定臨死尖叫斷絕以後，辛不禁呼了一口氣。

畢竟是在一踩空就要倒栽蔥摔下去的高處戰場，戰鬥起來不免比平時煞費精神。現在好不容易才挺進第三層（Level Carla）——第三層二樓（Carla two）。離塔頂樓層還有四樓。

仰望頭頂上方的連綿樓層，會感覺意識的某處有所動搖。在介於漫長朝夕之間的曙暮藍光中，無數的幾何圖形互相重疊，再加上覆蓋外牆的半透明面板與精確六角柱的筒狀要塞形狀，讓人產生誤入萬花筒之中的錯覺。

感覺就像被逼著面對無盡的連續，以及無法識透那種無盡的自己。

體認到自己就連眼前的事物其實都無法理解透徹……終究如飛蟲般渺小。

……人類對這個世界來說，根本……

在第八十六區養成的冷漠思維倏地閃過腦海，辛搖了搖頭趕走它……也許是在「海洋之星」聽以實瑪利那樣說造成的影響。他們在這場作戰結束後，就將失去民族的征海歷史與驕傲。好像在逼八六面對真相：他們或許總有一天也是如此。

雖然那位艦長應該沒那個意思。

藍色的空間、頭上與腳下影戲般的幾何圖案。鐵青色的無數「軍團」。

面對不管如何前進都毫無變化的光景，賽歐莫名地開始頭暈。現在走到哪裡了？究竟是從何時開始戰鬥，又打了多久？

彷彿誤闖無數鏡面連綿的鏡子地獄，連續不斷的虛像空間。

在這種地方，在這種……連自己走到了哪裡，目的地是哪裡，正在往哪裡走都漸漸搞不清楚的空間……在這種隨時可能失去自我形體的世界……

我……

『——諾贊，第四層（Level Dora）了。換班吧。』

『好，拜託了。』

當賽歐發現時，雷霆戰隊已經上樓跑到了他身邊，他心想：「啊啊，該前往下個樓層了。」

這時率領雷霆戰隊及戰隊核心雷霆分隊的尤德忽然與他連上知覺同步，說道：

『——利迦？換班了，你後退吧。』

「咦……」

等回問之後，賽歐才終於回過神。他聽漏了指示。

「……抱歉。」

各樓層的壓制任務由辛率領的先鋒分隊與尤德指揮的雷霆分隊負責，每三層樓（每個Level）輪替一次。彈藥與燃料都得補給，更重要的是人的專注力無法維持太久。與辛同屬於先鋒分隊的賽歐在雷霆分隊戰鬥時當然應該換班退下。

看到賽歐有些著急地讓路，尤德忽然接著說：

『聽說在某個地方的傳說中，想入聖超凡的人會登塔。』

「……什麼？」

『那是一座位於世界盡頭的塔。整座塔以螺旋階梯構成，每爬上一層樓就會放下感情、欲望、歹念與煩惱。抵達塔頂時，就能擺脫人世間幾乎所有的苦惱。』

怎麼突然說這個？

「尤德……你該不會是動搖了吧？」

說完他才察覺到真相。

正好相反。尤德沒事聊起這個，是為了讓賽歐對自己的動搖有所自覺。他卻問了這種問題，而不是一句話「戰鬥中不該講這個」就不予理會。

……沿著螺旋階梯往上爬，逐漸放下所有的苦惱。

簡直就像一路把幸福的記憶，以及對於壓倒性強悍的敵機、生死之爭、死亡本身的恐懼或悲憤，甚至是生物應有的生存欲望都磨削掉，持續戰鬥。

如同過去剝奪八六自由的——第八十六區。

尤德說了。光學感應器的機械性眼光動也不動，注視著他。

『「是啊」。大概是剛才聽到那些造成的影響吧，而且這座塔會讓人想起那個故事。』

尤德……真的是在說他自己嗎？

彷彿攬鏡與鏡中倒影對話，賽歐有種感覺，好像他自以為封印在內心的動搖與疑念都反射在尤德身上說給他聽似的。

『在第八十六區聽到那個故事時，我想了一下。如果登塔的是八六，我們會不會留下戰鬥到底的驕傲而無法放下？……還是說就連這份驕傲，都會就此放下？』

總有一天，迎接死亡時……假如此刻就是他們的死期，至少，戰鬥到最後一刻的驕傲還能留在這雙手中。

抑或是……就連這份驕傲，都像征海氏族他們那般……

†

嗡嗡……大海在鳴叫。

†

「——嗯？」

好像有聲音從「下面」傳來，辛眨了眨眼睛。

那種嘆息既不像人聲，又與至今聽過的任何一種「軍團」聲音都不同。既不是機械語言，也非人類的叫喚。他也想不到什麼類似的聲響，只覺得十分異樣。

下面。

「是海裡……嗎？」

攻堅部隊目前的挺進位置在第四層最下層的第四層一樓。雷霆分隊正在戰鬥，辛與歸他指揮的先鋒分隊等第四層一壓制完成就要進入第五層——電磁加速砲型嚴陣以待的塔頂，目前正為此做準備，於第三層接受最後的補給。

已壓制的第三層沒有敵影，但頭頂上的第四層仍擠滿成群敵機，第五層底面則群聚著冬眠蝴蝶般的阻電擾亂型。更具威脅的是被它們的銀翅擋住，從這邊看不見的塔頂樓層還有一架電磁加速砲型；辛一面對它保持警戒，一面將意識轉向之前走過的下方。

在這暴風雨中看不清楚，但就算不是這種天氣，幽暗深邃的大海一樣沒淺到能夠看見遙遠下方的底層。那是形態異於地表的世界。由水和黑暗代替光和空氣，支配這個冷血生物的世界。

現在聽不見聲音……但辛不認為是心理作用。

「蕾娜……能對海裡進行搜敵嗎？我聽見那裡好像有某種東西。」

「你說海裡嗎？——我確認一下。」

蕾娜回應後，眼睛轉向以實瑪利。

她簡短傳達辛的請求後，「聲納目前並沒有反應啊。」以實瑪利偏了頭，但仍點頭。電波在水裡比在空氣中更容易衰減，雷達派不上用場。聲納可利用回音揪出遠方敵艦或潛藏於深海的原生海獸，在海裡是主要的探敵工具。

接到指示的聲納室傳來回應：

『兄長，原生海獸正在唱歌。雖然距離相當遠……會不會是牠的聲音？』

「……真的假的啊。」

以實瑪利小聲呻吟。這次換成蕾娜微微歪頭，他在蕾娜身邊苦澀地仰天低語：

「就在你眼皮底下幹架，你當然會不爽了……但現在可別來啊，算我拜託你了。」

「是原生海獸嗎？……我是不覺得我會把牠的聲音誤認為『軍團』……」

經由蕾娜得到的答覆，讓辛眨了幾下眼睛。

自己的異能能捕捉到的並非物理性聲響，而是死後仍殘留人間的亡靈們，臨死之際的最後言辭或思緒。原生海獸是生物，辛不認為他會把那些跟牠的叫聲搞混。

但他也沒有確切證據能說不是。他在初次造訪船團國群的海岸時，即使只是幽幽的聲音，但曾遠遠聽見過原生海獸的叫聲。牠們棲息的碧海離那個海岸有幾百公里之遙。但原生海獸發出的「歌聲」如果傳達到岸上，說不定會比較近似於「軍團」的悲嘆而非聲響。

「——收到。不過，還是請繼續保持警戒。」

『這是當然，我們會的——那個……上尉你們才要小心。』

蕾娜略為壓抑著聲音很快再加上的一句話，讓他眨了一下眼睛。

『進攻的速度比預定計畫快很多……如果大家，在為了什麼事焦急的話……』

「……喔。」

她是在說與電磁加速砲型展開砲戰之前，以實瑪利說的那番話。

從時間來說，那時候到現在已經過了幾小時，因此大家表面上都已經平靜下來，但事實上負責指揮部隊的辛早就發現有幾個人到現在還在動搖。所以他才會敦促大家有意識地戒備四周環境——多次提醒大家不要用狹窄的視野戰鬥，但似乎看起來還是不夠謹慎。

「收到。作戰即將進入尾聲，大家差不多開始累了……我會提醒他們。」

『那個，我絕對不是在指責你指揮無方——……』

「這我明白……不用擔心，蕾娜。至少不用為我擔心。」

不用這麼擔心，辛已經不會像在聯合王國時那樣迷惑了。

辛反倒覺得那番話像在明示他們，即使沒有心靈依歸一樣能活下去。以實瑪利講那番話應該就是這個意思……而辛也覺得自己的內心產生了某種改變，讓他最起碼能這樣去理解。

所以在這場作戰中該擔心的不是他，而是……

辛稍微想了一下，然後將無線電對象切換成所有人，繼續說道：

「——那具原生海獸的骨骼——記得是叫妮可吧。其實我在戰爭開始之前有看過它。」

突然換了個話題，而且還是跟作戰不相關的閒談。他感覺得到蕾娜疑惑地點了點頭。

『……是。』

「我曾經想過，假如沒有這場戰爭的話，說不定它已經成了讓我走上學者之路的契機。因為我小時候，對，就跟普通小孩一樣喜歡怪獸之類的東西。」

蕾娜似乎也聽懂他的意思了。她故意裝出若無其事的調侃口氣回答：

『我知道……辛你在第八十六區多次交上來的、亂寫一通的戰鬥報告書，最後大概是沒東西可寫了吧，都在對付以前卡通裡的怪獸。』

竟然是拿意想不到的，而且早已忘得一乾二淨的事情回答他。

辛忍不住發出了奇怪的呻吟。經她這麼一說，的確有過這麼一件事。

他認為指揮管制官根本不會看，所以每次都沿用同一份報告書，而且一點都不打算認真寫，因此內容真的全是瞎掰。再加上那是在他十一歲左右剛從軍時寫的……現在回想起來，光是想到內容就讓他頭痛。

『現在報告書會認真寫了嗎？』

「有認真寫。應該說妳不是都有看嗎？總不會拿去摺紙飛機了吧。」

『我都會看它們飛得多遠，飛得久就表示是沒內容的差勁報告書。』

「真夠過分的……」

在只有戰隊與隊長級人員連上的知覺同步另一端，可以感覺到有幾人不禁發笑，緊張感也隨之緩解了些……看來不合自己作風的閒聊沒白聊。

『……請多加小心。』

「我會的。」

這段一反兩人常態的對話達成了目的，賽歐忍不住笑了起來。過度的緊張、好勝或動搖都會對作戰造成不好的影響；這種時候講點俏皮話或笑話會很有效。但實在沒想到，居然會是辛這個鐵面死神和一板一眼的蕾娜來逗大家開心。

其實不只他們，尤德也才剛試著用閒聊讓賽歐轉換心情，但他假裝沒想到，說：

「順便說一下。辛，你跟瑞圖講了一樣的話喔。」

辛若有似無地停頓了一下。感覺似乎是蹙起了眉頭。

「想當學者就去當啊。現在還不遲，你有瑞圖作伴。」

『……當學者或許還不錯，但我不想再當瑞圖的保母了。』

「真夠狠的。」

賽歐輕笑了幾聲，然後繼續說：

「辛，你……」

他本來是想繼續開玩笑。

但看樣子是沒成功。

「來參加這場作戰——真的好嗎？」

「送葬者」的光學感應器往他這邊瞥了一眼。

賽歐想起在那機體中具有同樣色彩，但曾經相同的冰冷已拂拭許多的血紅眼眸。

辛改變了。

變得能對生命產生渴望……能夠希望獲得幸福。

變得願意去見在戰爭中相隔兩地，不曾謀面的祖父母。

過去在第八十六區的戰場，他曾是拯救所有人卻得不到任何人拯救的死神；如今他變得能向唯一拯救了他的愛哭鬼管制官表白——告訴她，想跟她一起活下去。

不像自己，到現在還無法邁向任何目標。

「你又跟我們一起上戰場，一起打仗。你繼續當處理終端真的好嗎？因為你不是已經——不用再繼續戰鬥了嗎？」

說著說著，他察覺了。

不對。

不是「不用戰鬥」。是「我不希望你繼續戰鬥」。

因為，辛已經不用再戰鬥了。他並不是除了戰鬥到底的驕傲之外一無所有，也不是除了戰場之外無處生存。

既然這樣，賽歐希望他別再戰鬥了。希望他別再上戰場了。

繼續上戰場，會失去寶貴的事物。就像以實瑪利和征海艦隊的那些人一樣，無論多麼珍惜，多麼不肯放手，都會輕而易舉地遭到剝奪，好像根本不值一提似的。

他被迫體認到了──離開第八十六區，曾幾何時竟然忘了。

戰鬥到人生最後一刻……僅有的這份驕傲。

這根本就靠不住，何時會被剝奪都不知道。這世上沒有一件事物能不被剝奪。反而正因為全都容易失去──所以更是會被蠻橫地奪走，這就是世界的真理。

既然這樣，至少你必須……至少只有你……

在被剝奪之前，在再次失去一切之前……

「在像戰隊長一樣喪失之前」。

「你應該可以不用再打仗……可以忘了這一切吧。」

聽到這種之於八六甚至形同侮辱，至少若有人對賽歐這樣說，會令他憤慨不已的一番話……辛似乎微微地，像是苦笑般地笑了一下。

『賽歐……你講這些話，是把我當成誰了？』

賽歐當場驚得僵住。

賽歐把辛與戰隊長聯想在一起，不知不覺間，把其實很想對戰隊長說的話變成了對辛的疑問，而這些全被他看穿了。

知覺同步在不知不覺間做了切換，似乎只跟自己一個人連線。

『你說得對。就像你說的，我覺得我不一定要戰鬥。我不會再說我只有一份驕傲，也不再認為自己除了戰場沒有歸宿……但是，我不戰鬥就去不了想去的地方……更何況我不想活得以自己為恥。』

——只要能不以自己為恥就很好啦。

——要不然，我就太對不起艦隊司令（老爸）了。

『所以——……』

忽然間知覺同步增加了一個對象，一種平板到冷漠的聲音說了：

『諾贊，第四層壓制結束。』

辛頓時住口。

下個瞬間知覺同步重新連上。對象從賽歐一人，變成歸他指揮的全體隊員。

回應的聲音已不再屬於他個人，而是機動打擊群總戰隊長的語氣。

顯得有些遙不可及。

『收到——全體人員，接下來開始攻略塔頂樓層的電磁加速砲型。』

†

敵軍部隊終於入侵至視野下方——被敵軍部隊踏入他們的交戰距離了。

電磁加速砲型看著這個狀況——潛藏於內部的亡靈咬牙切齒。考慮到「據點的運用目的」，應該盡量避免使用這種防衛功能……

但無可奈何。若是在「完成之前」遭到破壞就得不償失了。

『珊瑚一號呼叫珊瑚綜合體——使用最小限度防衛機制。』

†

在視野邊緣，爆炸螺栓啟動。原本設置固定的鋼骨橫梁全數墜落。

比要塞塔頂低一層樓的第四層三樓（Dora three），宛如蕾絲或萬花筒的地面無一例外。

「什……！」

用鉤爪攀於其上，正準備挺進第四層三樓的「送葬者」瞬時墜樓。同樣於第四層三樓擺開陣勢，由尤德指揮著掩護他們挺進的雷霆戰隊各機也是。

接著他們下方的第四層二樓（Dora two）也在爆炸螺栓的啟動下崩垮。

第四層一樓的友機急忙靠到柱子旁邊，或是往下跳到第三層讓出落地的空間。只有機體輕盈的「阿爾科諾斯特」在險象環生地躲開鋼骨豪雨的同時，攀住第四層二樓的牆面留在原處。

畢竟是在跳上第四層三樓橫梁的瞬間發生這場崩塌，姿態太差了。辛在空中控制「送葬者」的姿勢，勉強降落在第四層一樓的一條橫梁上。

「……！」

雖說「女武神」是專為高機動戰鬥開發，搭載了比「破壞之杖」更強效的避震裝置，但畢竟是意料之外的崩垮和墜落。反彈回來的衝擊令他昏厥了一瞬，「送葬者」的腳部動作為之停頓。周圍的「女武神」也都硬是用鈎爪纏住橫梁吊在半空中，或者是在落地時的衝擊下一時無法呼吸。

只要身為人類，就無法避免這種致命而不像話的呆立。

抓準這個破綻，旋轉式機砲悠然掀開阻電擾亂型的銀紗探出頭來。本來屬於對空武裝的八門機砲對準遙遠下方的海面。

目標是夾在天空與海洋之間，難看地停住腳步的四腳蜘蛛群。

不止如此，辛還聽見周圍有「某種東西」沿著要塞外牆降下。那個東西在樓層崩垮時解除休眠，甦醒過來。無論雷達還是光學感應器都捕捉不到它，但他聽得見亡靈就在那裡，屬於機械亡靈的——……

在腎上腺素的作用下顯得很慢，但其實只在一眨眼的時間。不得不說實在無從閃躲。只有眼睛空虛地，仰望著開始以馬達驅使轉動的機砲——

『——達里婭。』

『遵命。』

緊接著，八架「阿爾科諾斯特」自己從第四層三樓跳了下來。

它們沿著「破壞神」與旋轉機砲砲線之間的軌道落下。「阿爾科諾斯特」的機體雖然格外小巧，但位置貼近機砲砲彈來不及擴展範圍的槍口，充分足以挺身保護「破壞神」。

『各位，那麼我們下次戰場見。』

旋轉機砲掃射。

遭到四〇毫米機砲砲彈的偌大破壞力撕扯，「阿爾科諾斯特」的纖細機體連同駕駛艙裡的「西琳」被一併撕成碎片。砲彈引爆了自爆用高性能炸藥，幾架機體爆炸四散。

強烈的衝擊波與爆炸火焰吹飛了接在機砲砲彈之後從要塞外圍一齊射入的紅外線──把驚險萬分地採取了閃避動作的「破壞神」白色的裝甲照得通紅。

墜落的「破壞神」勉強設法逃離了機槍掃射，與隨後而來的紅外線射擊轟炸。

蕾娜抬頭看著那場面，不禁鬆了口氣，然後苦澀地抿唇。雖然她們說甘願如此……但蕾娜不願將這當成可以習慣的犧牲。

「……維克，抱歉。謝謝你們的幫助。」

『無妨。這是她們職責所在。』

戰鬥仍在進行當中。他只簡短回應，言外之意是別浪費時間。

「剛才的陷阱……」

『不會有下次了。要是能一用再用，早在「破壞神」闖入要塞時就用了。』

……看來自己與他所見略同。

這座摩天貝樓據點是磁軌砲的砲陣地。而且呈現高塔形狀，有時還會遭受強烈風暴吹襲。海上沒有遮蔽物，把用以承受橫向力量的橫梁弄垮，會相對減弱對側風的抵抗力。為了維持磁軌砲的命中精度，這種負面影響不容忽視。

敵軍不會輕易弄垮樓層。

『反倒是第二波的不明機攻擊比較棘手……這方面的分析由我來做。薇拉、亞妮娜，妳們自行判斷，「破壞神」無法閃避時就去掩護。』

「西琳」雖非人類，但單純的行動不需要指揮官管制就能自主實行。維克命令小隊長級的機械少女們進行自律行動，並且似乎為了分析敵情而啟動了「卡迪加」的系統。

『蕾爾赫，妳先退下，展開「蟬翼」……全部都看。』

狂暴吹襲的爆炸熱風吹得阻電擾亂型的脆弱蝶翼望風而靡般齊指天際。它們編織而成的紗簾被剝除了短短一瞬間。

電磁加速砲型的威儀一時之間暴露在「女武神」面前。

形狀基本上與一年前辛就近看到的無異。以銀絲編成的兩對翅膀向天伸展，幽藍的光學感應器如鬼火模糊飄浮於黑漆漆的惡劣天氣中；裝甲模組相互連接成龍鱗般的漆黑鐵甲，總高度十一公尺的巨軀讓人必須抬頭仰望。而最重要的是那極具特色的，此時仍然斷了一邊的長槍般砲身。

與雷聲轟鳴的天空和瘋狂肆虐的風雨相映之下，宛如自海底現身挑戰上天的惡龍。

唯一不同的是，自兩對翅膀之間伸出的四對八條鋼鐵腳部。

既像穩坐銀巢中心的蜘蛛妖豔的長腿，又像重病導致羽毛脫落的鳥翼——實際上是前端的四○毫米旋轉機砲閃閃發光的砲架懸臂。

機砲各自旋轉，準星朝向不同的「破壞神」。

掃射。

穿甲彈風暴斜著橫掃而來，這次「破壞神」成功躲避，各自散開。儘管鋼骨的寬度只夠勉強讓「破壞神」站立，但同樣都是三角形圖案。從第一層打到這個第四層，大家差不多都習慣了。

辛也用小幅多次跳躍讓「送葬者」退開，於掃射結束的同時減小移動速度，準星對準電磁加速砲型準備反擊。

這時塔頂樓層的底面，空無一物的——甚至沒聽到半點聲音的虛空當中，突如其來地噴出了火線。

「！」

「送葬者」取消射擊，跳到旁邊的另一條橫梁上，逃過一直線迫近的致命長槍。電磁加速砲型更進一步發出了形同攻擊預兆的戰吼。「送葬者」停都沒停就直接跳到另一條橫梁上的瞬間，原本站著的橫梁隨即從完全不同的方向被四〇毫米機砲砲彈射落。

接著又是一群看不見身影，但換成發出呻吟與嗚咽聲的敵機滑降下來，占據了包圍「送葬者」的位置，與空間平行，彷彿畫格子似的，射出朱紅輝耀的紅外線進行轟炸——是自動工廠型的子機兼護衛機，名稱是射擊子機型（Biene）。

「嘖……」

辛讓鋼索鉤爪勾住下方第三層三樓（Carla three）的橫梁，以捲動鋼索垂直落下的方式閃避攻擊。他不禁咂舌，仰望虛空。不只射擊子機型，旋轉機砲也有幾次射擊是他沒看見的。在這裡果然也……

一旁的賽歐小聲呻吟：

『光學迷彩……！』

也就是用能夠讓可見光等電磁波散射偏折的阻電擾亂型包覆己身，高機動型曾經實現過的「軍團」光學性兼電波性「隱形」技術……這下不只高機動型，連其他兵種也應用了同種技術。

在旋轉機砲的高溫與射擊子機型的紅外線焚燒下，蝶翼的灰燼紛紛飄落。群聚於塔頂樓層底面鋼骨的部分阻電擾亂型飄飛下來，在灰燼飛揚之處突然消失……與織就迷彩的蝶群會合，補足燒掉的部分。

萊登以機槍瞄準敵機想反擊……卻無法開槍，反而被旋轉機砲瞄準而跳開，同時苦澀地嘟噥一句：

『還是不行……竟給我窩在這種麻煩的巢裡。』

在電磁加速砲型坐鎮的塔頂樓層與樓下的第四層之間，射擊子機型於射擊轟炸後逃進頂層底面，只有那裡架起了多重鋼鐵橫梁，形狀有如複雜的鐵格子或防壁。這樣直線飛行的戰車砲與機槍子彈都幾乎拉不起槍線。

『……看來射擊子機型也只打算在射擊轟炸時現身呢，真是棘手。』

安琪說完後便嘆了口氣。

只要聽得見嘆息，就算躲在光學迷彩底下，辛一樣能追蹤射擊子機型的動向。是能追蹤……但數量太多了，實在無法每次發生射擊轟炸時都警告大家。至於電磁加速砲型的旋轉機砲則並非各自具有控制系統，更是連動作都無法預測。

……只有閃避的時機應該勉強還能提醒大家。

辛一面定睛注視因肉眼可見而總是不免使人分心，不具迷彩的八門旋轉砲，一面用眼角去瞄螢幕顯示，確認在這場戰鬥中名符其實地成為救生索的鋼索鉤爪沒有異常或發出警告。

射擊子機型的動向無法全數追蹤。機砲更是看不見半點動作。

即使如此，最起碼只要能讓大家閃躲——保留戰力爭取時間以收集情資，就可以利用這段時間……

「——蕾娜。」

「……嗯。光學迷彩這邊由我處理。」

蕾娜讓穿在聯邦軍服底下的「蟬翼」微亮起銀紫幽光，點頭回應。她本來就是「為了這個」才會不惜減少攻堅部隊的機體數，也要把砲兵式樣機帶來。

只是，覆蓋要塞的外牆面板意外地堅固，光憑砲兵型「破壞神」的八八毫米霰彈破壞不了。雖然應該能穿過塔頂樓層上方的擋牆——用以抵擋大型砲彈的圓頂，但光靠這樣火力還不夠，所以——……

一旁以實瑪利與以斯帖的小聲交談傳進她的耳裡。

大概是對於攻堅部隊的苦戰幫不上忙而感到焦急吧。他們一邊看著以資訊鏈分享、映於全像式螢幕上的要塞內部影像，一邊飛快地小聲說：

「——不能用『海洋之星』的主砲給他們來頓支援射擊嗎？」

「恐怕不足以穿透。況且距離那麼近，有誤射友軍的風險。」

「靠『女武神』那麼薄的裝甲，恐怕就算沒誤射，四十公分榴彈也有點危險……那主砲以外怎麼樣？」

「您說破龍砲嗎？在這種距離下，這種風中？」

「……抱歉，更不可行。」

風……風！

蕾娜霍地抬起了頭。就算從外側有困難……

「艦長，我想請您提供幫助……請把『海洋之星』的主砲借給我。」

透過知覺同步聽完蕾娜的提案，接著換維克說話了。他讓「海鷗」用光學感應器將射擊子機型的射擊模式記錄下來，並將其顯示在「卡迪加」的全像視窗上。

「我這邊分析還需要一些數據。諾贊、克羅，抱歉了，請你們再撐一下。」

身為八六的他們，不會現在才開始對這點程度的無理要求產生反感。辛與尤德都當成理所當然，連回話都沒回，由蕾娜代替他們接著說：

『分析一結束就開始反擊，請將時機告訴我——辛、尤德。』

不用等她下令，擁有代號的第八十六區兩名戰場老手回得很快：

『……先對付旋轉機砲與射擊子機型，對吧。』

『我們會一面以閃避為優先，一面照這個方針做部署。』

即使如此，畢竟身處不知何時會有隱形彈幕與射擊轟炸來襲的極度緊張，加上一路上隨時注意著立足處爬到這裡，在無意識之中神經已累積了不少疲勞。

有人弄錯退路而中彈，有人忘了近在身邊的友機存在而發生衝撞，或是腳下踩空摔到樓下。

戰死者與負傷脫隊的人數與時俱增，可蕾娜在「神槍」當中看著這一切，懊惱地咬牙切齒。

自己的職責是排除危害同袍或辛的敵機。同袍對裝備了狙擊砲的「神槍」所寄予的期待，正是鑽過這種網格，解決掉電磁加速砲型這種高價值目標——也是她為了在辛身邊持續戰鬥而磨練起來的技術。

明明應該是這樣的，可蕾娜卻到現在都無法將準星對準電磁加速砲型。

只有心情越來越焦急。

看不見的射擊只能用棘手形容。總計似乎有二十四門的旋轉機砲展開波狀攻擊；射擊子機型又從要塞外圍描繪出水平格子、從中央往全方位展開放射狀砲火、從塔頂樓層的整個底面垂直開砲，或是隨機挑選一個方向斜角照射紅外線。

兩者數量都很多，射擊範圍又廣，迫使她必須專心閃避，辛也不免以警告為優先。敵機躲在鋼鐵橫梁組成的巢穴裡時，砲擊很難對準目標。他們無從反擊。

焦灼感幾乎要把五臟六腑燒焦。

我明明是大家的同胞。明明跟辛一樣——永遠都一樣是八六。

明明是戰鬥到底之人。

這點不會喪失。

此時她假裝忘記這樣告訴過她的人將在今天失去他們自身的驕傲。

企圖追趕西汀「獨眼巨人」的旋轉機砲——忽然停住動作，將準星切換到「神槍」身上。等到被那陰暗的砲口緊盯不放，可蕾娜才終於反應過來。

她倒抽一口氣。來不及閃躲了。她只能預料到即將來襲的衝擊，全身無意識地變得僵硬。

「！假動作……！」

說時遲，那時快。

伴隨撞向耳朵般的八八毫米戰車砲隆隆砲聲，彈藥命中旋轉機砲的側面。

旋轉機砲噴著火停止運轉。下個瞬間機砲就像昆蟲自行斷腿似的分離，拖著黑煙往下墜落。

開砲的是──「送葬者」。是辛。

『妳沒事吧，可蕾娜？』

聽習慣了的靜謐嗓音向她問道。可蕾娜安心地呼了口氣。

不知怎地，她安心到甚至滲出眼淚。

對，一定不要緊。

無論發生什麼，一定都會像現在這樣化險為夷。她的死神就像這樣──絕不會棄她於不顧。

所以，不要緊。

「嗯！」

確定有驚無險地救到難得中了露骨假動作的「神槍」，辛輕嘆了口氣。

他的異能捕捉到的悲嘆並非物理性的聲音，因此無法像雷達探測結果那樣一次全部用資訊鏈與全機分享；他是第一次為此感到心急難耐。

即使能聽出「軍團」的位置，能算出攻擊的時機，光靠這樣卻還不足以幫助大家。他對此感到強烈的不耐。

就跟芙蕾德利嘉一樣。

他不想依賴奇蹟，更不想拿她做犧牲——但也無法接受這樣堅持的結果，導致同伴死亡。

他再也不想——把八六的死當成理所當然。

他知道自己是在做無理的要求。

自己才是最期望美好奇蹟的那個人。

但他還是不願放棄。如果可以，想選擇誰都不用犧牲的一條路。

因為他們已經……走出第八十六區了。

經過五內如焚的一段煎熬時間，維克終於傳來分析結束的報告。分析結果透過資訊鏈顯示在綜合艦橋的全像式螢幕上，再傳送給摩天貝樓據點的「破壞神」各機。

蕾娜瞥了螢幕一眼，輕輕點頭。

「維克，火力拘束以及大範圍壓制機的指揮權暫時交給你。」

『收到——符合條件的各機都聽到了吧？照現在傳給你們的數據設定目標。』

「辛、尤德。請你們照常指揮前衛，攻堅時機交由你們判斷。」

『收到。』

「砲兵戰隊，重新裝彈。彈種——『反人員霰彈』。」

這是考慮到怕火的鋁合金裝甲「女武神」與「那東西」發生混戰的可能性，除了「燒夷彈」之外另外帶來的彈藥。

最後，她看向了身旁不歸她指揮的征海艦隊的指揮官。

「以實瑪利艦長。」

「好，交給我吧。」

辛和尤德，雙方都傳來部署完成的報告。

蕾娜從全像式螢幕上定睛注視摩天貝樓據點，呼一口氣，藉由通訊將這句話傳播出去：

「——作戰開始。」

†

砲身的磨損姑且不論，換裝折斷的砲身不免得花點時間。

敵軍部隊的排除至今也尚未完成。

電磁加速砲型將對空雷達以外的所有感應器，以及擁有的三對二十四門旋轉機砲朝向下方，一邊指揮麾下的射擊子機型與阻電擾亂型，一邊反覆進行激烈射擊，忽然間，在高速機砲砲彈演奏的高吼之間捕捉到不同的聲響。

是一種本來不該聽見的細微噪音。

斥候型以外的「軍團」感應器性能都不算很強。電磁加速砲型也不例外，感應器與火力相比之下性能貧弱。它這種幾乎被視野下方的戰鬥遮蔽，理應什麼都聽不見的聲波感應器……

捕捉到了遠處，一絲幽幽鳴叫的嗡嗡聲。

†

蕾娜凜然而嘹亮地說。她呼一口氣，從全像式螢幕定睛注視著摩天貝樓據點的威儀。

「作戰開始——『破壞神』全機退避。」

「開火！」

接在以實瑪利的號令之後，「海洋之星」的主砲——四〇公分多管砲四門齊射。

以血肉之軀待在近距離內的話豈止負傷，甚至可能因內臟破裂而當場死亡的猛烈衝擊波奔越飛行甲板。距離較近而遭受吹襲的砲兵型「破壞神」發出哀嚎。

砲彈飛往「海洋之星」的艦艄方向，直線衝向摩天貝樓據點的上方。

憑著秒速八百公尺的高速，它幾乎是往正上方翱翔，接著定時引信啟動。

外殼彈開，獵殺小型種用的──話雖如此，仍是擁有數公尺到十幾公尺的巨大身軀與裝甲鱗片的怪物──深水炸彈被炸藥的爆轟彈飛，咬住第四層的外殼面板。在深水炸彈的轟擊下──面板抵擋不住，廣大面積被炸得折斷。沒錯。

「──就算能擋下八八毫米榴彈，遇到四〇公分榴彈就抵擋不住了。然後……」

爆裂碎開的外殼面板直接被爆炸威力吹向內側。

彷彿巨龍的護身鱗片，保護據點內部免受暴風威脅的面板變成碎塊──伴隨至今抵禦的暴風噴進室內。

暴風雨的強風大舉入侵，一口氣吹襲室內的猛烈強風造成摩天貝樓據點的內部壓力短時間急速上升。

「憑著這場暴風雨的風壓──從內側可以把它們吹飛！」

四處尋求出口的風壓在下個瞬間──憑著幾乎與爆炸無異的威力撞飛了第四層的整個外圈，就連未曾受損的外圍面板也不例外。

碎裂的藍色破片形成驟雨灑落在要塞周圍的海面上。猛烈強風吹襲如今毫無遮蔽的第四層，轉往上方……織就光學迷彩的阻電擾亂型脆弱的蝶翼，絕無辦法抵抗這場風暴。儘管能源總量夠大，質量本身卻極小的光束粒子同樣不敵強風，沒能形成射束就被吹散。

抓準了這個破綻……

「砲兵戰隊，一齊射擊！」

在「海洋之星」的甲板上，砲兵型「女武神」的一個戰隊同時開火。

內部裝有反人員砲彈的霰彈飛進外裝面板被剝除的第四層側面，或是沿著拋物線飛往比塔頂樓層更高的位置，上下包夾電磁加速砲型以及它停留的要塞塔頂。一方是將空中炸開的霰狀散彈化為金屬大雨，一方是作為倒逆升天的長槍撞向塔頂樓層。

保護電磁加速砲型頭頂位置的塔頂樓層的天篷為了不讓大口徑砲彈直接命中，且又不能擋住對空砲的砲線，因此與樓下連綿的各樓層同樣皆以鋼骨編織而成。能讓四〇毫米砲彈通過的間隙——換成比這種砲彈更細小的反人員霰彈，就跟雨點一樣暢行無阻。

這種反人員霰彈別說以機甲而論只具備最低限度裝甲的「女武神」，就連裝甲步兵的強化外骨骼都幾乎打不穿；對電磁加速砲型的堅固裝甲當然毫無效果。但是，對於非裝甲的——為了保持輕量而無從施加裝甲，一碰即壞的阻電擾亂型卻很有用。

翅膀被霰彈豪雨及光靠鋼骨牢籠無法完全抵擋的衝擊波撕裂，用以抓物的腳遭到破壞，成群的阻電擾亂型再也無法停留在友機機體上。它們與蟻集於塔頂樓層底面的同類一併被爆風吹上高空，飛得七零八落。連續砸來的榴彈衝擊波使阻電擾亂型無法從上空重新飛降下來。

藏在光學迷彩下的無數射擊子機型，以及十六門的旋轉機砲——終於現出了原形。

「火力拘束、大範圍壓制型各機，修正準星！」

接著維克的指示飛來。艦砲射擊後，要塞內外必須同步進行作戰。蕾娜一個人無法同時指揮兩邊，因此要塞內部的一半指揮由他負責。

裝備了機砲、霰彈砲或多管火箭的「女武神」各自分配到不同的砲擊範圍，在這些砲口的前方，銀翅被爆風猛颳吹散。匿影藏形的射擊子機型於一部分的砲線對面現出身影。

發射足以貫穿「破壞神」的紅外線需要龐大的能源。

然而，以「軍團」而論屬於小型兵種的射擊子機型能保有的能源也少。不可能不做補給就進行連續射擊轟炸。

它們看起來並沒有在替換拋棄式的能源匣。既然如此就是從外部——恐怕是從要塞補給能源。不知是做了看不見的有線連接，還是只在砲擊時連接。無論是哪種，能夠進行射擊的位置乍看像隨機，實則有限。

以「海鷗」的觀測資料為基礎分析算出的射擊子機型射擊位置，遠比它本身的總數量要多。所以攻擊的瞬間會在哪個射擊位置無法確定，但一定會在其中一個位置。

因此他們把算出的所有射擊位置全分配到了「破壞神」的砲擊範圍內。

他們瞄準光學、電波都沒能探測到任何物體的橫梁連接處或柱子暗處，只見幾個砲口前方的景象當場剝落。藏身於光學迷彩下的射擊子機型的迷彩遭到剝除而現形。

它們一如其名地讓人聯想到無翅蜜蜂，具有六腳造型以及「軍團」特有的鐵青色。代替螫針位在腹部的紅外線發振裝置與光學感應器閃爍藍光，雙腳如昆蟲般的尖銳前端深深插入藏在橫梁連接處或柱子暗處的洞口。

固定的射擊位置——換言之就是要塞供給能源用的電源口位置。

將腳部端子插入洞口，固定機身的射擊子機型無法立刻逃脫。

再加上幸運的是，它們屬於機體重量較輕的小型機種，因此更容易受到強風影響，在這場暴風中一瞬間失去了行動自由。

『掃射！』

四〇毫米機砲、八八毫米霰彈砲，與共通具備的格鬥輔助臂重機槍。這些火力交織而成的低吼、緊咬不放的咆哮與高聲叫喚化做大合唱，在摩天貝樓據點裡轟然響起。

在靜待良機的「送葬者」眼前，也同樣有阻電擾亂型的光學迷彩被撕裂剝除。銀色蝶翼被吹得散亂不堪。

電磁加速砲型具備的旋轉機砲——支撐這足足三對二十四門火砲的砲架懸臂，終於全數暴露於眾人眼前。

準星前方沒有射擊子機型，負責火力拘束的「破壞神」即刻切換瞄準目標開火。首先是為了射擊而伸長的兩對，接著包括「神槍」在內的狙擊型「破壞神」炸飛了躲在鐵格子深處的其餘八門。

榴彈炸裂，霰彈、機砲砲彈與戰車砲彈連連噴火射出，射擊子機型爆炸、起火燃燒。

這場把整座第四層塗成一片紅黑的地獄業火造成電磁加速砲型感應器當場癱瘓而呆立原地。

轉瞬間，「送葬者」穿過這場爆炸烈焰衝上樓層，一躍來到它的眼前。

在失去了兩層樓地板的第四層中，「送葬者」踢踹牆面當成立足點，用鉤爪纏住柱子接合處，幾乎是一口氣衝過了樓層。它名副其實地用高周波刀攻破有如複雜牢籠或格子的頂層底面，終於抵達了塔頂樓層。

「轟嗡！」機械亡靈吼出的臨死慘叫「有二」。辛聽出兩者皆來自於電磁加速砲型之中。恐怕一個是電磁加速砲型原有的控制中樞，另一個則是在一年前那場戰鬥後增加數量，並提升了行動自由度的旋轉機砲與砲架懸臂的控制用副中樞。

像是故障的音樂盒反覆哀鳴死亡瞬間的思維，那份嗟怨與詛咒。

帝國萬歲，帝國萬歲，帝國萬歲，帝國萬歲——……一如恩斯特的預測，一如瑟琳所言，是舊帝國皇室派的餘黨。

辛砍開障礙躍上半空中，位置十分鄰近電磁加速砲型。長達三十公尺的砲身就算本身完好如初，在這超長距離砲的死角中一樣不可能開砲。砲塔後面兩對逆天開展的散熱索翅膀崩塌鬆開，化為近身格鬥用的導線鋼索，前端的鉤爪對準「送葬者」，即將如雪崩傾盆而下。這是近身戰鬥能力較差的電磁加速砲型最後的祕密武器。

但是這個……

在一年前，已經見識過一次了。

導電鋼索即使鬆開失去翅膀外形，仍維持著高昂沖天的開展形態。它離「送葬者」有些許距離。還沒拉近距離，砲兵射出的燒夷彈先一步到達，引發的火海讓鋼索起火燃燒失去效用。鋼索喪失通電能力墜落下來，辛用高周波刀從旁撞去將其擊落，讓「送葬者」降落在砲塔正後方第一對翅膀之間的維修艙口。

落在一年前打倒的第一架電磁加速砲型——芙蕾德利嘉那被吸收作為控制中樞的騎士，潛藏的位置之上。

大概是想把辛從身上甩落吧，電磁加速砲型就像當時那樣，像一隻被潑了強酸的蜈蚣般瘋狂扭動。武裝選擇變更為腳部五七毫米破甲釘槍，四具同時擊發。

辛以劇烈震動為代價固定機身與砲線。他一面承受險些咬舌的震動，一面再度選擇武裝，這次切換成主砲——八八毫米戰車砲。

他扣下了扳機。

電磁加速砲型如哀嚎出聲般，只一瞬間機身後仰僵直。

接著折斷的砲身向正後方旋轉，試圖毆打敵機。

辛為了閃避而分離貫釘，躲掉對輕量的「破壞神」而言屬於致命性重量的砲身橫掃，從電磁加速砲型的背上跳下來。

「嘖……」

他穿越交錯的牢籠鋼骨，用鈎爪勾住第四層三樓的牆面攀於其上。

……打偏了啊。

看來他擊毀的是控制砲架懸臂與旋轉機砲的副中樞——控制系統的位置似乎已與一年前有所不同，對方有備而來。

電磁加速砲型桀傲不遜地俯視著悄然仰首的「送葬者」。

即使失去所有武裝，保護自己的友機也全被殲滅，仍保有「軍團」最大巨砲的威儀與威嚴。

看到它背後的明亮天空，辛才發現暴風雨已經過去了。

儘管覆蓋整座塔，大風翻滾打旋的淡灰色壁壘還沒完全散去，但強風特有的高低吼叫已減緩了不少。空中的雲層也不再那麼厚重，讓人察覺到夜晚已在戰鬥過程中迎來黎明。

以那天空為背景，電磁加速砲型兀自佇立。宛如冰霜凝結，銀色的流體金屬自折斷的砲身內部雜然湧出。

暴風雨停了。

上空的風似乎很強。一點一滴減慢旋轉速度的烏雲失去聚攏的力量，嘩地一下散開，在一種彷彿舞台切換背景似的戲劇性變化下，薄雲布幕掀開現出後方的蒼藍色彩。

那鮮明亮眼的碧藍。

照得曾為鉛灰色封鎖的天海之間耀眼眩目。

忽然間，蒼穹霎時轉暗。

「……！」

突如其來地淹沒上方視野的黑暗，讓萊登不假思索地閉上眼睛。

那黑暗原來是「一片強光」。強烈到讓光學螢幕負荷過度而瞬間當機，就連輔助電腦也一瞬間來不及修正，超乎預料的光亮一飛而逝燒光了天空。

過度眩目的強光，比黑暗更能塗黑視野。一如其名地快如光速。

無聲無息。

在一段漫長得可怕，但卻是剎那間的無聲白盲之後，光芒又毫無預警地消失了。光學螢幕得到修正而恢復功能，即使如此視野仍有些亮灼灼的。彷彿待在夏日豔陽下，宛如身處略為缺乏現實感的白日夢中，天空亮白而眩目。

然而萊登仰望著那蒼穹，愣怔地感覺有哪裡不太對勁。

那前一刻都還封鎖在鉛灰色中，如今暴風雨離去後反而因為太過閃耀顯得陰翳，碧藍色的，被織就要塞的鋼骨格子切割成塊的天空……對，是鋼骨。就是堵塞眼前空間的無數格子。

以鋼鐵組成的要塞，它的塔頂——第五層整個樓層全被燒焦，熱氣濃烈地蒸騰。

「……什……」

而在塔頂樓層的中心，那無力傾頹的東西早已失去了前一刻的威嚇感。

某人呻吟著說：

『電磁加速砲型——它……』

砲身從中間被彎折得像是拉糖，來不及啟動就直接燒燬的爆炸反應裝甲從機身脫落，暴露出底下的裝甲板。烤漆全部蒸發，帶著金屬光澤的銀色表面燒得發白。

儘管由於全身皆為金屬而密度較高，即使在超高溫當中也不至於熔化……

在變形得有如奇怪樹林的鋼骨夾縫間，被燒得縮成一團的電磁加速砲型動也不動。

光學感應器的光芒熄滅，顯而易見地頹然報廢。

悲嘆之聲——再也聽不見了。

萊登仰望著那景象發出呻吟。他好不容易才擠出像樣的聲音：

「那是，什麼鬼……」

一瞬間。僅僅一瞬間。

才一瞬間，電磁加速砲型就被當成蟲子一樣燒燬了。那場面讓蕾娜愕然無語。

「怎──……」

以實瑪利發出呻吟。出於深沉的戰慄，以及活像碰上神話中的怪物的畏懼。

「砲光種……！偏偏挑在這時候！」

翠綠眼眸定睛盯著螢幕最深處──激光飛來的海洋彼端，眼睛眨都沒眨一下。

他沒回望蕾娜投來的詢問目光，用分不清是回答還是自言自語的口吻接著說：

「那是原生海獸當中最大的一種。不管是戰鬥機還是轟炸機，都會像那樣被牠用雷射擊落。就算是『軍團』也無法與牠正面爭鋒，是貨真價實的怪物。」

「原生海獸……這就是……」

這就是居於人手無法觸及的碧洋深海，如今仍然統御海洋，幾千年以來始終拒絕讓人類踏出大陸的生物。

這些地盤意識極強──或者可說具有領土概念的生物，極度厭惡任何存在入侵屬於牠們的碧海。牠們會全力拒絕並排除入侵者，威嚇接近地盤的存在。

無論是「軍團」還是人類，都不例外。

這座要塞座落的地點，離牠們統轄的深藍碧洋只有一步之遙。儘管要塞與征海艦隊都並未侵犯疆域，但畢竟是在界線的附近開戰。對於脾氣古怪的牠們來說想必感到礙眼至極。

以實瑪利定睛盯著牠們潛泳的彼方，把牙齒咬得軋軋作響。屠龍者(雷古威德)征海船團國群背負著屠龍之名，素來以稱霸海洋為目標卻終究未能實現。他身為長達數千年連戰連敗的征海氏族後裔，帶著憎惡與憾恨咬牙切齒。

「……我們到頭來，還是沒能戰勝牠們。」

「——」

「聲納……還看不見是吧。但牠確實就在附近，可能是認為疆域受到侵犯，來威嚇我們了。趁著暴風雨過去……濃霧也被風暴吹散的這一瞬間。」

蕾娜回想起來了。在進攻的途中，他們曾跨越一整片的濃霧海域。

摩天貝樓據點的能源來源推測為海底火山，當時蕾娜以為那片濃霧是熱源洩漏熱能而附加產生的現象。

其實並非如此。是「軍團」們刻意製造出那片濃霧護盾。

雷射在水中會擴散。在張開厚重濃霧的時候，砲光種無法攻擊它們。

否則在毫無遮蔽物的大海中，在這種用遠遠都能以肉眼看見的——直線飛來的雷射就能從遠處狙擊目標的地方，根本維持不了砲陣地。

然而這片濃霧護盾，就在暴風雨離去的一瞬間被風刃削去了。趁著這個時間……

「原來那些傢伙……也在等暴風雨來襲嗎……」

他驚愕地仰望著那始料未及的光景，原地呆站了好一會兒。

一回過神來時賽歐才想到那件事，臉色大變地喊：

「……辛！」

「送葬者」呢？……逼近電磁加速砲型，雷射照射的瞬間就在塔頂樓層近旁的辛呢？

賽歐環顧塔頂樓層，沒看見「女武神」的白色機影。這加劇了他的恐慌。

當同袍生死不明時，八六經常會以知覺同步確認對方安危。經由雙方意識共享聽覺的知覺同步，在對方失去意識或戰死時會中斷。只要確認同步依然相連，至少可以判斷對方平安無事。

賽歐一時之間甚至沒想到要確認知覺同步。

他動搖得竟如此嚴重，連自己都覺得奇怪。

『——我如果沒先跳下樓，就已經被波及了……好險。』

所以當那不免刷上一點動搖色彩，但對於差點嚇壞了的賽歐來說沉穩到有點討厭的聲音透過知覺同步傳來時，他不禁大大鬆了一口氣。

發出沉重的匡啷腳步聲，「送葬者」降落到第四層一樓——賽歐與萊登等人待著的樓層。他似乎只是在照射的瞬間緊急退到第四層二樓，或做了其他動作正巧脫離了「笑面狐」的視線範圍。

「真是……不要嚇我啦……」

嘴上這麼說，其實心裡卻感到由衷的安心。

有點像是一種信仰。

不要緊的。辛不會因為這點小事就死掉。

不會像戰隊長那樣，說死就死——……

透過知覺同步，蕾娜將光線的來源告訴了大家。說剛才的雷射，是原生海獸中最大種類——砲光種的攻擊。

「那就是……原生海獸……」

『竟然會是……那種怪物……』

他們是初次見識到那種威脅，而那也超乎想像地異常。就連膽大如八六們也無法完全擺脫動搖與畏懼之情。

視線自然而然地集中到光線飛來的遠洋彼方。在越過水平線的那一頭，隱入星球弧線而無法以「破壞神」光學感應器捕捉到的距離，某種對他們懷有惡意，前所未見的東西就在那裡。

能夠在那一瞬間，射出光線掃蕩燒盡整面天空的某種東西。

辛刻意呼出一口氣，再度望向頭頂上方電磁加速砲型的殘骸。那無力的殘骸表面被燒到變色，在海風吹拂下可能已經開始冷卻，如今不再冒出蒸騰熱氣。

聽不見聲音。只有在戰場上過了七年歲月已經看慣了的，停止運轉——「已死」兵器特有的沉默。

至於奪取控制中樞——都已經燒燬成這樣了，恐怕有困難。

沒辦法了。

「電磁加速砲型完全沉默，我判斷一開始的作戰目標已經達成……大家下樓吧。」

『看來最好加快腳步了。畢竟對方是野獸，誰知道牠會按照什麼道理攻擊我們。』

辛點頭同意尤德罕見地顯得厭煩的低語。

就在這時……

†

『珊瑚一號呼叫珊瑚綜合體。』

『已失去珊瑚二號。珊瑚一號，機體大破。』

『確認遭受砲光種的射擊轟炸。威脅度・極大。該砲光種正在接近目前海域。』

『判斷無法達成虎鯨計畫的防衛任務——建議虎鯨計畫採取自我保護行動。』

†

銀色粒子如雪崩傾盆而下。

從遙遠的天空，穿過摩天貝樓的中央落入陰暗海面。

宛如讓月光靜靜散射的陣雨，宛如沙漏滴落的沙子，那些發光的粒子原來是銀色蝴蝶。是構成「軍團」中央處理系統的流體奈米機械分裂而成的群體。就跟每當機體大破時讓中央處理系統變成蝶群逃走的高機動型一樣，都是成群的流體銀蝶。

可能是因為聚集起來了的關係，聲音再次響徹四下。帝國萬歲，帝國萬歲——於雷射照射的前一刻逃向高空，混入阻電擾亂型之中的……

「……電磁加速砲型的……」

中央處理系統。

辛霍地抬頭望向這陣復活的嗟怨，在他的眼前，蝶群疊起用以產生升力的翅膀如流星般墜入摩天貝樓的鋼鐵網格縫隙。它們在空氣阻力下描繪出和緩的螺旋墜落軌跡，在軌跡的盡頭聚集起來，交融變成一整塊的銀色水滴。

如同水滴落入水面時那樣，它讓推開的海水呈王冠形向上伸長，就這麼沉入了要塞正下方的海裡。

流星墜落的時間連一秒也不到。

「掉進海裡了……是摔下去了嗎？——不對……」

視野下方，從流星沉沒的海底傳出嗷嘈的尖叫聲。

透過知覺同步，與辛相連的所有處理終端也都聽見了那道聲音。

那是機械亡靈臨死之際的思緒。是複製在戰場喪命，得不到安葬就被帶走的戰死者腦部構造，吸收其片段思維的「軍團」反覆呼喊的悲嘆。

鐵青色的巨大影子向上浮起，好似一對長槍的銳利劍尖劃破海面。這個恐怕有三十公尺長的龐然大物猛不防地向上伸展，對準天頂——一直線地指向「破壞神」站立的第四層。

那些滴落而逝的流體奈米機械銀蝶……電磁加速砲型的控制系統變成的蝴蝶……全長三十公尺，形狀如一對長槍的砲身——是在攀爬要塞的途中聽見的，彷彿從海底傳來的聲音！

那是……

「各機！立刻退離第四層！——退到樓下，『砲擊要來了』！」

霎時間。

「磁軌砲」咆哮了。

砲彈以肉眼絕不可見的速度飛馳。放電的電光恰如裂紋般皓白疾馳於周圍海面。

從海面到遙遠天際，反向墜落的奔星斜著貫穿摩天貝樓的第四層。

那可是口徑八〇〇毫米，初速每秒八千公尺的大質量與超高速。而且還是速度不會衰減——動能不會流失的極近距離。位於砲線上的所有鋼骨全被當成枯枝般折斷。炸成碎塊的部分跟著貫穿飛去的砲彈一起被拋出要塞，至於失去部分連接橫梁或支撐牆壁的鋼骨則從殘餘的接合處鬆脫墜落……

掉在於千鈞一髮之際逃出第四層，散開到第三層或更下方第二層的「破壞神」頭頂上。

『……！』

「破壞神」情急之下縮起機身，靠到未受損害的柱子旁，勉強撐過這場致命落石。帶著不祥破風聲墜往下方的鋼骨噴濺出大量海水，沉入了海中。

成員各自做判斷，稍微行有餘力的人一路下降到第二層，不惜讓戰隊或小隊暫時失去隊形也要以疏散逃生為最優先，結果收到了正面效果。

身處破壞半徑廣大的榴彈灑落的戰場，部隊密集於一處會全軍覆沒。在剎那猶豫決定生死的戰場上，就算是有點難以理解的警告，重問一遍只會錯失時機。在第八十六區戰場存活多年的八六早已將這個教訓銘記在心。遇到危機時反而應該散開，聽到警告立刻照辦；此一無意識的習慣這時又幫了他們一把。

海裡的敵機仍在向上浮起。

猛吠的叫喚透過知覺同步，彷彿震得頭蓋骨啪啪作響。

繼而……

†

『珊瑚一號，回收完成。』

『控制系統損耗——二十八％。不影響戰鬥模式啟動。』

『珊瑚一號，與珊瑚綜合體連接完成。』

『虎鯨計畫，整合控制迴路，準備啟動。』

『虎鯨計畫——啟動。』

†

刀刃般的艦艏終於劃破海浪飛上半空。

其龐然巨軀順著急速上浮的速度突破海面，聳立的高度一瞬間達到能俯視位於離地數十公尺位置的「破壞神」。暴露在半空中的艦底有著無數摺疊的腳部。艦艏附近左右排列四對的光學感應器映照出敵機而閃爍藍光。

滿載排水量不下十萬噸的巨軀下個瞬間如雪崩般撲向海面，引發激烈的水柱與海面破碎的轟然巨響。

它比「海洋之星」還要整整大上一圈。上甲板與舷側閃耀著裝甲的暗沉鐵色。四〇毫米對空旋轉機砲一部分位於艦艏與艦尾，大多則在甲板中央附近一字排開，砲身閃閃發亮。一五五毫米電磁加速式速射砲排列於兩舷，為了讓每個速射砲都有幾門對空砲保護又能各自確保砲線，艦砲分層配置成階梯狀。

而在這無數艦砲架構而成的堡壘中央，讓所有對空砲與速射砲護衛著的「兩座」砲塔如天守閣般聳立，上面伸出一對全長足足有三十公尺的長槍狀砲身。即使安裝在這龐然大物之上——看著那八〇〇毫米口徑磁軌砲仍讓人遠近感產生錯亂。

足足兩門。

想必同樣也是為了確保砲線，艦尾那端的砲塔比艦艏那端的更高，高度將近十五公尺，超越了電磁加速砲型。儘管從海面到甲板的高度不比「海洋之星」，到艦橋最高層的高度卻略勝一籌。

有人呻吟了。慄然而呆滯地。

『這是，什麼東西……！』

『難道這玩意兒也是——這艘船也是「軍團」嗎……！』

任由海水自甲板上流瀉成瀑布水幕，唰……兩門磁軌砲的砲塔伸出了銀線。

轉瞬間銀線自行編結成形，織成僅以翅脈塑形的蝶翼。整片翅膀散發淡淡燐光，遮天映日般地啪沙一聲拍動開展。

散熱索展開。這代表了磁軌砲的——戰鬥模式啟動。

這艘展現全貌的巨艦宛如鯨波怒浪，宛如呱呱墜地，用受困於流體奈米機械控制系統的戰死者臨死哀號咆哮了。

『我還不■■■■不要■■■■■■能我死■■■■痛要支持你■■■■■■的媽■■去找■■■■■■■找救媽■■■澷好■■■■■■救■■■■■■■■■好■■■找你還■■■■救要不能死■■■■痛■■■■■■■救不救不■■■■■■■能死好■■■■■■■澷媽■■■■■■■要我要■■■■■■支■■■■■■媽去找■■持■■■■■■——————！』

『！唔嗚……！』

從知覺同步與帶著嚴重雜音的無線電，可以同時聽見辛硬是吞下痛苦呻吟的細微聲音。

知覺同步只會傳達本人的聲音，或是巨大到震撼全身的隆然響聲，此時卻傳出這種聲如霹靂的淒厲尖叫。那對於擁有異能的辛來說，這陣異樣的叫喚究竟有多麼……

蕾娜即使掛念他的痛苦，卻也只能摀起耳朵，努力撐過全身承受的聲壓。

聽不出尖叫在說些什麼。

正確來說，是聽得懂與聽不懂的語言交相混雜，無法掌握話語含意。

就像是好幾個人的聲音、不同人的聲音竟用同一個聲帶、喉嚨與嘴巴同時發聲。

那不是人類的聲音。

就好像把活人的多個大腦切碎後隨機洗牌，再東拼西湊起來放回原本的頭蓋骨裡那樣。彷彿多名戰死者的意識、人格與自我相互連接混合，形成的混聲合唱。

「這聲音，究竟是……！」

以實瑪利原本就尚未適應知覺同步，現在又接收到連八六們都不禁發出痛苦呻吟，嚇得畏縮的這種激烈狂吼。他忍不住一把扯掉同步裝置，被一口氣降低的血壓弄得輕微頭暈，抬頭看著綜合艦橋全像式螢幕上的那東西。

「是戰艦……！不對……」

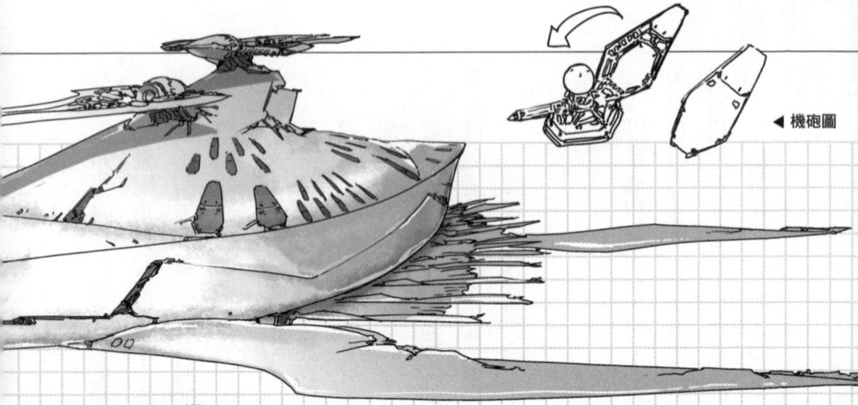

◀機砲圖

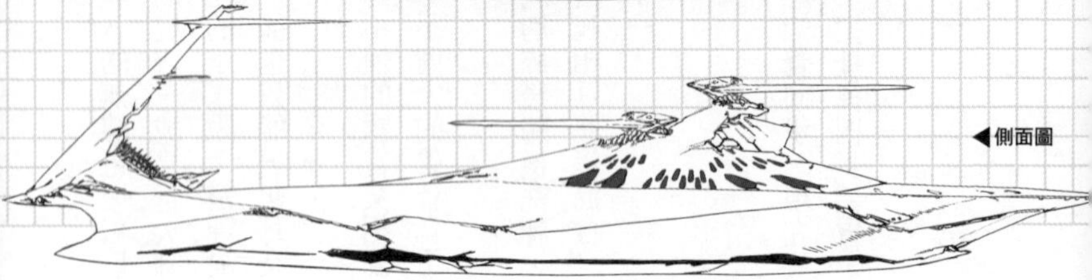

◀側面圖

▼俯視・仰視對照圖

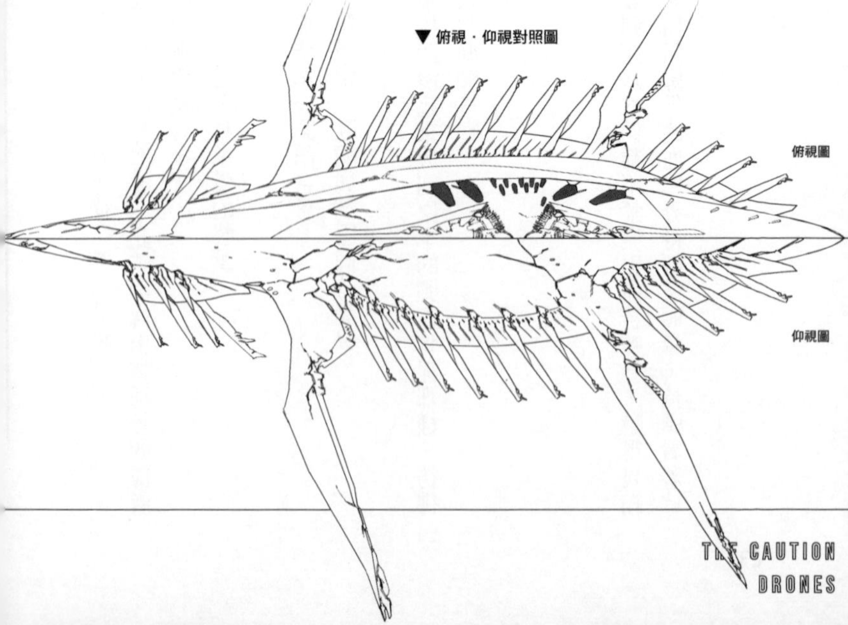

俯視圖

仰視圖

THE CAUTION DRONES

[「軍團」的高威脅性戰力]

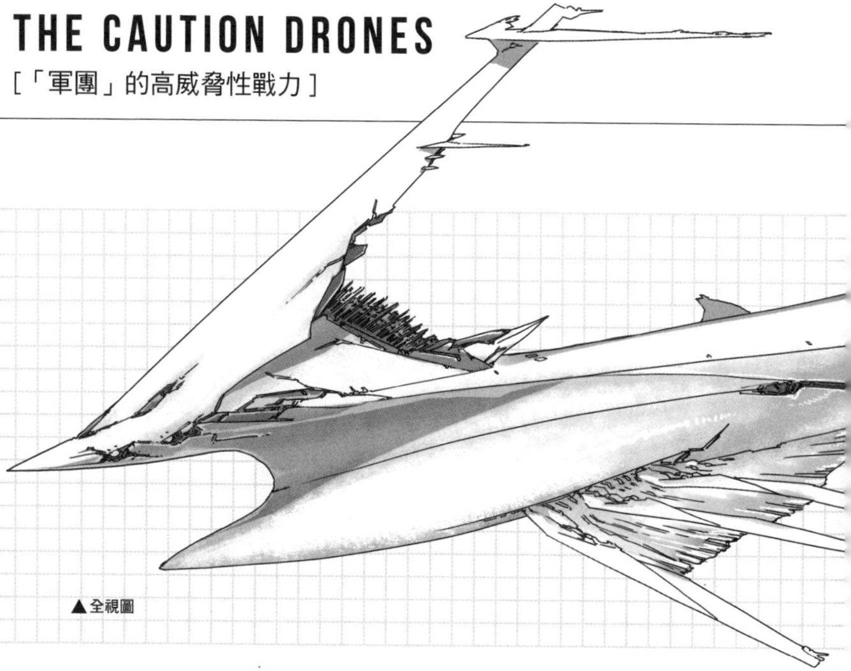

▲全視圖

[Noctiluca]

電磁砲艦型

[ARMAMENT]

主砲：800mm磁軌砲×2
副武裝：155mm電磁速射砲×22
40mm對空電磁旋轉機砲×54

[SPEC]

[全長]300m以上（推測）
[滿載排水量]10萬噸以上（推測）
[動力]核子反應爐（推測）
[巡航／步行速度]不明

「軍團」以海上要塞為誘餌，暗中建造的祕密武器。

搭載威脅性大到僅憑一門就能摧毀聯邦戰線的兩門磁軌砲，且不只可於海上移動，從複數腳部構造推測同時具有陸行功能。

由於不需要船艦構造上本來不可缺少的「大量組員」用空間，極有可能將多餘空間全數改成裝甲或彈藥庫，以攻擊型「軍團」而論無疑是開戰以來最為強大棘手的存在。

絕不可讓它逃走，務必在此擊沉。

這玩意兒可沒那麼簡單。

在甲板中央聳立的砲塔上，兩門八〇〇毫米磁軌砲傲然斜睨上天。再加上二十二門的一五五毫米電磁速射砲與五十多門的對空電磁機砲。沒錯，它所配備的艦砲全是以雙長槍狀磁軌構成砲身的磁軌砲。威力自不待言，就連射程也在火砲之上。

光靠這一艘的強大火力就足以把一個小國焚燒殆盡——例如被僅僅一架電磁加速砲型逼得瀕臨亡國的船團國群。

再加上於浮上水面的瞬間窺見的，巨艦的艦底。

它具有腳部構造。用途絕非游泳，而是在海底或陸上行走。換言之它恐怕——能直接登陸。

雖然要在陸上移動應該還是有困難……但如果只是踏上海岸附近的話……

絕對不能讓它得逞。

「『海洋之星』呼叫全體人員。今後將不明艦稱呼為電磁砲艦型（Noctiluca）——……」

這片大海，是征海氏族的大海。

就算將在這場作戰中失去征海艦隊與征海榮耀，它一樣是我們的大海！

絕不能容許區區臭鐵罐大搖大擺地到處亂游。

「作為敵性存在予以消滅——現在就擊沉它！」

突然間，知覺同步增加了一個對象。

『——殿下！』

維克繃緊神經瞇起一眼。是柴夏——他留在陸地戰場上的副手。先不論平常表現，她在戰場上極其能幹，如果她判斷應該在這種時候聯絡自己的話……

「『出現了是吧』？」

『是。已確認「軍團」地面部隊開始展開攻勢且有兵力增援。敵軍增援為……』

但她卻一瞬間，因心生戰慄而語塞。

『——高機動型的量產機。』

†

火雨灑在船團國群的泥濘戰場上。

這是為了進行機動防禦而在防禦陣地帶腹地待命的「破壞神」砲戰式樣機撒下的八八毫米燒夷彈雨。

無論是以戰車砲彈或榴彈砲彈而論，這都不算是常用彈種。燒夷火焰對機甲兵器效果不彰，對「軍團」此種無人機也一樣。然而，理應效果有限的燒夷彈卻像大雨一樣不停灑落。

這場火焰之雨，燒燬了戰場的一個角落。

阻電擾亂型薄紙般的蝶翼怕火。它們很容易就著了火，一邊失去可見光的散射能力一邊燒燬，逐漸暴露躲在底下的東西。

那東西甩落銀翅餘燼，現出原形。它有著令人聯想到貓科動物的敏捷四肢、宛如鳥羽般互相重疊的銀色裝甲，以及背後如蜥蜴逆鱗般伸長的一對高周波刀。這種令人厭惡的傢伙——這群傢伙接二連三，陸續出現。

『蕾娜的預測成真了呢。』

「說是敵軍有可能投入量產型的高機動型，是吧……但沒想到真的被她說中了。」

雖說身處同一個防衛線，但之間隔著肉眼無法看見的距離。滿陽與瑞圖各自待在不同戰場，從碉堡暗處注視著那些傢伙，透過知覺同步你一言我一語。

機體似乎稍稍做了大型化。從聯合王國開始裝備的流體裝甲維持不變，但依然不攜帶火砲。唯一的固定武裝換成了具有多個關節而行動自如的輔助臂，以及前端的一對高周波刀；難以控制的鎖鏈刀似乎是省去了……可能是為了利於量產，而摒棄了過於複雜的功能？

還是說就跟火砲一樣，容易對敵機造成意外損害的鎖鏈刀也「在量產化的過程中被判斷不適於它們的職責」？

「而且好像連『目的是「獵頭」』都被猜中了……她又沒親眼見到，到底是怎麼知道的？」

瑞圖忍不住低聲咕噥。

「獵頭」是藉由吸收戰死者腦部構造的方式去除自身受限的壽命枷鎖，同時得以強化性能的

「軍團」，為了追求更高性能處理系統而大肆獵捕人類的行為。無論在聯邦還是聯合王國，更常見的是在第八十六區，每天都能看到機械亡靈做出這種泯滅人性的行徑。

就在高機動型的隊伍後方，跟隨平常絕不會出現在戰場上的回收運輸型，恐怕是要代替不具操縱器的高機動型撿拾砍下的頭顱，把活捉的人拖走。腦組織十分容易受損，視氣溫而定有時半天不到就會腐壞到提不起來。所以才要讓它來趁新鮮時迅速回收。

瑞圖不悅地皺起鼻子。

「……未免也把我們看得太扁了吧。」

明明才剛被「破壞神」的砲擊——無論從機甲或榴彈砲而論「都不屬於常用彈種」的燒夷彈火焰，三兩下就扒掉了光學迷彩。

之所以能灑下不屬於常用彈種的大雨，是因為他們有備而來。他們的女王對於高機動型的量產型投入戰場早有提防，並在這次的戰場上做好了對策。

難道敵人以為所謂的對策——就只有剛才那場燒盡光學迷彩蝴蝶的火海嗎？

「……來吧。」

『敢來就來吧，就是這樣。』

高機動型——奇形怪狀的獸群讓身軀一彎，下個瞬間如箭矢般飛出。

兩人率領的「女武神」也做出回應，投身業火的戰場。

而與遙遠陸上的戰場一樣……

†

就在這時，「那種東西」成群結隊地帶著一身搖曳的折射光，衝過母艦的高大砲塔、長條砲身，跳上了海上要塞。

†

辛第一個察覺到了。

雷達不會顯示，光學感應器也會被騙過。即使如此，他的異能可以聽見不絕於耳的亡靈叫聲，精確地捕捉到那玩意兒的出現與接近。

「各機，保持警戒！是光學迷彩機——很可能是高機動型！」

蝶翼的細微振翅聲與身纏同一種搖曳光澤的某種東西衝過要塞外牆。它們憑著狙殺獵物的猛禽速度，頭下腳上地一直線奔行於幾乎垂直的鋼骨。被踢踹的外牆面板沿著移動軌跡破裂剝落。數量有——四架！

待在預測前進路線附近的「破壞神」掉頭，算準它們通過的瞬間開砲射擊。「破壞神」用八八毫米戰車砲打破外牆面板，接著用機砲與霰彈砲於前進路線上展開彈幕。

賽歐沒能參加這場迎擊行動。辛發出警告時，搖曳的機影位於上方並即將抵達第三層，他搆不到——剛才他判斷部隊全機降落於第三層會無法完全散開，於是運用鋼索鉤爪一口氣降落到第二層，沒想到會在這時得到反效果。

無論敵機如何以高機動性為傲，畢竟就是在違反重力垂直攀爬，無法像水平移動時那樣做出不合常理的閃避動作。彈幕射落了三架敵機，一架突破火網。穿越彈幕的一架敵機不理會眼前的「破壞神」，持續不斷地衝向塔頂。

目標是……

『又是辛啊——你還真受歡迎耶！』

「被煩人的白痴喜歡又能怎樣？」

「狼人」與「送葬者」互開玩笑，一同擺好架式。抓準敵機跳進他們目前所在的最高的樓層——第三層三樓的瞬間，兩機一同開砲射擊。

還是一樣看不見敵機的身影。然而，不曾中斷的亡靈悲嘆把它的動向告訴了辛。敵機躲掉砲擊往側面方向跳躍，順勢繼續奔跑後垂直往上跳，做出縱然是「女武神」也辦不到的動作——以天花板為立足處疾走，迫近「送葬者」——

這招……

「……你以為我猜不到嗎？」

整批八八毫米霰彈到達頭頂上方，炸裂開來。反人員霰彈灑落在整座要塞上。

辛一聽出高機動型的出現，由維克報告給蕾娜後，她即刻讓砲兵部隊展開一齊射擊。沒錯，就是蕾娜原本為了對付它們而加入戰線的砲兵式樣機。

遮擋砲彈的上層早已被原生海獸與磁軌砲的砲擊轟去了一半。化做鋼鐵驟雨灑落的反人員霰彈，把阻電擾亂型的光學迷彩撕成四處飛散的碎片。

在飛舞散落的銀翼碎片後方，一窺見銀色流動裝甲的瞬間，「狼人」立即從側面開砲射擊。從車體上方足以射穿戰車裝甲的四〇毫米機砲砲彈形成彈幕，將敵影連同阻電擾亂型一併撕裂。

迷彩在他們眼前剝離脫落。

銀色的機影現形。有著敏捷的野獸軀體、鳥羽般的流體裝甲、蜥蜴尖刺或蝙蝠翅膀般的一對高周波刀……如今已空虛地被機砲砲彈撕裂而頹然逝去……果然是高機動型。

然而，趴在它背上的另一頭機械銀獸卻打破沉默隆隆吼出機械性的尖叫，讓光學感應器亮起幽藍燈光爬了起來。

「什——……！」

聽不清楚的機械悲嘆於眼前消失了一個，又增加了一個——辛沒辦法感應到休眠狀態的「軍團」，直到它啟動為止。

背上翅膀般的高周波刀高聲叫喊著燒到白熱。踢踹第一架充當盾牌被機砲砲彈撕裂的機體，第二架迫近而來。

寄望萊登的掩護，正準備展開追擊的「送葬者」無法完全躲掉這個突擊。

磨亮的骨白，與流動的銀白——兩架機甲兵器從正面爆發了激烈衝突。

賽歐在第二層——遠離瞬息死鬥的下方位置看著那個場面。

「送葬者」於交錯的瞬間扭轉機身，保護駕駛艙免受高機動型高周波刀攻擊的同時，讓自己的刀刃刺穿了敵機。但光憑這樣，還不足以抵銷慣性。「送葬者」被衝刺的力道狠狠撞飛。

即使被高周波刀刺入己身，高機動型依然與「送葬者」纏鬥不放。「送葬者」還沒來得及分離刀身，其流體裝甲已在極近距離內自爆。「送葬者」遭到震飛，被拋出要塞外頭。

簡直就像為了在龍牙大山據點底層，被「送葬者」以推落熔岩湖的方式擊毀的原版高機動型報一箭之仇。

折斷而彈開的刀刃帶著尖銳的異樣聲響飛上半空。

『…………！』

即使如此，「送葬者」仍勉強踢開高機動型——它的殘骸，射出左右兩把鉤爪纏住外牆面板剝落露出的鋼骨吊在半空中——……

緊接著視野下方，電磁砲艦型的艦艏磁軌砲開火射擊。

八〇〇毫米砲彈這次僅僅擦過了第三層的一根柱子就飛往遙遠的彼方。儘管只是擦到一下就飛去，帶來的激烈震動仍搖晃了鐵塔。鋼索鬆開，「送葬者」向下摔落。就像讓敵人替墜落熔岩湖的高機動型報了一箭之仇。

追過在激烈震動下，鬆脫掉落的鋼骨與外牆面板——……

「——辛……」

扛著鐵鍬的無頭骷髏識別標誌，就這麼輕易地沉入了幽暗海底。

知覺同步中斷。它只有在同步對象失去意識——或是戰死時才會中斷。

與辛同步時從未間斷過的「軍團」尖叫，這時倏地斷絕——接著就是一片無情的寂靜。

第五章　塔（逆位）

「……啊……」

賽歐一瞬間呆住了。他不懂發生了什麼事。

其實不可能不懂。當時「笑面狐」正仰望著「送葬者」，所以全都看得一清二楚。

「……辛。」

沒人回應。

知覺同步斷訊了。

就跟那時……

就跟他對戰隊長見死不救，聽完最後的遺言，無線電也就此斷訊一樣。

他忘記了。

戰隊長他……

明明身為白系種卻自願返回戰場的戰隊長就死在那個戰場上。

他有珍愛的妻子，有剛出生的孩子。他如果死了，有人會為他悲嘆。有人原本能與他共度一生。他明明可以選擇活下去擁抱幸福和未來——但這一切都無關緊要，他死了。除了笑臉狐狸的識別標誌之外什麼也沒留下。

而沒有未來，沒有人能共度一生的自己卻活了下來。

沒有人會為自己的死惋惜。賽歐已經沒有家人，甚至沒有能回去的故鄉了。別人反而還叫他去死。雖然他並不會因此就想死給他們看，但……如果說誰該活下來，那應該是隊長才對。

同樣地，辛也是……就連這個好不容易找到共度一生的對象，期望能獲得未來與幸福的同胞也走上了同一條路。

再次留下至今仍不抱半點期望的自己。

他忘記了。

然後，現在他想起來了。

想起無論是生命的價值、祈求平安歸來的心願或是生者的肝腸寸斷，都與索命的鐮刀無關。

說不定反倒是越有價值的人、有越多人為他們悲嘆的性命越是優先奪去。

那種令人束手無策的——世界的惡意。

「啊……」

蕾娜也看著那光景，茫然佇立。

「送葬者」撒出一堆細小碎片向下墜落。給人的感覺慢得彷彿萬物靜止，實際上卻極其短暫的墜樓時間以激烈掀起的水柱作結。它就這樣無力地，沒做任何掙扎便沉入幽暗的海水中。

「啊……啊……」

芙蕾德利嘉撞開椅子衝出去的腳步聲聽起來很遙遠。

她衝得太快，也不顧自己焦躁得差點絆倒，全速飛奔。她那砰砰乓乓的腳步聲之間交雜拚命呼喊的叫聲——「救難艇。落海者的安危由余來看，快救人，動作快！」

蕾娜耳朵聽著，身體卻無法動彈。

「送葬者」……辛落海了。

可是，他一定不會有事的。

她希望如此。儘管被推落的高度相當高，但墜落處是水面。運動性能極強的「女武神」具備強韌耐撞的避震裝置。更何況在墜樓過程中「送葬者」還用鋼索鉤爪勾住鋼骨減緩墜落速度且控制了姿勢，並不是頭下腳上地墜落，所以一定不會有事。

為了預防戰鬥中墜樓，「海洋之星」已事先在據點周圍部署了救難艇，這種小型艦艇原本是用來打撈降落母艦失敗而落海的戰鬥機。換成重量更輕的「破壞神」，一定立刻就能救起來了。

可是……

真的只要下面是水，就能緩和從那種高處墜落的衝擊嗎？

鋼索也在完全減緩墜落速度之前就鬆脫了。無論避震裝置的效果多強，難道就能將墜落衝擊減到零嗎？真要說起來，在那之前高機動型於極近距離內自爆造成的傷害呢？

更重要的是，假設他平安無事……

為何到現在知覺同步還是連不上？為何告知自己位置的求救聲音沒傳到蕾娜這裡——……？

「不要……！」

辛說過他會回來。

他們說好了。在那雪地戰場上，說好不會丟下對方一個人。

辛對她說過，想跟她共度一生。

忽然間，這場作戰即將開始前，她與辛的對話重回腦海。

這次換辛主動出其不意地吻了她。像是粗暴啃咬，帶點鬧彆扭的味道，但卻甜蜜無比。

辛對她說：

——等蕾娜妳願意回答我了……再告訴我妳的答案吧。

蕾娜到現在還沒給他答覆。

蕾娜還沒給他答覆，把她該表達也很想表達的心意告訴他。

可是現在……

她全身失去力氣，險些搖晃癱坐在地。血壓像貧血發作般下降，眼前又白又暗、模糊不清。

身為指揮官，在艦橋……不只部下，還當著外國軍人的面前……鮮血女王該顧及的身分體統，或是某種類似尊嚴榮譽的問題閃過腦海，但現在彷彿都事不關己。膝蓋支撐不住體重。無論大腦還是身體，都忘了平常是如何站立。

頭暈使得她纖瘦的身子一個搖晃。馬塞爾轉頭來看，發現她有危險而站了起來。

突然間，知覺同步另一頭傳來本來沒聽見的聲音：

『——振作點啦，女王陛下！』

蕾娜像是吃了一巴掌般回過神來，晃蕩的雙腳勉強踩穩地面。這個聲音是……

「西汀……」

聽到蕾娜彷彿大夢初醒般茫然的低喃，西汀似乎呼出了一大口氣。

知覺同步能經由雙方意識互相傳遞聽見的聲音，即使將同步率調至最低，也能感覺出像是面對面交談程度的感情。這時蕾娜才終於發現，西汀才是處於焦躁緊張的精神狀態，只是勉強壓抑住動搖。

兩人每次碰面總是吵架，好像真的天生個性就不對盤，但西汀仍然用她的方式認同了辛，因此想必也在為他擔心。

『那傢伙不會有事的。因為他不是說過會回來嗎？妳不相信他說的話怎麼行？沒事的。那傢伙可是連特別偵察行動都活著回來了耶。』

蕾娜猛一回神，倒抽一口氣。

那是在第八十六區的絕命戰場，存活下來的八六的最終處置場——東部戰線第一戰區第一戰隊「先鋒」最後進行的生還率為零的敵境行軍任務。

那原本會成為今生永別，但他卻跨越了死亡的命運。

『妳應該也知道吧，八六都是些覺得好死不如賴活的傢伙。我們被丟進第八十六區，人家叫我們死在那裡，但還是沒死。而我們當中最強悍的那傢伙怎麼可能撐不下去嘛。』

怎麼可能，不活著回來……

蕾娜拚命地點頭。一次又一次地點頭。

「妳說得對。妳說得……一點都沒錯。」

蕾娜打起精神，抬起頭來。她對著憂心地注視自己的馬塞爾，以及沒有盯著她出醜的模樣，但用眼角望著她這邊表示關心的以實瑪利點了點頭，高聲說道：

「華納女神呼叫各位人員。先鋒分隊的指揮權移交給萊登，變更作戰目標。」

不知不覺間，她握緊了披在身上的鐵灰色聯邦軍服衣襟。

「機動打擊群的任務是排除威脅船團國群海上安全的『軍團』。出現的新型『軍團』電磁砲艦型同屬必須排除的威脅。萬一讓這個超長距離砲獲得海上移動的自由，不只船團國群，所有國家都會深受其害。因此——……」

蕾娜瞪著螢幕中央顯示出的巨大機影。

「將電磁砲艦型設定為最優先擊毀目標——動用全軍力量予以殲滅！」

敵艦——而且是以兩門磁軌砲為主砲的犯規級巨大戰艦之姿現身，雖然對征海艦隊的組員造成了衝擊，但比起遭受到八〇〇毫米磁軌砲的突襲，而且還失去了總隊長的八六來說，動搖算是比較輕微。再加上為防一開始的作戰目標電磁加速砲型再次開火，他們早已維持半圓陣形包圍摩天貝樓據點，做好了砲擊準備。

「『海洋之星』呼叫各艦！——目標是電磁砲艦型，一修正好準星就各自展開砲擊！」

因此，海戰的戰端由征海艦隊的主砲開啟。

遠制艦兩門、征海艦四門的主砲——四〇公分多管砲發出咆哮。重量足足有一噸的砲彈撞破海風，殺向電磁砲艦型。

只是征海艦隊主砲的用途原本是將深水炸彈投射並散布於遠距離之外，對付海上的移動目標命中精度算不上高。由於船團國群幾乎無法擁有昂貴的導引兵器，因此射出的砲彈只能直接飛往瞄準的位置。

電磁砲艦型以巨艦不該有，但卻是「軍團」特有的異常急遽加減速與急速掉頭，在海面激起閃電狀船波，悠然地躲掉錯開時間發射的總共十發四〇公分砲彈。戰艦在磁軌砲砲塔上張開四對翅膀掉頭，艦艄的幽藍光學感應器映照著「海洋之星」。

慢了一拍後，兩門八〇〇毫米磁軌砲改變方向。

艦艄那端的磁軌砲準備瞄準「海洋之星」——未曾想定軍艦之間的砲戰，轉向半徑較廣，不擅閃避敵艦砲擊的征海艦……

『——休想……！』

霎時間，遠制艦「五帝座」結束射擊的同時對敵艦側腹部靠近，順著最大戰速的氣勢展開了突擊。

這一下正有如上古時代划槳戰船的撞角撞擊。任由艦艄在電磁砲艦型鋪設裝甲的舷側撞爛，讓艦體本身在發出金屬擠壓的哀鳴，刮削得火花四濺的同時停靠在它旁邊，射出所有繫泊用的鋼索。它讓前端的錨勾住電磁砲艦型，並且讓輪機改往反方向運轉。

艦艇用上全副推力，拖住滿載排水量恐怕超過十萬噸的電磁砲艦型。

『「海洋之星」，兄長！快趁現在——！』

快趁現在什麼，永遠沒有人會知道了。

兩門磁軌砲轉向「五帝座」。啪哩一聲，紫色電光填滿了一對磁軌之間的夾縫。

砲擊。

響徹四下的極近砲響，過大的聲響劇烈到反而像是無聲。

被打個正著的「五帝座」艦橋整個燒光。震天駭地的砲響蓋過了充滿戰場的所有喧哄。

即使如此，「五帝座」仍在繼續移動。

它讓輪機逆向航行，猛力地拖曳電磁砲艦型。畢竟是不下一倍的重量，它不可能強行讓敵艦後退，但仍成功充當重物拖住了巨艦的腳步——將脆弱的側腹部……左舷側暴露在其餘三艘友艦眼前。

對電磁砲艦型而言「五帝座」占據的位置很糟。這艘體型超越「海洋之星」的大型艦由於艦砲位置較高，對於緊貼舷側的「五帝座」就算用磁軌砲壓至最低俯角也只能射中艦橋。

艦艇輪機部由於與螺旋槳相連的關係，都設置於艦底附近——低於水面。在這極近距離內，電磁砲艦型無法用它最大威力的武裝排除拖延腳步的重物。

在那突擊的一瞬間，「五帝座」連這個都計算好了。

艦橋燒光消失的前一刻，無線電另一頭傳來「五帝座」艦長的聲音。

『征海船團，榮耀永——……』

那不是在說給任何人聽。只不過是在最後的最後一刻，選擇的一句話語罷了。

在那即使口吐怨言或憾恨也無人能責怪的瞬間，仍在為祖國與故鄉……與自己血脈相連的歷史道賀。

那種壯烈，讓以實瑪利把牙齒咬得軋軋作響……早就有所覺悟了。縱然要讓艦隊全軍覆沒——縱然將再次失去征海艦隊，這次作戰都只准成功不許失敗。

他硬是嚥下心痛與悲憤，抬起頭來。

「繼續砲擊！——打的是固定的靶子，下次一定要射中！把它打回海底去！」

「砲兵戰隊，準備射擊！彈種，燒夷彈——先讓敵機的光學迷彩失效！」

蕾娜號令一出，齊射的火線從「海洋之星」的甲板上描繪出弧線，讓暴風雨剛走的如洗碧空產生短暫的陰翳，殺向電磁砲艦型。

到達電磁砲艦型上方的燒夷彈直接在高空中炸裂，潑灑內部裝載的黏稠劑後點火。不顧砲身過熱的猛烈砲擊，對鐵青色軍艦灑下一場暗紅火焰的豪雨。

這場大火延燒到鋪設裝甲的甲板、堡壘般聳立的砲塔群間縫隙以及兩對磁軌砲的砲身。銀翅燒盡化為銀灰色灰燼，在飛散於海上強風的灰燼與火星後方，流動的銀色機影成群現身。

蕾娜定睛注視它們，咬牙瞇起眼睛。

確認敵機機型。果不其然。

「高機動型……果然做了量產。」

在這次作戰開始前她就已經料到敵軍可能會量產這種機型。

她猜測可能會在這次作戰投入戰場，於是追加攜帶了燒夷彈和反人員霰彈以剝除光學迷彩，且超前增設裝備易於應對的「破壞神」人員數量。

在大規模攻勢後，船團國群與周邊國家的戰況突然急轉直下。

有鑑於大規模攻勢的失敗，「軍團」變更了戰略。從兵員數的增強變成提升性能。

在列維奇要塞基地，維克看到高機動型時曾說過不明白這種機種的用途。揮劍馳騁戰場以一擋千的英雄在現代戰場過於缺乏效率。他表示對人類來說就罷了，對「軍團」而言應該毫無價值才是。

然而「軍團」變更了戰略。從增加士兵數量變成提升性能。

它們毀滅了共和國，擄獲了該國國民。「軍團」已將改造戰死者受損大腦製成的「黑羊」成功升級成保留生前智力但不具人格，性能更強大的「牧羊犬」。高性能的小卒首級已足夠。

接著它們要的——是菁英的首級。

——現代的戰場不需要英雄。

「軍團」卻並非如此。它們改變戰略，變得需要英雄了。為了從脆弱的萬千人類兵士中，獵捕如新星崛起般缺乏效率但實力強大的英雄首級——需要狩獵英雄的英雄。

為此，這是最適合的兵種。

它能技壓人類中的佼佼者，但不會用火砲破壞遺體——損害腦部。是一種為了特意進行在現代戰場大致上已經廢除的近身肉搏戰中最適合的兵種。沒錯。

「為了進行『獵頭』以獲得提升性能的材料——它們一定會量產高機動型。」

明明……早已預料到了這點……

與辛同步的期間，震耳欲聾的臨死尖叫聽在維克的耳裡一樣難受。電磁砲艦型這種多個人腦交相混合般的異樣叫喚更是如此。

諷刺的是如今這個負擔與同步一起消失，他才發現自己能在某種程度上聽懂那些尖叫。原本只以為是不具意義的叫聲，其中有幾個回想起來其實是具有意義的語言。

當時他還小，在「軍團」戰爭還沒爆發的時候，他在某場典禮上聽過那種語言。

不是大陸西方的主要語言。是在橫跨聯邦與大陸東部各國之間的礫漠，掌握其貿易路線的林柳貿易聯邦與它周邊國家及部族使用的語言。他曾聽其中一國的武官說過向他們軍神——戰女神祈禱的詞句。

維克回想起這些，瞇起他的一隻帝王紫眸。

「混入其中的是東方的將軍啊……原來如此，用以提升『軍團』們的性能，是吧。」

若要將作為原料的共和國民因不懂戰爭而不具戰場知識的「牧羊犬」改良成最適應戰鬥的存在……如果要提升作為原料的八六由於不懂戰略，實質上不適合擔任指揮官的「牧羊人」的指揮能力……

接著要抓的就是軍人——而且是其中受過高等教育及訓練，也因此受到保護而不易在前線入手的高級軍官首級。

為了打破防衛線，以大肆獵捕在後方指揮部隊的高級軍官——防衛線易於突破的小國就被選為了獵場。

例如船團國群。請求派遣機動打擊群的各國也是。只不過是阻電擾亂型的電磁干擾導致聯合王國與聯邦都得不到消息，事實上可能已經有幾國被滅了。

電磁砲艦型那種異樣的尖叫也是——恐怕是將多達幾十人的臨死吶喊連同腦部構造一併連結、混合而成的成群哀鳴，很可能也是把擄獲的校官或將官的記憶連同腦部構造一併接到不具指揮官知識的「牧羊人」系統中所導致。

「……真是棘手。」

「海洋之星」進入與電磁砲艦型的砲戰在遭到「五帝座」的特攻拖延腳步之前，電磁砲艦型的閃避機動動作已讓它稍稍遠離摩天貝樓據點，因此攻堅的「女武神」等同被孤立於海上要塞。從距離來說完全在戰車砲射程內，但縱然是「女武神」也很難光用跳躍的方式登上電磁砲艦型。

至於在電磁砲艦型的甲板上，高機動型渾身一抖甩落阻電擾亂型的灰燼與殘骸，然後直接陸續登上母艦砲塔。它們衝上位於海面數十公尺高的塔頂，順勢一躍，抓住摩天貝樓據點的外牆猛然往上衝。

待在第三層——如今變成摩天貝樓據點最高層的萊登以俯瞰姿勢目睹這一切——它們將砲戰

交給母艦，自己則負責登陸。目的是收復要塞，還是蕾娜預測的獵頭行動？

無論是哪個……

「──尤德！高機動型由我這邊負責迎擊，第三層的人借我用一下！」

剛才為了以全員退避為優先，戰隊與小隊都四處分散，散開到兩個樓層總共六層樓的各處。沒那個閒工夫重新讓各個部隊會合再作對應。

在第二層，尤德駕駛的「烏魯斯拉格納」瞥了萊登一眼，似乎輕輕地點了頭。替換麾下的人員對萊登或尤德來說都不是新鮮事。

因為在第八十六區，所有人都死得彷彿理所當然。每當有人陣亡，身為戰隊長或副長的他們就得重新考量每個小隊的平衡。

『麻煩你了──第二層各機，你們今後由我指揮。火力拘束機與大範圍壓制機戒備高機動型，保護配備戰車砲的前衛和狙擊手。前衛、狙擊手排除電磁砲艦型的機砲與多管砲……我們要支援征海艦隊進行砲戰。』

「海洋之星」與兩艘遠制艦持續開砲，攻擊被「五帝座」困住而無法行動的電磁砲艦型。他們一面採取機動動作以免被瞄準，一面在砲線不會波及友艦與摩天貝樓據點的位置旋轉砲塔，再度展開砲擊。

雖然是命中精度較差的火砲，但還不至於連固定不動的目標都打不中。四〇公分砲彈這次終於沿著必中軌道殺向電磁砲艦型……

然後全被空虛地彈開了。

『怎麼可能……！』

『好硬……！』

裝甲很厚——可能是由於省去了組員此一多餘的裝載量（Payload），於是便將重量分配到裝甲上。

他們對彈速極快的磁軌砲提高戒備，與敵艦拉開了距離造成威力不足。為了接近敵艦以從極近距離開砲打破裝甲，「軒轅」調轉方向。

緊接著電磁砲艦型反擊了。

遭到固定而以左舷對著征海艦隊的巨艦，左舷側的十一門一五五毫米速射砲猛然吐出火線。中彈面積較大的舷側雖然是軍艦的弱點，但同時將舷側朝向敵艦的姿勢卻也能將最多艦砲朝向敵艦，發揮最大的火力。

被堪稱彈幕的密度、發射速度加上火砲遠不能及的彈速追殺，「軒轅」急忙轉舵。這種速射砲跟八〇〇毫米主砲一樣都是磁軌砲。

這下子，根本無從接近。

看著這種苦戰場面，先鋒戰隊中唯一改由尤德指揮的賽歐咬牙切齒。

電磁砲艦型就只有一架，移動還遭到封鎖，但征海艦隊與電磁砲艦型的戰鬥卻強弱懸殊到活像一群老鼠狩獵老虎。

只因它裝載了比征海艦隊殘存全艦加起來還多的艦砲，又能用彈速極快的磁軌砲張開彈幕，使得征海艦隊無從進攻。二十二門的一五五毫米速射砲與兩門八〇〇毫米主砲交織出惡夢般的猛烈砲擊。

於摩天貝樓據點第二層展開的賽歐等配備著八八毫米戰車砲的「破壞神」也瞄準了速射砲反覆射擊，但敵艦擁有五十多門的四〇毫米六管對空砲。在這種酷烈的彈幕下別說瞄準射擊，連停下腳步開砲都有困難——部署這種對空砲就是為了保護八〇〇毫米磁軌砲主砲，以及一五五毫米速射砲。待在能夠瞄準速射砲的位置，必然會暴露在對空砲的交叉火力下。

就算碰巧能夠跟速射砲之間拉起砲線，正面還有堅硬的砲盾。從這個距離打不穿。

若要確實排除……

「看來非得接近它——跳上去才行了。」

他們與電磁砲艦型之間的距離比「女武神」能夠跳躍的最大距離遠了些。光靠跳躍是上不去的。賽歐東張西望，在視野下方尋找能用的立足點。

——找到了。

「『笑面狐』呼叫各機——我要跳過去！麻煩掩護我！」

賽歐將操縱桿狠狠推向前進方向。「笑面狐」快如箭矢地向前衝去。

與其一層一層下樓，擅長立體機動的自己沿著外側一直線往下跑比較快。他一路用鉤爪勾住東西支撐機體，沿著高塔的垂直側面一口氣往下。

萊登嚇了一跳，岔入通訊：

『賽歐，不要亂來！慌了手腳會自曝弱點的！』

「我知道……不要緊，我沒有慌。」

其實賽歐在騙人，他心裡很慌，也自認有自覺。為了不讓自己被情緒吞沒導致做不出冷靜判斷，他不會否認灼燒內心底層的那塊疙瘩。

就連本來能得救的，本來能放眼未來的……本來能獲得幸福的人都喪生了。無情地、輕而易舉地、突如其來地——作為這世上唯一的平等現象。

那麼自己……連救贖都得不到的自己與其他人——鐵定更是輕而易舉且無情地……

他不會被吞沒。一旦被吞沒，就真的會沒命。

「可是……我不能不亂來。」

好讓他壓抑住這份燒灼內心底層，讓他想放聲大叫的感情。

目標是視野下方，被墜落的構材或某種東西激烈撞上而攔腰折斷彎曲，變得像跳台一樣斜向突出海上的鋼骨。

「跳上……去吧！」

賽歐準確無比地降落其上，維持著墜落速度疾速奔馳，在最大戰速下踢踹前端跳向了半空。

「——砲兵戰隊，變更彈種。反人員霰彈，裝填後立即射擊！」

眼看「笑面狐」跳了出去，蕾娜即刻做出反應下令。這種彈種與燒夷彈一樣，都是帶來應付高機動型的光學迷彩。儘管不足以打破電磁砲艦型能撐過艦砲射擊的裝甲——至少能用爆炸火焰騙過感應器。

跳躍的過程中無法進行閃避。這麼做是為了不讓電磁砲艦型趁機射落賽歐。

爆炸光華在遠處覆蓋了電磁艦砲型的艦影。在這個距離下，還要等一會兒才會聽到爆炸聲。

「繼續射擊！——維持彈幕直到命令變更！」

賽歐喊著要跳上敵艦的聲音和蕾娜的命令都透過知覺同步傳到了可蕾娜耳裡。她退避至第三層逃過磁軌砲的砲擊後就一直呆站原地無法動彈。

儘管腦中某個角落想著「我也得去掩護他才行」，身體卻動不了。

十字線隨著搖晃不定的視野在頭戴顯示裝置裡到處亂跑，讓她莫名覺得十分礙眼。右手格格打顫使不上力，連握著操縱桿的感覺都沒有。

因為，辛被擊墜了。

她一直以為只有他不會消失。

不會像她遇見辛的之前與之後，那許多死去的同袍一樣。不會像兩年前先鋒戰隊的凱耶、悠人、九條或奇諾，或是被人當好玩凌虐至死的雙親，或是——她曾經那麼喜歡，卻沒能回來的姊姊那樣。

只有辛「絕對」不會丟下自己……

不會死才對——……！

「不要……我不要……不要丟下我一個人……！」

她呆站在原地。身體使不上力，思考停擺使她無法動彈。然而手卻在發抖，視線無法定焦，連一枚砲彈都別想打中敵人。

因為……因為只有他的身邊，才是可蕾娜的歸宿。就算其他一無所有，就算連一份驕傲都保不住，至少他們是同胞，至少只有這點，應該是不會改變的。

某個東西衝上樓來到「神槍」旁邊。好白，像磨亮的骨頭，像白骨死屍尋找失落的頭顱匍匐爬行於戰地的機甲。「女武神」。

……尋找失落的頭顱，失落而被人奪走的哥哥的頭顱。像那樣徘徊戰場只為了尋找一個人，換成這樣的自己絕對辦不到。

一旦辛離開她——她就再也不可能……找到他了。

「女武神」的赤紅光學感應器朝向她這邊，宛如某人眼睛顏色的紅。

識別標誌是長有鱗片與翅膀的少女，是夏娜駕駛的「蛇女」。

看來是布里希嘉曼戰隊判斷現有人手不足以對付高機動型，於是全機爬到了第三層來。知覺同步連上，夏娜用她特有的冷漠聲調說：

『可蕾娜，妳在做什麼？快掩護——……』

話講到一半，夏娜似乎會過意來了。

她毫不隱藏，在知覺同步的另一頭嘖了一聲。

『開不了槍的話就別擋路——下去吧。』

這句話比什麼都更強烈——打擊了正如她所說，變得毫無用處的少女的心靈。

「笑面狐」超過十噸的機體，在深不見底的藍色地獄上方描繪出和緩的拋物線。在達到頂點後，它在沒有立足處可做支撐的空中進入墜落軌道。

還差一點，搆不到電磁砲艦型的甲板。賽歐射出鋼索鈎爪勾住突出的雷達桅，捲動鋼索爭取不足的距離——對空砲的準星轉向愚拙衝鋒的機體。

就在進入砲線的瞬間，飛來的成群榴彈在周圍接連自爆。爆炸火焰與衝擊波遮斷了砲線，隱藏了「笑面狐」的機影不讓電磁砲艦型捕捉到。

同時賽歐收回纏住敵艦的鋼索鉤爪，射出另一具鉤爪。

鉤爪卡住舷側因而固定，緊接著收回的另一具鉤爪應聲回到發射器內。藉由這個反作用力與重力，「笑面狐」被甩向反方向。它脫離對空砲的砲線，在固定住的鋼索往回拉扯下，一面往下描繪弧線一面在海上移動。

賽歐捲起鋼索並利用轉為上升的軌道跳到了電磁砲艦型的甲板上。

他躲開不惜打穿甲板只顧追蹤、掃射而來的對空砲，躲進甲板上層層重疊，原本似乎是要塞構材的鋼骨暗處——難怪電磁加速砲型沒有積極出手弄垮樓層，原來是因為下面有這傢伙在。

緊接著同樣是運用鋼索鉤爪，蕾爾赫的「海鷗」、尤德的「烏魯斯拉格納」，幾架擔任前衛的機體以及倖存的「阿爾科諾斯特」跳到船上來。它們藏身在反人員霰彈的煙幕中穿越對空砲的迎擊，鑽進同一處遮蔽物的後面。此時，轟然一響，只見賽歐和後續跟上的他們當成立足處的彎曲鋼骨承受不住負荷而鬆脫，從塔上滾落下來。

躲藏位置離「笑面狐」最近的「海鷗」帶著譴責意味看著他。

『您也真是愛亂來呢，狐狸閣下……！下官真希望此種有勇無謀之舉僅只限於死神閣下一人即可。』

「晚點再說教吧，小鳥閣下……大家都知道該怎麼做吧。把磁軌砲擊毀，征海艦或遠制艦就能接近它了。可以讓他們用艦砲射擊解決掉它。」

電磁砲艦型全長三百公尺的龐然巨軀用「破壞神」的八八毫米砲亂射一通就跟用玩具槍打人

沒兩樣。想擊毀它必須精確破壞控制中樞，不然就得請人用更大口徑的艦砲射擊，從極近距離痛擊它。

只是光憑「破壞神」的八八毫米砲，不從極近距離內開火很難貫穿磁軌砲的裝甲。而想接近它必須先排除保護磁軌砲的敵方戰力。所以……

「所以首先，要優先處理礙事的速射砲——……」

『先排除對空砲才對，利迦——電磁砲艦型上的戰力就只有我們幾個，不太可能期待會有後續戰力。憑這點人數勉強對速射砲下手，只會全軍覆沒。』

聽到尤德淡然指出錯誤，賽歐發現他說得對，刻意呼出一口氣。立足處已經沒了。更何況，這種特技表演在前衛當中也只有擅長機動戰鬥的人才辦得到。尤德冷靜到讓人誤以為是在跟機器說話的語氣在這種時候特別值得感激。

『要塞那邊也收到指示優先對付對空砲。反正也不能擺著不管，不如我們也來動手排除比較有效率。』

『至於速射砲，妾以為在某種程度上也可以請征海艦隊處理無妨——只是縱然是艦砲的零距離射擊，要擊毀如此龐大的軍艦，恐怕還是得瞄準控制中樞才能辦到……』

畢竟敵艦可是全長三百公尺的龐然大物。即使是「海洋之星」或遠制艦的四〇公分砲，恐怕也只能造成針孔般的損傷。既然是軍艦，在損害管制方面——船體中彈時將進水控制在最小限度的機制想必也很完善。

此外他們聽以實瑪利說過，包括「海洋之星」在內，核動力艦船在動力裝置周邊的防禦做得十分堅固，就算動力系統遭到戰鬥機的特攻——相當於魚雷的衝撞攻擊——反應爐也不會因此損毀。這艘電磁砲艦型看起來沒有煙囪，動力很有可能一樣是採用核能。就算針對動力裝置下手，效果也不大。

控制中樞——只有這唯一一處，是能一擊讓這鋼鐵怪物陷入沉默的弱點，儘管從外觀無從判斷它的位置。

大概是透過蕾爾赫聽見了，維克與他們連上知覺同步，說道：

『關於這點，由我這邊負責調查與分析。既然已經有高機動型出現，憑「西琳」的尺寸可以入侵。』

「阿爾科諾斯特」的駕駛艙門打開，呈現少女外型的機械人偶們陸續降落到甲板上。

『雖然不太可能有一條走道直達中樞處理系統，不過只要進去看看，總能看出從外面看不出來的一些東西……雖然是「軍團」，但只要按照常理配置，艦內設施的位置應該會跟既有軍艦有某種程度的相似。把它當成戰艦或是兩棲突擊艦來想，就能大略猜出配置的位置。』

雖然賽歐完全聽不懂什麼叫做兩棲突擊艦……

「……我聽不太懂，總之可以的話就拜託你嘍，王子殿下。」

『不如說，只能由我來做。米利傑跟管制官們都忙不過來，除了我以外沒人能做這件事。』

他淡淡地說，然後又有些忿忿地接著道：

『要是諾贊在的話，不用費這個工夫就能知道控制中樞的位置了。』

「…………」

被他這樣毫不客氣、隨隨便便地挖傷口，賽歐用力咬緊牙關——還真是隻冷血無情的蝰蛇，他到這時候才實際體會到維克本人說過多次的名詞含意。

「有什麼辦法，就是不在啊……只能我們自己設法解決吧。」

賽歐繼續躲在遮蔽物後方，窺視了一下情況。在對空砲與速射砲的針山地獄深處，造成將「送葬者」推落海中的最後一腳——殺害他的磁軌砲就在那裡。

為了報這個仇，首先必須……

「先對付對空砲。」

『沒錯——我們可不想被它們從背後開槍。先從艦艏的那些開始排除。』

對高機動型而言，這座鋼骨要塞滿是立足處。

高機動型們在三維空間中來回跳動，從包括上下的全方位展開攻擊；而充當誘餌的「破壞神」帶著它們疾速奔馳。這種機體裝備著重視穿透力的戰車砲，能一口氣掃蕩大範圍的武裝只有格鬥輔助臂的重機槍，因此與高機動型適性不佳，但駕駛員是擅長機動戰的前衛人員處理終端。論速度與運動性能，高機動型原本就遠勝於「女武神」。

這些量產機的機體大小也變大了一圈——重量似乎有所增加，但速度幾乎與原版高機動型相同。除了框架與裝甲，輸出功率似乎也做了強化。八八毫米戰車砲縱使彈速快，但設計成將破壞力集中於針尖般一點之上，因此無法期望能射中它們。

所以……

『——萊登！拜託了。』

「好！」

誘餌「破壞神」一通過眼前的下一秒，萊登與歸他指揮的臨時小隊站起來，用機砲與格鬥輔助臂的兩挺機槍掃射過去——是背部砲架裝備著四〇毫米機砲的機砲式樣機臨時小隊。

這場鋼鐵彈雨連預料到的閃避範圍都覆蓋到了，不可能讓它們逃走。自以為追上獵物而被引誘進砲擊範圍的高機動型們被這場掃射打個正著。

戰車砲與它們適性不佳。既然速度又不如人，被盯上追殺的話就別想逃掉。

所以要利用它的追殺——將其引入同袍的殺傷區中。

這是早已明確訂立的對策。

況且蕾娜早已料到敵軍可能將量產型投入戰線，而幫忙增加了配備適合武裝的「女武神」。

除了機砲之外，每個戰隊全都新增了裝備霰彈砲的「破壞神」，並將高機動型的資料設定為大面積壓制小隊的多管飛彈追蹤目標之一。

再加上，全「破壞神」共享的從原版高機動型推算出的動作預測數據。

一群高機動型像自己跳進彈幕似的被撕裂，頹然倒地……至於聲音，因為辛不在所以本來就聽不見。他確認吃了掃射的所有敵機已經大破——沒有一架在裝死，然後才別開視線。

——下一批。

他擦了擦汗，喘了口氣。幾個動作下來讓他知道自己呼吸變得急促。對策早已確立，對抗手段也很齊全，但絕不是一場輕鬆的仗。

即使如此，事前想好對策已經算不錯了。與賽歐還有尤德他們必須在初次遇見的狀況下，還得對付裝備磁軌砲的戰艦這種怪物相比已經好多了。

更何況——……

「安琪、達斯汀，這裡已經可以了。」

『萊登？可是高機動型還……』

「麻煩你們去支援下面。去掩護賽歐……幫助他。」

安琪咦了一聲，倒抽一口氣。她似乎現在才發現賽歐不見了，「雪女」的光學感應器顯得有些錯愕地注視著電磁砲艦型與甲板上四處跳動的「女武神」白色機影。

『……收到。賽歐他怎麼這麼亂來……』

『修迦、艾瑪，我這邊會做掩護，但請你們盡量動作快。』

聽著對話的處理終端主動提供幫助，跟「雪女」與「射手座」屬於同個小隊的「破壞神」轉身離開。

在它的前方，可以看到歸西汀指揮的布里希嘉曼戰隊比萊登更像頭餓狼，把四處跳動的高機動型逼入絕境，包圍起來予以痛擊。

布里希嘉曼戰隊的副長夏娜並未加入此一戰鬥隊形。她駕駛的「蛇女」目前在變成要塞最高層的第三層三樓，負責狙擊來自上方的對空砲。

本該擔負此一職責的「神槍」到現在仍顯得極度混亂，無法動彈。

……這也不能怪她。無論是可蕾娜也好，賽歐也好，視野罕見地變得狹窄的安琪也好；或是現在還好，但在墜落的瞬間明顯陷入恐慌的蕾娜也是。

萊登自己也在動搖。他有所自覺。

只因他們聽不到聲音——聽不到之前縈繞耳畔的那種可恨的亡靈之聲。就連前一刻的電磁砲艦型那種異樣的尖叫也是。

已經多年與他們同在的——率領他們戰鬥至今的紅瞳死神……

……那個笨蛋。

很遺憾地，自己是那個笨蛋的副長。

萊登決心盡量彌補他不在的漏洞，銳利地瞇細了鐵青色雙眸。

為了削減對空砲與速射砲數量，「破壞神」從摩天貝樓據點反覆開火，甚至還有幾架機體跳

上電磁砲艦型；征海艦隊也在用艦砲射擊將速射砲一一擊潰。

然而，從極近距離砲擊摧毀控制中樞的任務只有威力強大的艦砲才能辦到。由於不能讓自軍有更多艦艇遭到擊沉，他們不得不在砲擊的同時保持足夠閃避敵彈的距離，還得反覆改變航向以免被瞄準。

即使如此，猛烈到讓砲身過熱的砲擊，加上預測將與電磁加速砲型展開砲戰，不惜削減本來的殺手鐧——而且諷刺的是，早知道會與電磁砲艦型交戰就帶來了的——削減魚雷數量而帶上的大量砲彈，眼見著越來越少。

兩艘速度較慢的救難艦終於追上他們。透過救起「五帝座」少數生還者的兩艘艦艇，遠在他方的國內捎來聯絡，表示將派遣支援艦隊前來。

至於電磁砲艦型也並非毫髮無傷。

八〇〇毫米磁軌砲宛如一對長槍的砲身內側，用以形成電磁場的銀色流體金屬在射擊的後座力下激烈吹飛——這代表了砲身的磨耗。

恍若細雪或燃燒飄落的灰燼，銀滴墜入海洋的深藍底層。

可能是判斷雖然數量不滿一個戰隊，但也不能放著爬上船的敵人不管。登陸摩天貝樓的一部分高機動型回到了電磁砲艦型上面來。

對於這個堪稱合情合理的判斷，賽歐不禁粗魯地嘖了一聲。這些傢伙到底要妨礙他們到什麼程度？

跳到電磁砲艦型上的「破壞神」盡是負責前衛位置，以戰車砲為主武裝的兵種。他們是八六當中尤其擅長機動戰鬥的一群人，所以才能靠著少許立足處跳上敵艦……但全都不太適合對付高機動型。

幸虧有歸蕾娜指揮的砲兵戰隊，以及留在要塞的某架「破壞神」送來的反輕裝甲霰彈猛烈砲擊作為掩護。兩者都轟散了高機動型的流體裝甲，似乎多少對敵機造成了打擊，至少成功拖延了它們的腳步。

爆炸火焰散去，似乎又有新的高機動型回到艦上，跳到艦艏那端的磁軌砲砲塔上，從頭頂上方襲向「笑面狐」的模樣顯示在光學螢幕中。

「……！」

看到螢幕畫面，賽歐才終於察覺到敵襲。接近警報響起。而他聽不見對方的機械悲嘆。

完全不知道敵人躲在哪裡。

都是因為辛不在。

因為能聽見「軍團」們的聲音提供警告，或者至少能以知覺同步分享，讓大家掌握周圍敵機大略數量的辛不在這個戰場上。

不知道有多少年沒打過沒有他在的戰鬥了。

賽歐發現自己完全想不起來以前到底是怎麼戰鬥的。

可見他有多長的時間都在全心依賴辛。

賽歐將敵人引誘到最後一刻，然後向後跳開。他用格鬥輔助臂的重機槍掃射墜落般著地的高機動型。憑著殺戮機器特有的異樣反應速度，高機動型像皮球彈跳般跳躍著逃開。它逃向遠處，在同種銀色群集之處著地。

在它的腳下……

躺著一把高周波刀。

「那……是……」

「送葬者」的——……

想必是與高機動型激烈衝撞時刺穿敵機，然後脫落的刀刃。整個機動打擊群裡只有辛替格鬥輔助臂選用了高周波刀裝備。在射程數公里的戰車砲與重機槍支配優勢的戰場，無論是在第八十六區還是現在，都只有他會使用攻擊距離極短的近戰武裝。

那個無頭死神，之所以長年使用那種裝備……

高機動型踩著高周波刀走過。

如今辛和「送葬者」已經沉入海裡，那是他的機體可能唯一剩下的殘骸，而冷酷無情的殺戮機器卻隨隨便便、無動於衷地就想踩過去。

這時賽歐心裡湧起的不是憤怒——而是堪稱覺悟或決心的念頭。

「……！」

他讓八八毫米砲旋轉，快速連發。見高機動型躲著向後跳開，他更進一步用砲擊追趕驅散，然後踏向它原本的所在位置——踏進敵機、銀色獸群的正中央。不過，就該這樣。

「——菲多！」

賽歐開啟外部揚聲器大吼。在摩天貝樓據點的最下層，一邊明顯在意辛落海的位置，一邊勇敢替「破壞神」進行補給任務，忠心耿耿的「清道夫」轉過頭來。

它即刻做出反應跑向外圍的最邊緣，賽歐把高周波刀往它一腳踢去。

他對「清道夫」下的命令過於模稜兩可，但菲多一定光聽這樣就懂了。它一瞬間原地踏步、慌張不已，然後將位置調整到掉落預測的地點。菲多認真努力地用光學感應器確認掉落軌跡，一邊用背部貨櫃接住了它。

「把它收好！——一定要把它帶回去！」

菲多像在點頭似的讓光學感應器上下移動了一下。賽歐側眼看見後便轉回來面對成群敵機。

他一直在依賴辛。

辛也一直在讓他依賴。依賴聽見機械亡靈反覆呼喊的臨死悲嘆，看穿「軍團」位置的異能；依賴並肩奮戰，記住每一個先走一步的戰友，懷抱著記憶與心靈帶他們走到最後的約定；依賴他深入敵陣突圍，擾敵亂敵的前衛角色。

最重要的是儘管暴露於「軍團」們震耳欲聾的尖叫中，仍搶在任何人之前引開最多的彈雨與敵刃，長年以近戰距離抗敵的姿態。

全都是為了保護戰友。

而在這一切當中，自己能接手的只有這個職責。

在銀色獸群中，賽歐一邊確認有幾架敵機移動到斬斷「笑面狐」退路的位置，一邊刻意用平靜的語調說：

「『笑面狐』呼叫各機——高機動型由我來引開。我來突圍擾敵，大家趁這時候排除敵機。」

我來製造破綻——我來接手這個職責。

賽歐沒去聽回應的聲音，就把操縱桿猛地推向前進方向。他故意無視敵機的包圍，闖進成群的高機動型——成群敵機的更深處。

如同他們的死神攻進敵群，擾亂陣式，隻身吸引敵機的所有槍線，將自己暴露在危險之中，持續在敵陣中製造破綻讓戰友有機可乘。

如同辛一直以來做的那樣。

西汀連續發射霰彈砲追趕敵機，一面縮窄東逃西竄的高機動型的退路，一面在摩天貝樓據點第三層疾速奔馳。蕾娜凜然又略顯勇猛的聲音快速飛過知覺同步之中。

『砲兵戰隊，裝填霰彈——開火！』

霰彈大雨阻擋了最後一架高機動型的去路。當它往後跳開時……

『地點Ｅ12，解除待機，掃射！』

埋伏於該處的「破壞神」用機槍掃射痛擊它。

看到她的指揮，西汀心裡悄悄地鬆了一口氣。

——蕾娜振作起來了。

西汀是覺得蕾娜根本不用為了那種人，動搖成那副德性。真令人討厭。儘管西汀多少可以接受他不負死神異名的實力，也還算讚賞他自願背負死神異名的姿態，但是像他那種遲鈍到爆的白痴笨蛋……

這場戰鬥也是，竟敢在那種半途而廢的時機退場。

「你要是真的死了，看我還不跑去地獄宰了你才怪，大帥哥。」

摩天貝樓據點，登陸的高機動型已全數排除。開始掩護友軍與電磁砲艦型的砲戰。

接獲報告，親眼看到情況，蕾娜短促犀利地呼一口氣。戰鬥還沒結束。

電磁砲艦型還沒沉。

賽歐即使在戰場上足足活了六年，卻還沒經歷過與「軍團」的近身戰。

而且還是對付一群高機動型。壓在心頭的緊張感絕非平時的戰鬥能比。

他看見已經不知是第幾架的銀色野獸飛撲過來。賽歐於交錯的瞬間把機槍當刀刃一樣揮舞掃射，用槍彈橫掃攻擊敵機——沒能擊毀對手。他拋下在裝甲甲板上彈跳然後拖著腿後退的敵機不管，讓「笑面狐」疾速奔馳。這裡是敵軍集團的正中央，一停下腳步就會立刻被逮住。到時候就只有死路一條了。

以為貼近身邊而早已習慣，實際上卻從未像這樣接近到只有一線之隔的死亡氣息，在這極近距離的戰鬥中纏著自己不放。求生的本能發出慘叫，原始的本能在鬼吼鬼叫著說不想死。為了保命，每一條神經都變得越來越專注，細微而尖銳。

對，他不想死——他一點都不想死。

不能死。

因為現在的自己，完全不足以回報辛的死。如果自己還沒有那個價值就死掉，那辛就完全白白犧牲了。

就像戰隊長，沒得到任何人的回報。就像現在的自己，簡直一點都沒報答到戰隊長的犧牲。

……這樣是不行的。

砲擊要來了。也不顧砲身過熱，倖存的對空砲朝著包括「笑面狐」在內的「破壞神」們猛烈開火。「軍團」成群的飛彈飛到對空砲的正上方，爆炸後將反裝甲霰彈打到他們身上。

這個世界充滿惡意，可是若接受現況就等於對惡意屈膝。等於死心接受自己是任人剝削而一無所有的存在，是活該遭到踐踏的存在。

接受自己與戰友們，征海氏族的那些人、辛和戰隊長——都是理所當然被奪去一切而死。

他絕對不接受。他絕對——不要那樣。

在友機淨空的艦艏甲板，一條鋼索鉤爪從鋼骨掩體的後方射向天空。用兩把鉤爪勾住甲板，新的一批「破壞神」在中途踢踹艦體加速跳起——是萊登的「狼人」、安琪的「雪女」及達斯汀的「射手座」。

他們似乎是把在電磁砲艦型的砲擊下鬆脫掉落的鋼骨牆面——似乎由於外牆面板正好還在而不至於沉沒的這塊東西，請待在要塞旁手邊有空的救難艇拖曳過來當成了立足處。視野下方，立足處接連被超過十噸的重量踩踏因而開始下沉，險些被它拖入海裡的救難艇急忙切斷拖纜，駛離現場。

「雪女」於落地的同時發射多管飛彈。「狼人」進行掃射。打進敵機身上的反裝甲霰彈與橫掃而過的機砲砲彈趕跑了簇擁在「笑面狐」周圍的敵機。

『抱歉，賽歐，我們來晚了。』

『剩下的高機動型交給我們，賽歐……所以你別再亂來了，不用連這種地方都跟那傢伙學沒關係。』

「……嗯。」

賽歐呼吸仍然急促，卻安心地長吁了一口氣。他從鋼鐵大雨的隙縫間仰望兩門磁軌砲。戰鬥前聽到的話語重回腦海。

——只要還活著，總會有新的收穫。

那一定是在騙他的。

以實瑪利應該不是有意騙他，但那不是真話。其實並不是他說的那樣，而是正好相反。為了活下去，必須得到其他事物。縱然失去唯一定義自己的事物，也得尋覓新的定義。為了在遭到剝奪後，繼續活下去。

為了不在落敗而任人剝削後就這樣死去。

他們必須找到。無論失去多少次或失去什麼，就算是自我欺騙也好，為了抬頭向前看就必須如此。

——我不想活得以自己為恥。

你說得對，辛。我也不想感到羞愧。不想愧對自己，也不想——愧對你或戰隊長。

所以，為了這一切。

為了不活在敗北之中，我要將你……將戰隊長……

最後一架潛入電磁砲艦型內部的「西琳」也被維修機器人發現、排除了。

「嘖……」

維克忍不住咂舌。雖然已經大致抓出了控制中樞的可能位置，但還不夠確定。就只差一點了——然而，既然已經沒有獲得敵情的手段，執著完美也無濟於事。「海洋之星」的餘彈數可能也快見底了。

他重新與綜合艦橋連上知覺同步，開口：

「米利傑、艦長，我將目前預測的控制中樞位置傳給你們。有三個候補位置，我這邊無法再繼續調查了。抱歉給了個不夠明確的答案……」

運用大口徑艦砲進行的海上砲戰，交戰距離比戰車砲更長。縱然是「卡迪加」的一二五毫米砲也有困難，但視距離而定或許能幫上一點忙。維克在傳送資料的同時，一邊用另一隻手處理戰鬥機動的步驟一邊說——……

這時視野邊緣，一個鐵灰色物體閃過機庫出入口外的通道，「嗯？」讓他停下了手邊動作。

最後一門對空砲，被來自摩天貝樓據點的射擊炸飛。

電磁砲艦型剩下的最後一架高機動型遭人像是替某人報一箭之仇一般打落甲板。

怒吼般此起彼落的報告聲中，「瑤光」的最後一發主砲與八〇〇毫米砲的彈道交錯而過。四〇公分砲彈在電磁砲艦型上方彈開外殼四處飛散，用內部小型炸彈的轟炸吹飛左舷最後殘餘的兩門一五五毫米速射砲。而「瑤光」也被八〇〇毫米砲彈直接命中艦體。

艦尾像在說笑般被切掉。可能是連螺旋槳都破損了，艦艇速力下降，隨即停止運轉——喪失推進力。

以實瑪利從螢幕看著這個狀況，同時開口。這下電磁砲艦型的武裝就只剩被固定住而遠離他們這邊的右舷側的五門速射砲，以及極其棘手的兩門主砲。

然而「瑤光」喪失推進力，「軒轅」兩門主砲都已破損。「海洋之星」的主砲餘彈也只剩備用彈藥庫裡的份了。

雖然他已經打定主意在射光彈藥之後，不惜用撞的也要把敵艦撞沉，不過在那之前……

「準備發射破龍砲——米利傑上校。」

他轉頭看向身旁仍在指揮「破壞神」的少女。

「請妳帶著妳的士兵開始準備下船。我會讓救難艇接你們走，你們就搭船回去吧。至於據點裡的八六，雖然是在這種狀況下，但應該還能設法讓救難艇停靠在據點旁邊。這樣的話『女武神』就得棄置了，不過救得走那群小鬼。」

他就是為了這個目的才會好說歹說請決定這場作戰的將官們派兩艘救難艦給他們。在最糟的情況下，連「海洋之星」都無法行駛的狀況下——至少可以讓少年兵平安回家。

「機動打擊群的任務——據點壓制與電磁加速砲型的排除已經完成了。你們做到這裡就夠了，不用繼續陪船團國群……征海艦隊打仗沒關係。」

「不。」

但蕾娜搖了搖頭，表示拒絕。

如果這是以實瑪利的責任、覺悟與驕傲的話。

那麼這就是八六的驕傲，也是身為他們女王的自己應盡的責任。

「丟下你們自己逃走，會有損他們的自尊。我也一樣。只要他們還在作戰，我就必須身在同一個戰場——我不能做逃跑的準備。」

在「瑤光」傾斜的上甲板上，升降機將巡邏直升機載了上來。

還沒完全來到甲板上，直升機已開動了引擎，儘管搖搖晃晃仍浮上半空……之所以會搖晃是因為連不是掛架的地方都綁了砲彈，在超載的狀態下起飛的關係。帶著顯而易見以自爆為目的的重武裝，直升機化為一枚飛彈飛向電磁砲艦型。

以這個場面為背景，兩名王者一時之間互相瞪視。一個是在無情大海上，長年對抗異形怪物的征海氏族最後族長，一個是在第八十六區絕命戰場存活下來的八六擁戴的女王。

「……要是狀況真的不妙了，我就用艦長權限強迫你們下船。這樣行了吧？」

他們看到發動敢死攻擊的巡邏直升機在離電磁砲艦型不遠的地方，被轉來的右舷速射砲張開彈幕，輕而易舉地遭到擊墜。

直升機化為幾乎不留原形的金屬塊往下墜落，引爆滿載的砲彈起火燃燒。

霎時間，海面燃起大火。

遠制艦本身的動力是核能，但搭載的巡邏直升機及運輸直升機是以燃氣渦輪發動機為動力。它裝載了補給用的航空煤油，而「五帝座」與「瑤光」也在海面上漏出了大片燃料。砲彈引燃了汽化的燃料，轟的一聲，透明的朱紅烈焰舔過整片海面四處延燒。

遠洋的海藍戰場被染上了深紅的色彩。

在這片火光照耀下，長時間封鎖電磁砲艦型機動能力的「五帝座」的輪機室終於中了砲擊。

在一五五毫米速射砲糾纏不放的砲擊下，它的艦體被挖去一半，速射砲彈終於插進了暴露在外的內部。由於早已無人開船而變成一副行屍走肉的慘狀，只有輪機繼續運轉的「五帝座」就在這時無力地讓螺旋槳停止轉動。

即使如此，繫船索仍像一股執念，像是想與船隻共赴水底的溺死亡靈抓住船身的大量雙手那樣無法擺脫。為了甩掉它，電磁加速砲型前進後維持速度掉頭，扯斷大多數的繫船索，但仍拖著軍艦殘骸四處甩動。

「轟！」電磁砲艦型發出咆哮般的輪機低吼，光學感應器再次朝向敵方旗艦「海洋之星」。

巨艦傾向一邊。

它讓艦體傾斜到幾乎翻船的陡急角度，做出龐大船身理當辦不到的急速掉頭。在傾斜到腳下能看見海面的甲板上，停止運轉的高機動型與「破壞神」公平地一同往下滑落。

「該死……！」

萊登情急之下打出鉤爪讓「狼人」停留在原處。可惡，開始動了。他們這邊才剛把對空砲與高機動型解決掉，還來不及把速射砲破壞完。

艦艏與「海洋之星」正面相對，然後航行而過，將右舷朝向敵艦。那裡有著毫髮無傷的主砲和僅餘右舷五門的艦砲。這是軍艦對敵艦能發揮最大火力的姿勢。

遠遠可以看到「海洋之星」正急忙掉頭。只聽見沉重的轟嗡一聲，兩門八〇〇毫米磁軌砲像在嘲笑對手般轉過去。

休想得逞。

誅殺了兄長，只達成了這個目的，本來注定得不到救贖而死的辛指出了與他人共度的未來方向。

在共和國國民大半死盡的大規模攻勢中，這世界讓庇護過萊登的老太太及養育過辛的神父活了下來，使他們得以重逢——假裝還有一線渺小的希望，讓他們以為這世界還有救贖，還能得到回報。

然後又再一次冷血無情地奪走給予他們的希望與未來——假如這種惡毒的性情，就是這世界的真實樣貌的話……

那萊登更不會讓它稱心如意，心生絕望或裹足不前。

以這連讓「破壞神」站直都辦不到的傾斜角度，而且是用鋼索鉤爪吊在半空中的姿勢，就算開砲射擊也無法期待能射得多準。

「既然這樣，只要不搖晃……只要能固定住，就行了吧。」

他切換了武裝選擇。

以艦艏劃破熊熊燃燒的大海火浪，電磁砲艦型調轉航向。

「雪女」是正在拋棄射盡彈藥的飛彈莢艙並檢查重機槍的餘彈數時，碰上這場急速掉頭。安琪跟留在甲板上的少數友機同樣用鋼索鉤爪固定自機，也在努力撐過讓「雪女」腳尖離開甲板的陡急傾斜。

她看到電磁砲艦型的主砲——八〇〇毫米砲在旋轉，但她已經沒有可以攻擊的武裝了。憑重機槍的火力，再怎麼試都不可能對那龐然大物造成打擊。

……蕾娜……還有芙蕾德利嘉……

該怎麼辦？當安琪正在咬牙時……

她發現前方有點距離的地方，一架「西琳」離開而無人的「阿爾科諾斯特」在傾斜的甲板上滑行後碰到豎立的鋼骨，停了下來。

那種機體為了不讓「軍團」奪得機密情報，內部裝載了自爆用的高性能炸藥。

在垂吊於附近的「射手座」裡，達斯汀說了。他與安琪組成了臨時的二機分隊，一邊互相掩護一邊掃盪高機動型……然後一起用盡了子彈。

「雪女」離「阿爾科諾斯特」有點距離。「射手座」離它較近，但駕駛「女武神」時日尚淺的達斯汀不可能辦到那種特技表演。

『……安琪。』

「嗯。」

除此之外，別無他法。

「不過……你別忘了。」

那個說因為自己是前衛——因為總是充當開路先鋒，所以就連人生態度也是如此，向他們展現披荊斬棘的姿態的人，指出的一線希望。指出的未來以及可以期望的，堪稱幸福的某些事物。

自己也是，達斯汀也是。

就算在這場戰鬥中，他們真的將永遠失去他……

『當然，我會記得。』

這時，感覺達斯汀似乎在知覺同步的另一頭笑了。

『我不會丟下妳一個人先死。』

選擇武裝，切換成腳部破甲釘槍，四具同時引爆——扣下扳機。

四具五七毫米電磁貫釘被打進鋪設裝甲板的甲板上，把「狼人」固定在原位。後座力讓鈎爪鬆脫，在高處描繪出鋼索弧線。

萊登不予理會，將武裝選擇改回主砲。「女武神」的背部砲架四〇毫米機砲具有旋轉砲塔，儘管角度受限但還堪用。他立刻扣下一時鬆開的扳機。

「這招——怎麼樣！」

追隨著視線微調準星的機砲發出宛若野獸低吼的砲響。機砲砲彈的驟雨飛越天際。

「射手座」打下所有腳部破甲釘槍，機體得到固定。

『趁現在，安琪，去吧！』

「雪女」同時硬是踢踹傾斜的甲板飛躍出去，踩著「射手座」當立足處再一個跳躍。它降落在斜著聳立的鋼骨上，趁著它還沒承受不住重量而脫落，用上渾身力氣把「阿爾科諾斯特」踢飛出去。

「拜託——打中它！」

她祈禱般地抬頭仰望，用兩挺重機槍掃射。

「狼人」的機砲砲彈，在艦尾那端的八〇〇毫米砲砲口附近——全數命中在它內側形成電磁場的流體金屬。儘管還不至於破壞砲身，強烈的衝擊力仍把流體金屬當成玻璃一般炸成碎片四處飛濺。

「阿爾科諾斯特」落在艦艏那端的八〇〇毫米砲砲塔上。「雪女」射去的機槍子彈引爆它內部裝載的高性能炸藥，秒速高達八千公尺的爆轟同樣把流體金屬炸得細碎四散。

這使得緊接著射擊的八〇〇毫米砲彈彈道——儘管只有些許，被吹散打亂的電磁場弄得偏離了方向。

雖說在海上砲戰屬於極近距離，但畢竟是十公里外的彼方。少許的彈道誤差足以直接導致彈著點的偏移。兩發魔彈都完全沒打中「海洋之星」就撲進了海面。

一瞬間沖刷飛行甲板的大浪從左右兩方襲向征海艦，但滿載排水量十萬噸的人類最大軍艦還不至於翻船。飛行甲板上的「破壞神」也撐了過去，沒被當頭澆下的海浪拖走。

母艦平安無事，但作為代價……

猛烈砲火的反作用力使作為友機立足處的貫釘承受不住超乎預料的負荷而鬆脫。被十幾噸重的機甲跳上來的鋼骨伴隨奇怪聲響脫落。

「狼人」、「雪女」與「射手座」在依然傾斜的甲板上滾落。重新射出的鋼索鈎爪沒有一個來得及派上用場。

電磁砲艦型的側面方向掀起了三根高大的水柱。

即使如此，他們只成功妨礙到一擊就能致命的兩門八〇〇毫米砲的射擊。五門速射砲的砲彈不曾受到遮擋，疾速飛往「海洋之星」。它稍稍配合角度形成扇狀，狡猾地讓敵艦不管向左向右都無法逃脫。

「海洋之星」兩邊都沒去。

它只是稍稍掉頭，讓艦艏正對著電磁砲艦型，在砲彈撞擊前的數秒內，採取了中彈面積最少的姿勢。

縱使暴風雨已離去，風依然很大。在原有的風浪中，早一瞬間落入彈著點的八〇〇毫米砲彈又掀起大浪，卻諷刺地讓「海洋之星」稍稍偏離速射砲的彈道。

被橫風推擠，又被海浪移開了目標，就連本該命中艦艏附近的速射砲彈都以至近彈作結。它擦過舷側，撞上海面。

幸運沒有再次發生。

「！二號螺旋槳中彈！——疑似已經脫落！」

聽見如慘叫般的報告，以實瑪利忍住想咂嘴的衝動。

「水中彈——是吧。最後的最後一刻這麼不走運。」

他指的是以一定角度射入海裡的砲彈，在水的阻力影響之下於水面下直線前進的現象。擦過「海洋之星」的那一發似乎在直線前進的方向上偶然擊中了螺旋槳。

巨大的船身由四組螺旋槳推動。「海洋之星」失去了其中之一——在電磁砲艦型面前，原本就不快的船速更是致命性地降低。

「萊登！——安琪！」

先是他們倆，接著連達斯汀的知覺同步也中斷了，讓賽歐驚愕地失聲呼喚。

電磁砲艦型理都不理墜海的「破壞神」，悠哉地就快結束掉頭的動作。傾斜成陡急角度的艦艇姿勢逐漸變得近乎水平。

「——！」

現在正是攻擊的機會，因為磁軌砲的防禦已經減弱很多了。而且「海洋之星」可能也沒完全躲掉速射砲彈，這時停了下來，而且還偏偏是在電磁砲艦型的正前方！

就好像被眼前落海犧牲的同伴們推了一把，賽歐準備讓「笑面狐」向前衝。

但好像猜到了他的打算，兩架機甲阻擋他的去路——宛如冰雕蜘蛛的「阿爾科諾斯特」與同樣純白如磨亮骨骼的「女武神」。是蕾爾赫的「海鷗」，還有尤德的「烏魯斯拉格納」。

他們跟自己一起跳上敵艦，如今甲板上終於只剩下自己與這兩人的兩架機體。

『敵砲有兩門，狐狸閣下。您一個人是對付不來的。』

『敵人很狡猾……到了這節骨眼上還留了一手。』

非人少女的冷靜透徹與同伴感情淡薄到堪稱冰冷的聲調給賽歐沸騰的大腦潑了冷水。被他們點醒，賽歐發現自己又差點陷入狹隘的視野，於是刻意呼出了一口氣。

「抱歉……謝謝。」

「烏魯斯拉格納」瞄了他這邊一眼。

『主攻交給你，利迦……你應該會想自己給它最後一擊吧。』

電磁砲艦型結束掉頭，恢復原本姿勢。甲板變回水平，緊接著開始往反方向傾倒——它往反方向轉舵了。這次打算將艦艏朝向不自然地減速的「海洋之星」。看來是想接近之後再解決它，以確保萬無一失。

在甲板傾斜到最大的期間，即使是「女武神」也無法動彈。想接近磁軌砲只能趁現在，尤德也無意錯失這個機會。

與駕駛機體「烏魯斯拉格納」的光學感應器同樣漠不關心的朱紅雙眸，定睛盯著兩門磁軌砲開口說了：

「『烏魯斯拉格納』呼叫要塞各機。我們這邊將開始破壞敵艦主砲，今後將艦艏主砲稱為『芙烈達』，艦尾主砲稱為『吉塞拉』。首先擊潰『芙烈達』……請各機協助排除右舷速射砲。」

沒那時間優先排除速射砲了。也沒多餘時間等待增援。

甲板在傾斜。每分每秒都在接近無法衝刺的角度。

「……蕾爾赫。」

『隨時都行。』

尤德點頭回應鳥囀般的回答，並幾乎於同一時間……

「我們上。」

突擊。

「海鷗」稍微快了一點。電磁砲艦型的甲板往艦體中央描繪出陡急坡度，從靠近艦艏的這個位置看起來，那塊甲板甚至像陡峭聳立著。他們踢踹燒燙的裝甲，朝頂端的兩門磁軌砲——艦艏那端的砲塔疾速奔馳。

兩架機體忽左忽右地進行令人眼花撩亂的細碎跳躍，憑著一如野獸的亂數機動讓敵砲對準不了自己——那是人類極難辦到的急加減速與急速旋轉。

速射砲也還沒全數死盡。位置極近的幾門速射砲轉來，將準星朝向疾馳的「海鷗」。就在它企圖張開彈幕的瞬間，友機從要塞展開砲擊。八八毫米高速穿甲彈的砲火集中攻擊不具防盾的砲塔後部，將它打穿炸飛。

就在極近距離內的爆炸火焰與砲塔飛散的碎塊宛如暴風吹襲時，「海鷗」毫不畏縮地從中穿梭而過。

八〇〇毫米磁軌砲是電磁砲艦型的主要武裝，絕不能被區區幾架機甲擊毀。拖著沉重的破風聲，艦艏那端的「芙烈達」與艦尾的「吉塞拉」兩門磁軌砲一同旋轉。長達三十公尺的巨大砲身及口徑八〇〇毫米的大口徑砲砲口轉向與它那龐大身軀相比實在太過渺小的兩架機甲。

瞄準。就是現在——……

『——尤德！「吉塞拉」交給我！』

轉瞬間，抓準兩門磁軌砲一併朝向艦艏——連艦尾的「吉塞拉」都瞄準了「海鷗」而產生的破綻，新一批的戰隊跳上了毫無防備的艦尾。

電磁砲艦型與摩天貝樓據點之間的距離已拉遠到憑「女武神」無論怎麼掙扎都跳不過來，但他們有挺身拖延電磁砲艦型前進的遠制艦「五帝座」的殘骸。他們趁著這個被電磁砲艦型甩來甩去，如今無力地被敵人在海上拖行的鋼鐵屍骸進入巨艦與摩天貝樓據點之間的這一刻，將它當成踏腳石跳了過來。

跳躍不夠的距離就用鋼索鈎爪爭取距離抵達甲板。帶頭的是西汀的「獨眼巨人」，緊接的是除卻在至今的戰鬥中喪失的五機、留在要塞上的「蛇女」，其餘的十七架布里希嘉曼戰隊全機。

她們恰如跳上敵船大開殺戒的海盜，立刻攀上眼前的砲塔。五十門全數遭到破壞的對空機砲與左舷側全毀的二十二門速射砲在甲板中央重疊成階梯狀，形成宛如只以大砲組成的堡壘般的上部構造。她們再次擊出鈎爪作為支撐，把「女武神」的腳尖塞進少許立足處，往上攀爬。

「吉塞拉」無法對入侵至比砲身長度更內側位置的她們進行砲擊。艦艏那端的「芙烈達」也被「吉塞拉」擋住而無法瞄準敵人。

所以「吉塞拉」的三十公尺長砲身直接破風甩動。

橫著揮動毆打過來的砲身，本身就不下數百噸的大質量彈飛一時疏忽的一架友機。其他「破壞神」沒餘力去呼喊被打爛滾落海面的戰友姓名，繼續往上爬。

「吉塞拉」活像匹野馬般激烈地揮動砲身，試著趕跑滿身飛蟲的動作又使得幾架友機遭到彈落，然而終於……

「海鷗」迫近了艦艄那端的磁軌砲「芙烈達」。

「獨眼巨人」攀上了艦尾那端的磁軌砲「吉塞拉」的砲塔。

兩門磁軌砲的砲塔上，散熱索編成開展的銀翅自動散開，如斷頭台刀刃般當頭降下。這是近距格鬥戰用導電鋼索，電磁加速砲型在塔頂樓層與辛交戰時，也將這種磁軌砲的自衛武裝當成了最後殺手鐧。為了防備敵人可能接近的狀況，它果然還留了一手祕招。

「海鷗」與「獨眼巨人」離導電鋼索太近。在塔頂樓層的電磁加速砲型戰鬥中，蕾娜用以剝奪敵機戰力的燒夷彈砲擊在這種情況下無法使用，不過——……

『——你以為用這種老套招數就能殺個我等措手不及嗎？臭鐵罐。』

「海鷗」停下腳步，開砲射擊。

它用把甲板摩擦到燒焦的急速制動停住腳步，把砲口朝向落下的導電鋼索連續開火。引信刪除最小引爆距離（Minimum range）設定，以定時引信在空中引爆，一口氣射光彈倉餘彈架構出的爆風護盾彈開落下的導電鋼索將其扯斷。

「海鷗」也被捲入自己製造出的爆炸風暴而頹然倒下。

砲彈的最小引爆距離設定原本就是為了不讓自機進入破壞半徑而存在。她解除了此一設定，還在眼前張開彈幕，自然無法保證能全身而退。

全身被至近彈的碎片打得千瘡百孔，「海鷗」終於停止運轉。

就像從它頹然倒地的機體陰影中浮起一般──尤德的「烏魯斯拉格納」穿越砲彈破片與導電鋼索的利刃風暴。

離砲塔還剩二十公尺。對擁有三十公尺砲身的磁軌砲而言，是等同於死亡的極近距離。

然而……

……果然，還是差了一步。

尤德從視野邊緣捕捉到原本準備對準「海鷗」的砲身，速度不減地旋轉過來想一揮到底──急速迫近想把「烏魯斯拉格納」打爛。離砲塔背部可能藏有控制中樞的位置還有一點距離。

宛如一對長槍的砲身橫掃著逼近而來。

在極度專注中看起來十分緩慢，然而一旦被這超大重量的凶器直接擊中，「破壞神」絕對無法保命。

對此感到恐懼的心情，早在好幾年前就磨耗到一點都不剩了。

同袍的死亡在來到機動打擊群之前純屬理所當然，沒有一個戰友存活下來，所以他習慣了。

砲身逼近過來，過沒幾秒就會將他打爛。

無意間尤德想起他跟賽歐說過的一座塔的故事。

一座隨著爬上樓層而放下感情、欲望與苦惱，簡直就像步向死亡般的淨罪之塔。

在第八十六區，他總覺得好像永遠都在爬那座塔。

然而現在，他已經沒在爬那座塔了。這裡不是注定一死的第八十六區，所以不需要以死亡為人生目標。

既然這樣，或許身在此處也無須放下尊嚴以外的苦惱、感情和欲望。

「芙烈達」的砲身橫掃著揮來。

所以尤德徹底忽視迫近自己的——但無從破壞或防禦的凶器，他另有目標。他瞄準在破壞「芙烈達」時必須令其沉默的導電鋼索——蝶翼根部般的基部，用八八毫米戰車砲加以痛擊。

「——西汀，導電鋼索交給我。」

當友機往下層退避時，她刻意留在摩天貝樓據點的第三層三樓。此時待在三樓的一隅，中途彎折如花瓣般斜垂在外側的鋼骨上。

夏娜讓「蛇女」走到靠近它前端的位置，盡可能縮短與電磁砲艦型之間的距離，謹慎地瞄準她不太擅長的長距離狙擊準星。位置在高度太高不適合用來跳上敵艦，在強風吹襲下同樣不適合狙擊的不安定立足處上。

正因為不擅長，所以才得走到這種一有失誤就會造成立足處彎折或踩空摔落的危險地點。她不擅長狙擊，而且很危險，但不這麼做就會輸，所以沒辦法。

因為，她不想戰敗而死。

這個世界根本不需要人類。人與世界都充滿惡意，殘忍狠毒……這點她很清楚。不用像剛才可蕾娜或蕾娜受到慘痛教訓那樣當著她的面奪走什麼，她也早就明白了。

這世界殘酷得很。

甚至還面帶冷笑地拿刀對著他們，告訴他們不如死了比較痛快。

沒錯，所以她才不要死——才不要讓她一點都不喜歡的這個世界稱心如意。

她從斜角上方，對著「吉塞拉」的背部開砲射擊。

瞄準的是伸出整束鋼索的根部的些許裝甲縫隙。她把高速穿甲彈準確地射進從摩天貝樓看去只像個黑點的那一點，炸飛了它。

宛如瀕死的蛇或野獸灑出的內臟，鋼索蜿蜒扭動著墜落。「獨眼巨人」衝刺穿過它們之間，用霰彈砲對準砲塔背部——磁軌砲控制系統的推測安裝位置。

『——去死吧，大傢伙。』

砲聲隆隆。

擊發的八八毫米砲彈從背部貫穿「吉塞拉」。潑灑的流體金屬代替慘叫，艦尾的八〇〇毫米磁軌砲即使受到固定仍一瞬間像是往後仰倒，最後終於噴著火頹然倒下了。

至於艦艏這邊，另一門磁軌砲「芙烈達」則是導電鋼索被人連根拔除。砸向機身的成形裝藥彈（HEAT）引燃了導電鋼索，讓它失去控制，無力地躺在甲板上。

只是即使排除了導電鋼索，「芙烈達」本身仍未斃命。

為了排除接近的敵機，揮動的磁軌砲砲身未曾減速，橫掃著毆打過來。

『自衛武裝排除……再來就……』

尤德似乎有緊急讓「烏魯斯拉格納」往側面跳躍。但閃避動作徒勞無功，「芙烈達」的砲身立刻追上它，把超過十噸的「破壞神」當成小石子彈飛了出去。

知覺同步中斷。

一聲痛苦呻吟都沒能發出，「烏魯斯拉格納」就摔落到視野下方的大海裡。

以它的壯烈犧牲為代價……

「——嗯，交給我吧，尤德。還有蕾爾赫。」

「笑面狐」從空中衝破殘餘的爆炸火焰，出現在「芙烈達」的頭頂上方。

它以貼地疾馳的「海鷗」與「烏魯斯拉格納」為誘餌，藏身於「海鷗」的爆炸火焰中，運用鋼索鉤爪和跳躍動作來到「芙烈達」頭頂上空。

正以最大俯角將砲身與光學感應器焦點對準甲板的「芙烈達」對這立體式的聯手行動猝不及防。自衛用的武裝已經用盡了。

只是，「芙烈達」本身——磁軌砲本身還沒實行砲擊。長槍般的砲身旋轉過來，重新捕捉「笑面狐」的蹤影。啪哩一聲，蛇形電流竄過整條砲身；下個瞬間，爆碎聲般的雷鳴轟然響徹四方。

「笑面狐」的光學感應器看見口徑八〇〇毫米的砲口採取仰角瞪視著它——雖然是巨大艦砲，但不愧是「軍團」，反應速度很快。為了破壞砲體的控制系統，他本來是希望能抵達砲塔背部。

不得已。

眼前是個好像能吞下一個人的巨大空隙。他瞄準想必裝填於最深處，即將射出的八〇〇毫米砲彈。

扣下扳機。

「女武神」的八八毫米滑膛砲發出彷彿捶打鋼板的砲響。

雖說是砲身，但開口的可是個口徑八〇〇毫米的大洞，砲彈不偏不倚地穿過宛如槍尖對齊的磁軌間隙正中央。只是畢竟是在射擊的前一刻變更準星，角度不太理想。八八毫米成形裝藥彈逆向衝過八〇〇毫米砲彈該走的軌道，在經過砲身的一半位置時碰到形成電磁場的流體，一邊將其割開一邊沿著磁軌高速飛去……

引信啟動，在此時爆炸。

形成電磁場的部分流體爆發四散。

這可是重量不下數百噸的砲身，就算八八毫米砲彈在內部炸開也破壞不了它。但砲彈卻將盈滿內側的流體往四面八方炸散，造成迴路短路、電流失控。正準備擊出的八〇〇毫米砲彈——

對「芙烈達」而言很不幸地，為了炸飛眼前飛蟲而裝填的霰彈的外殼的引信在磁軌窄縫間錯誤啟動……

發出比剛才爆炸大出一倍、震耳欲聾的轟然巨聲爆裂開來。

彈體這時尚未加速——還沒附加上動能，遠遠不及原本連要塞都能炸飛的威力。然而，用來將幾噸重的霰彈廣範圍散布的炸藥龐大的能量原封不動地襲向了「芙烈達」自己本身。

構造極端堅固的磁軌也實在無法撐過這股衝擊。像被落雷劈成兩半的大樹般，一對磁軌各自彎向不同方向張開砲身。用來替彈體加速的磁軌不可逆地變成無法發揮此一功能的形狀。

儘管說來丟臉——一半以上是偶然所致，但從結果來說……

「——已擊毀『芙烈達』。」

就在他想著下一步該做什麼時，衝擊來襲了。

極近距離下的爆炸把「笑面狐」遠遠震飛到艦艏方向。西汀在停止運轉的「吉塞拉」砲塔上失聲大叫。

「——賽歐！」

「笑面狐」咚咚地彈跳了兩下——搖搖晃晃地總算是站了起來。在依然相連的知覺同步另一頭，賽歐似乎正按著發昏的腦袋，說：

『痛痛痛……啊，我還好。』

「真是……你怎麼比平常還要讓人捏一把冷汗啊……」

這下，八〇〇毫米磁軌砲就雙雙擊毀了。

就在她心想，再來只要把剩下的速射砲擊毀，然後回到「海洋之星」上的時候——她發現「海洋之星」正嘗試拖著受傷的龐大身軀繞到電磁砲艦型的左側。原本電磁砲艦型就在主動與它縮短距離，因此接近與砲擊都不需要太多時間。看來最好趕快把速射砲統統擊毀。

忽然間，賽歐發出緊繃僵硬的聲音說：

『啊——……！……西汀！布里希嘉曼戰隊也是，大家快走！那傢伙——……』

他用焦躁的急促語氣喊出警告。這種聲調讓西汀想起了她差點忘記的，一年前與同一種磁軌砲交戰時的光景。

當時她從鐵幕的頂端看見的，在那個當下想都沒想到會是他的「送葬者」與電磁加速砲型；那場在朝陽中宛如惡夢的一對一單挑，以及那個結局。

為了守住機密情資，抑或是為了拉敵機共赴黃泉，在自己體內藏著「那玩意兒」的戰鬥機械表現出的癲狂思維。

『電磁加速砲型內部裝載了自爆裝置！』

警告與回想，都略嫌慢了那麼一點。

判斷「軍團」是否無法再戰的辛不在這裡，警告沒能及時趕上。

先是無聲的閃光，接著是急烈爆轟。

伴隨高速飛過的衝擊波與閃光，「吉塞拉」——本身恐怕就有一千噸重的磁軌砲，粉碎成一千噸重的鋼鐵碎塊往四面吹飛。

蕾娜看到待在自爆的「吉塞拉」正上方或極近位置的布里希嘉曼戰隊全機遭到炸飛。它們被衝擊波震飛，身中碎塊子彈，無力地從電磁砲艦型身上滾落。

「……！」

她勉強把差點叫出聲的慘叫吞回去。

不行。剛才西汀是怎麼跟自己說的？若自己不聽勸再一次張皇失措，等於是辜負她的心意。

可以聽見以斯帖對四處奔波的救難艇下指示的聲音——「五號、七號，已經前往現場了吧。十二號，收容完畢後前往待機位置。十五號，燃油已經見底了吧，快去加油。」——隸屬征海艦隊的全體救難艇為了盡量多救一個人，在火海與槍林彈雨中四處奔忙，一刻不曾休息。蕾娜應該相信他們的其中一人會救起那些隊員。

海難救助是分秒必爭的事。為了盡量幫忙提升效率，芙蕾德利嘉似乎一直在使用異能，蕾娜在無線電裡聽見救難艇上有人對抽泣的她說：

『——小妹妹，真的已經夠了，妳別再看了。我們會看他們的傷勢，也有受過檢傷分類的訓練。妳不用再硬撐了！』

芙蕾德利嘉即使止不住抽泣，似乎仍堅強地搖了搖頭。

『還不行……余有余能做之事。還有很多落海者尚在等待救援，余不願因未盡全力而後悔莫及。所以——還不行。』

「…………對。」

蕾娜在口中喃喃自語，抬起頭來。沒錯，我還不能停下來——電磁砲艦型還沒死。

忽然間，某件事敲響了警鐘。

……還沒死？

那麼，磁軌砲死了嗎？

要憑什麼——來確認它們死了？

能聽見「軍團」悲嘆的辛不在這裡。只要機械亡靈還徘徊於人世的一天，就會反覆呼喊的臨死慘叫，明明誰都沒能確認它竭盡的瞬間——……

蕾娜彷彿受到吸引般抬頭仰望。電磁砲艦型上空的銀色漩渦映入她的眼簾。

那些反射陽光無聲振翅的物體，是擁有銀翅的大群蝴蝶。是「軍團」控制系統變化而成的機械蝴蝶。

流體奈米機械。恐怕是剛才擊毀的「吉塞拉」駕馭與射控的系統。

是摩天貝樓據點最高層的電磁加速砲型遭到擊毀後，即刻滴落海中的銀色水滴。

……當時就該察覺到了。

電磁砲艦型與高機動型一樣，都是具有不死功能的指揮官機。只不過是破壞了機體，不足以判定已將其擊毀。

今後將會長期對峙的「牧羊人」——說不定甚至連小卒都有這個可能。

蝶群迎面大舉飛來。它們墜落般疊起翅膀如不祥的月光傾盆灑下。

目標是賽歐擊毀的艦艏磁軌砲「芙烈達」。它們飛落其上，鱗集一處，如同水滴被細縫吸收般鑽進裝甲的些微接縫。鑽進砲身內部發生爆炸，磁軌狀砲身被炸得彎曲張開，理應再也無法發射的磁軌砲。

心中吹起了一股五內如焚的焦躁。

「處理終端全體人員，立刻退離『芙烈達』的砲線！……賽歐，你快逃！」

她一邊說，卻也同時發現到了。

不行，來不及。發現得實在太晚，形成了致命失誤。不趁那群銀蝶還是蝴蝶形態的時候加以打擊，就已經來不及了。

磁軌砲每次開火射擊時，總有一些銀色飛沫碎裂飛散。

那些……那些也是流體奈米機械。砲身的磨損換言之，損耗的就是構成電磁場的流體奈米機械。

被逼得自爆的「吉塞拉」姑且不論，「芙烈達」只有砲身部位毀壞。只不過是讓它喪失替彈體加速的磁軌功能，居然就以為擊毀它了。

然而如果構成電磁場的其實是流體奈米機械的話……

假設附近有個友機的殘骸，讓它能獲得大量流體奈米機械的話……

「砲擊要來了！流體奈米機械會形成砲身——『芙烈達』要復活了！」

「颯！」飛落而下的無數銀色粒子被艦艏那端，將彎曲砲身垂掛在甲板上的「芙烈達」吸收進去。彷彿乾燥的沙子貪婪地吸水，眨眼間將傾盆而下的銀粒全數吸光。

光學感應器亮起幽藍的燈光。

無力地傾倒的「芙烈達」三十公尺長的砲身劃破海風舉高到水平位置。宛如牡牛犄角或東方頭盔的裝飾，長槍狀的磁軌歪扭著張開間隙。

它的內側滲出了銀色光澤。

那是構成電磁場的流體奈米機械。張大到超出原本正常空間的間隙，湧出大量的銀色流體，宛若冰霜成長般硬是伸長填滿了磁軌。

它吸收了遭到擊毀的「吉塞拉」組成射控系統的流體奈米機械，名符其實地用來填補空缺。

伴隨撕裂空氣的叫喚，紫色電光四處迸散。

電磁場發生激發現象。「芙烈達」整條鋼鐵身軀都在迸出小規模的雷電，擊中周圍的甲板或艦砲殘骸。砲身揚起，形成水平角度。然後進一步採取仰角，微微傾斜。
瞄準的是——摩天貝樓據點……上面的「破壞神」各機。
八〇〇毫米磁軌砲咆哮了。

宛如極近距離內落下的雷鳴，八〇〇毫米砲的震天砲響轟然迴盪。比它更具破壞性，超絕彈速催生出的衝擊波在甲板上瘋狂吹襲。
「笑面狐」在射擊的前一刻被吹飛至艦艄附近，順勢用鋼索鈎爪勾住跳下，藉此躲過了這場猛烈的衝擊波。
然而當他撐過劫難捲動鋼索，往上爬回電磁砲艦型的甲板上時……
他在那裡，看到了一片慘狀。
「…………啊——」
從沒聽過的破碎聲響起。在這極近距離下直接被八〇〇毫米砲彈擊中的摩天貝樓據點，承受不住自己的重量擠壓發出哀嚎——第三層，全面中彈。
超高速、大質量的彈體，將它身纏的龐大破壞力一點不剩地撞在鋼鐵高塔上。用來支撐高層建築偌大重量的強韌柱子被折斷扯裂，發出金屬擠壓的驚人尖叫聲。
應該還在塔上的，那些人……

「可蕾娜……大家——都……」

光學螢幕映照出似乎是被飛散碎塊或衝擊波打傷的「破壞神」，屍橫遍野地倒在被扯斷的鋼骨縫隙間無法移動。

所幸大家剛才已經開始退避，數量不算太多……不，應該說即使這樣也太少了。其他人不知是被震飛摔落塔外——還是運氣不好待在砲線上，完全灰飛煙滅了？

待在附近的友機衝上前去，撬開駕駛艙。他們拖出所幸好像還有呼吸的同袍，把人員搬進自機駕駛艙，然後火速跑下要塞。

摩天貝樓據點在吱嘎作響。

它承受不住自己的偌大重量——終於達到極限，六根柱子中的一根啪嘰一聲折斷。

以鋼鐵編成的柱子如剝落般倒下。本身就有如大樓般巨大的柱子拖著相連的橫梁，用體型太過巨大而顯得緩慢的動作。但是，抵擋不過重力而漸次加快速度，最終猛然倒塌。鋼骨就像被拉出的神經或血管般被拔離要塞，或是在拉扯過程中斷開，化為鋼鐵長槍往下墜落。倖存的「破壞神」拚命盡速衝過它們之間的空隙，往樓下跑。

至於結束射擊的「芙烈達」，則如濺血般噴出銀色的流體奈米機械。

看來拿流體奈米機械代替砲身，縱然是「軍團」也有其困難之處。構成砲身的流體大半都像碎裂的水晶碎塊般飛濺得到處都是。

它們一邊反光一邊飛散到船外，小水滴直接落入海裡，某種程度以上的塊狀物則在落下時變為蝴蝶，用薄紙般的翅膀乘風飛回。這些歸蝶再次填滿在射擊的後座力之下，更加扭曲張開的砲身間隙……看來光靠這樣實在不夠用，「芙烈達」本體也滲出更多流體奈米機械，讓銀色部分如冰霜伸長般成長茁壯。

「芙烈達」不惜用上自身控制用流體奈米機械補充砲身，也要再次進行砲擊準備。恐怕這對「芙烈達」——對電磁砲艦型而言已是死前的最後一射。即使如此……

——竟然，還能再開砲……！

落雷咆哮再現。外漏的閃電藉由衝擊聲，讓人知道磁軌砲已做完發射準備。它的砲塔受到某些零件干涉而發出叫喚般的擠壓聲，轉往他方。

目標是……

「……『海洋之星』。」

除了自己的「笑面狐」之外，已經沒有任何一架「破壞神」還能行動了。萊登、安琪及達斯汀，還有尤德與西汀都已經落海了。

要塞裡的可蕾娜他們必須在摩天貝樓據點倒塌前逃到安全的地基處，而「海洋之星」不但螺旋槳受損又中了誘敵而接近敵艦，無法在這一瞬間內逃離砲線。

所以……

不可思議的是，賽歐覺得這項事實讓他的精神漸趨平靜。彷彿世界上只剩下自己與眼前的磁軌砲，精神逐漸被琢磨得細密而敏銳。

除了自己以外，再無他人能突破這個狀況。

不能讓「海洋之星」被擊沉。不能失去那艘艦艇。

他不能讓蕾娜死。芙蕾德利嘉、維克和馬塞爾，還有管制人員及整備人員也是。以實瑪利他們征海艦船員也是，都必須活著回去才算完成職責。犧牲同胞以開拓征途，不惜背負只有他們回來的臭名，也得貫徹最後的驕傲才算完成職責。

最重要的是「海洋之星」是歸鄉用的船。一定要把這裡的所有人都送回去才行。

還有自己也是。

「……我得回去才行。」

縱然在這世上沒有能回去的地方，他一定會找到，會打造一處歸宿。

崩毀的鐵塔擦過電磁砲艦型的側面，沿著插進海面的軌道倒塌。所以在這倒塌的過程中，它的大半質量都在他跟電磁砲艦型的頭頂上方。

即使被過度使用，為了適應機動戰鬥而製作得格外堅韌的鋼索鉤爪依然無恙。賽歐將左邊鉤爪射向了頭頂上方，讓它纏住幾乎與海面呈現水平角度的鐵塔側面的一根鋼骨，同時騰空跳起。

「笑面狐」捲動鋼索，用上比起只靠腳力更快的速度——跳到了磁軌砲的頭頂上方。

沒錯，這世界很殘酷。充滿惡意，不講道理。

有理由活下去的人先死，毫無理由活下去的人卻活了下來。即使覺得應該反過來才對，但有時候偏偏就是如此，所以，活下來的人必須好好活著。

因為他不能活得愧對死去的那個人，愧對已經撒手人寰，但自己還記在心裡的那個人。

所以，他必須過得幸福。

就算只剩自己一個人，就算還不敢為未來做打算，也一定要……

戰隊長。

他一定是不想讓自己的死變成詛咒才會那樣說吧。直到死前的一瞬間，都還在顧慮別人的心情。直到最後都活得高尚純潔。

——不要原諒我。

可是，我目前還需要你的這個詛咒。

因為沒有名為你的詛咒，我還不知道該如何活下去。

我必須用我的人生，回報你的死，回報已死的你。必須回報沒得到任何人回報的你，所以，倖存者當中唯一認識你的我如果不用我的人生回報你，就真的會讓你白死了。

為此……

戰隊長。

你一定是做了件傻事，可是……

也許全世界所有人都會說你很傻，但是，你絕對是正確的。

為了讓說你愚昧的全世界知道，你的人生是正確的……我，必須由我，活下來過著幸福的人生才行。

為了縱然一無所有，縱然失去一切，仍能堅定活下去的意志……

我要將你——變成必須獲得幸福的詛咒。

瞄準的是磁軌砲背部，裝甲底下的控制系統。就是西汀曾射穿、指出的，一擊就能令磁軌砲陷入沉默的少數弱點之一。

瞄準這一個點，「笑面狐」描繪出拋物線跳過去。

——就是這裡。

該瞄準的一點已在視野下方。賽歐翻轉機體，讓砲口往下。他於無意識之中，簡短犀利地呼出憋住的呼吸。還要再等一下，準星才會對準。

然而不具飛行功能的「破壞神」在空中只能沿著拋物線移動。這種單純的軌道，極容易遭受攻擊——在視野的邊緣，他看見苟延殘喘的最後一門速射砲轉了過來。

沒空閃躲了。

準星對準目標。

扣在扳機上的手指，按下……

「他」不知道軍艦艦砲的瞄準步驟。所以他聽到什麼就說什麼：

「距離艦艏一百二十公尺，吃水線的正上方——……」

假如是在陸地上，從那麼高的位置墜落絕對沒救。「女武神」的高性能緩衝系統即使如此仍保護了搭乘者，但受到的重傷仍讓軍醫嚴格囑咐他安靜休養。

即使如此，因為他認為有必要，所以中斷治療來到了綜合艦橋。

自己還活著，同袍們還在戰鬥，而他還有能做的事。既然這樣，他不能不盡到責任就躺著休息。

維克用肩膀攙扶著他，苦笑著想「分析都白做了」。轉頭一看，聽完轉告內容的以實瑪利正看著射控軍官，做出瞄準的指示。

他暫時不去看睜大凍結的白銀色雙眸——光是做這麼點事就已經氣喘吁吁，但仍指出了「那個」的位置。

「控制中樞就在那裡。那裡『聲音最多』……瞄準那裡！」

在征海艦「海洋之星」的飛行甲板上。

四門四〇公分多管砲伴隨著轟然巨響轉動。之前遭受暴風雨的風吹雨打，加上這場戰鬥帶來的黑煙與損傷；即使迎向最後一趟航海，艦船女王仍英姿颯爽地背負著戰傷的榮耀。

結束了甲板上的準備，躲進艦橋內的「彈射器人員」們感慨萬千地注視著這門將準星調整至新目標的巨砲。這恐怕將是征海艦「海洋之星」的最後一次射擊。

這最後的射擊必須求助於並非征海氏族，甚至不是船團國群人的異國兵力，雖然值得感激，但仍有一點點令人氣惱。

『——開火！』

艦砲散播著近乎爆炸的砲口火焰與強烈的射擊衝擊波發射。它將所有餘彈全噴向高空，讓四下瀰漫濃重的硝煙陷入沉默——永遠的沉默。

接著……

「——真是幸福啊，『海洋之星』，我們的臨時也是最後一位大主母……在這最後一場戰役，能夠以發射破龍砲做結。」

一名彈射器人員喃喃自語。命令下來了。他們臨時但偉大的長兄——以實瑪利發出了最後的砲擊命令。

『維持準星，破龍砲——發射！』

鋪設於跑道上的長條蒸汽彈射器殷殷企盼著吹起水蒸氣的白尾，滑梭啟動的瞬間——彈射器終於啟動了。

兩座核子反應爐帶來的龐大力量踢飛滑梭。將重達三十噸的戰鬥機瞬時加速至決定起飛速度正是航空母艦彈射器的職責，而脫胎於它的征海艦也是如此。用來牽引戰鬥機的滑梭拖行飛奔的並非艦載機而是鎖鏈尾端。這是條粗壯的鎖鏈，另一端拖著征海艦「海洋之星」重量足足有十五噸的錨。

它在飛行甲板上讓滑梭拖著，不到一秒就跑完九十公尺長的跑道——彈射器原本指的就是以張力彈簧或扭力彈簧的力量擊出彈體的攻城兵器名稱。

擁有此一名稱的戰鬥機起飛輔助裝置，直接沿襲昔日弩砲(Catapult)的用途。滑梭到達跑道的尾端，伴隨著硬質巨響急速停止。順勢飛上半空的鋼索在拋物線的頂點放開了錨。

它直接附上每小時三百公里的速度，把重達十五噸的巨大箭頭投擲出去。

破龍砲。

這就是縱使用盡艦載機與砲彈仍要屠殺眼前的砲光種，為此準備的——征海艦的最後武裝。

錨爪飛去，追趕飛在前方的四〇公分砲足足有一噸重的砲彈……與古代弩砲相差無幾，用原始而粗暴的投擲方式拋投射出的箭頭與人類任何國家都未能正式運用，最新式磁軌砲的預測彈道交錯而過……

感覺彷彿聽見了砲響。

那是不可能的。聲音會抵達得比砲彈慢。在彈速快而交戰距離長的現代戰爭中，砲聲會比砲彈命中來得晚。

然而賽歐就像被那砲聲催促著般，扣下了扳機——完全沒聽見迎面而來的一五五毫米速射砲的砲聲。

從正上方被打落的八八毫米高速穿甲彈從最頂端貫穿「芙烈達」的控制器。

他彷彿聽見了不可能聽見的，機械亡靈的哀號。

遭受到來自正上方的砲擊，「芙烈達」一瞬間砲身後仰，就像從控制器部位折成兩段那樣。集中於砲身的電磁力失去目標而往迴路倒流，讓整個砲身像噴血般爆出閃電頹然倒下。緊接著自爆裝置啟動，八〇〇毫米砲被炸飛到大老遠外，落在遠洋的彼方位置。

「海洋之星」擊出的砲彈終於命中電磁砲艦型——然後再一發。

電磁砲艦型雖然以堅固裝甲為傲，但「海洋之星」縮短了敵我距離，而電磁砲艦型剛才也主動接近了征海艦——自己疏忽放棄了讓彈速衰減的名為距離的防盾。

四〇公分砲彈的連射精確地、接連不斷地砸進舷側的一個點上。經過幾次爆炸後終於貫穿了裝甲，並以下一枚砲彈入侵內部，於該處爆炸。

來自裝甲內部的衝擊——終於在電磁砲艦型的舷側開出個大洞。

然後，一個不合時宜的巨大箭頭像是要給它臨門一腳般，撞進了這個大洞。

銀色的流體奈米機械宛如向上噴發的鮮血般泉湧噴濺。

「嘯——……！」在知覺同步的另一頭，電磁砲艦型發出咆哮。憤怒的，或是憎惡的咆哮。

鐵青色巨艦就這樣，彷彿輸給中彈的衝擊之勢往旁倒下。它像一股海嘯般撞破海面，沉入浪潮深處。

最後從海的另一頭，對征海艦投來像是至死不休的一瞥……

滿載排水量十萬噸的巨大戰艦，就這麼輕易地沉入了海中。

在相連的知覺同步另一頭，電磁砲艦型的悲嘆還沒消失。

它還活著。這項事實讓蕾娜嚴峻地瞇起一眼。

它不是沉沒，是潛入了海裡。真要說起來，電磁砲艦型當初就是自海裡浮上水面。即使無法繼續戰鬥，但最好認為它還能潛航。

距離縮得還不夠短。大半餘彈都被用來擊碎裝甲，沒能完全破壞控制中樞。

有如受傷的魚游走那樣，電磁砲艦型的叫喚漸次遠去。

蕾娜聽見那聲音，轉向以實瑪利說：

「艦長，請繼續追擊。電磁砲艦型還沒死——……」

講到一半……

蕾娜說不出話來了。

好像喉嚨與舌頭結凍了般，豈止身體絲毫無法動彈，就連思考都停擺了。

所有人都跟她一樣。

在瞭望外部的全像式螢幕上……

巨大的眼球填滿了那整個螢幕，俯視著他們。

中央一顆，左右側面各一顆。每顆眼球都好像可以直接容納一個人，過度的巨大導致他們明明被它凝視，卻沒有視線相交的感覺。就是那樣的眼神。

好像是用最強烈的方式讓他們體會到，人類這種生物的脆弱與渺小。

它有著黑色瞳孔與周圍的虹膜，沒有眼皮但幾乎看不到眼白的部分，稍具透明度的瞳孔質感讓人知道眼睛構造本身與人類或動物相差無幾。然而瞳孔的形狀並非圓形或紡錘形，而是連續的銳角菱形，再加上帶有金屬光澤，卻又有如油膜彩虹般油亮的孔雀綠虹膜。

非人的異形生物。

在摩天貝樓據點的幾十公里外，那裡是大海改變顏色的界線，人類疆域與其外側的分界。

不知在什麼時候，一頭原生海獸超越了那條分界，在征海艦的眼皮底下浮上了海面。

長脖子與尖尖的頭高高揚起。這些部位全包覆著鱗片，鱗片的質感有種難以形容的怪異。在像是散發金屬暗沉光澤的鎧甲，又尖如匕首的鱗片上，厚厚覆蓋著一層透明如水晶，質感卻柔軟如水母身體的另一層鱗片。從後腦杓、後頸部到相當於背部的部分，長了一排宛如破裂水晶簇的背鰭狀器官。

堅硬鱗片的存在加上尖突的口部，硬要說的話或許是爬蟲類。但形狀較為柔軟的輪廓卻給人海蛞蝓等軟體動物的印象。

全長推測為三百三十公尺——這是原生海獸中最大的砲光種，在觀測資料中屬最大規模的，三百公尺級的行幸。

統治碧海的海王之一，靜謐而傲然地俯視著「海洋之星」。不知為何蕾娜敢確定，牠知道征海艦裡有著一群蠕動的渺小陸生哺乳類。

不具眼皮的眼球不會眨眼，它凝視著艦內的蕾娜等人，不曾別開目光。

無論是傷痕累累的人類與他們的船艦，或是雖為人類公敵，卻是人類發明的機械之一的鋼鐵怪物；那異質的眼神對雙方而言都是全然的異類，毫無溝通的餘地。

倘若這世上真有神祇，或許就會有著這樣的眼神。

在他們眼前，砲光種的尖突頭部忽然間張開了大嘴。

可以一窺在深處暗沉閃耀的水晶狀突起物。

麻痺的思維有某個角落，勉強理解到那是焚燒天空的雷射的發振部位。

突如其來地，砲光種咆哮了。

Illustration:I-Ⅳ

————————————————！

高周波的巨大聲響把「海洋之星」的沉重艦體震得啪啪鳴響。勉強還在人類可聞範圍內，與其說是聲響倒比較接近衝擊波的聲波撞擊全身上下。

沒有語言。

原生海獸不解人語，也尚未研究出原生海獸之間是否有語言溝通。

即使如此，誰都知道那是警告。

出於本能的恐懼讓身體與思維都為之凍結。人類原本不過是一種只能無力匍匐於大地的動物，自然不可能跟僅僅一隻就能擊敗人的睿智甚至是殺戮機器的戰鬥能力，恰如大自然凶威化身的絕對強者為敵。

如同張嘴時一樣突然，砲光種再次合起大嘴，轉身離去。動作悠然自得、無所畏懼，正符合全長足足三百公尺，身軀龐大到令人不敢相信是生物的獸類應有的風範。

直到牠那長長的頭部連鼻尖都沒入海浪，悠閒自在地游弋消失於水平線的彼方——芸芸眾生沒有一個人，敢挪動一下身體。

眾人連呼吸都壓抑在最小限度縮起身體，像一群小動物撐過暴風雨那樣，過了一段時間……

呼——……吁出長長的一口氣，第一個有動作的是「辛」。

但這動作並非出於他的意志。他沒接受完整治療就拖著身體來到綜合艦橋，如今強撐的身體終於到達極限，站不住便頹然倒下了。

「辛！」

蕾娜急忙跑過去。用肩膀攙扶他的維克跟著彎膝跪地，蕾娜就直接在他們身旁跪下。

「真是……所以我不是請你不要硬撐了嗎……！」

「既然你回來了我就沒事做了，我是拗不過你才會帶你過來……但應該可以了吧，給我乖乖回去接受治療。馬塞爾，你來幫忙。」

「我本來就打算戰鬥一結束就回去，但麻煩再等一下。」

辛別開目光不去看快哭出來的蕾娜，姑且先無視於維克的嘆氣和馬塞爾的仰天長嘆，把得到救助時暫時拆下，來到這裡的途中隨便戴上的同步裝置重新戴好。

同步的對象，當然是……

「可蕾娜、賽歐——讓你們擔心了，我沒事。只是其他人還在接受救援，我也還沒全部做確認……」

他聽見可蕾娜倒抽了一大口氣。然後又聽見她長長地，吁出泫然欲泣的一口氣。

『……………………！辛……………………！』

『啊——我也已經被打撈起來了，勉強算是活著啦。安琪還有達斯汀也是，至少都跟我一起讓人救起來了。』

接著不知是來自治療室還是病房，萊登也只用通訊岔進來說了。

只有賽歐沒有回應。

蕾娜擦掉眼淚，比他先開口說：

「謝謝你的幫助，賽歐。要不是有你破壞了磁軌砲，我們已經被打敗了。」

還是一樣，沒聽見回應的聲音。辛疑惑地正要開口時，他才終於說了：

『太好了，蕾娜、辛，還有萊登……幸好，你們沒事。』

那種語氣……

像是努力壓抑著什麼——就好像正在……忍受著疼痛。

「……賽歐？」

辛察覺到他受傷了，聲音無意識地壓低。能感覺到緊張的心情勒緊了自己的脖子。

這種聲音……

這種彷彿壓抑強忍著什麼，卻又鎮定到了不自然的地步……有點像是對某件事心如死灰的聲調——他強忍著的，不只是傷口的疼痛。

辛著急地向他問道：

「你受傷了嗎？……如果沒辦法自己回來，我們現在——」

賽歐打斷了他的話。

能說話的時間，恐怕所剩不多了。現在只不過是刺激過大導致感官麻痺而沒有任何感覺，但等到感覺回來後，一定會連話都說不出來。

「嗯……抱歉。」

最後與他交錯而過的，一五五毫米艦砲彈……

那是一枚霰彈。可能是沒來得及設定引信，它從「笑面狐」身邊飛過後才自行爆炸。不是直接命中。炸裂飛散的破片，也幾乎都有背部的火砲擋下。

只是……

「笑面狐」佇立於拖住電磁砲艦型的遠制艦「五帝座」的殘骸上，賽歐在駕駛艙裡看著損傷的狀況。用肉眼看見照理來講從密閉的駕駛艙中看不見的「笑面狐」的損傷狀況——從背後來襲的砲彈破片切除了左邊前後的腳部、裝甲與框架，甚至連機師座艙的一部分都被它帶走了。

從被切出一個大洞的框架，可以一窺青藍的色彩。

那是天空與海洋的藍。雖說只是殘骸，但曾為遠制艦甲板的區塊離海面仍有一段高度，所以視野遼闊，大海的遙遠他方都能盡收眼底。看見的是講到大海就會聯想到的青藍顏色，以及碧海那種陌生的深沉碧藍。

水面上不只沒有人類或走獸等生物，甚至沒有蟲鳥棲息的清澈空氣，加上暴風雨剛過，帶來碧空如洗的晴朗藍天；以水平線為界線，下方的蔚藍碧海與青色海水在高空豔陽的照耀下，無數海浪的邊緣閃耀著細微玄妙的晶藍。

兩者之一，或者兩者皆如鏡面，呈現整面的青色。

兩者都是光輝燦爛，卻絕不讓人看透隱密之處的深邃暗色。

湛藍的色彩，只是黑暗表面的清澈部分。

分明是無法透視的地獄表層——為何美得如此讓人心馳神往？

他從未喜歡過戰場或戰鬥。

賽歐直到現在，仍在怨恨共和國第八十六區把他當成無人機的零件送上戰場，還命令他戰鬥到最後無意義地送死。

他從來就不想戰鬥。只不過是別無選擇罷了。

只是為了生存。為了維持自己的尊嚴。

明明應該是這樣的，但不知怎地，眼淚卻奪眶而出。

「我再也不能——跟你們一起戰鬥了。」

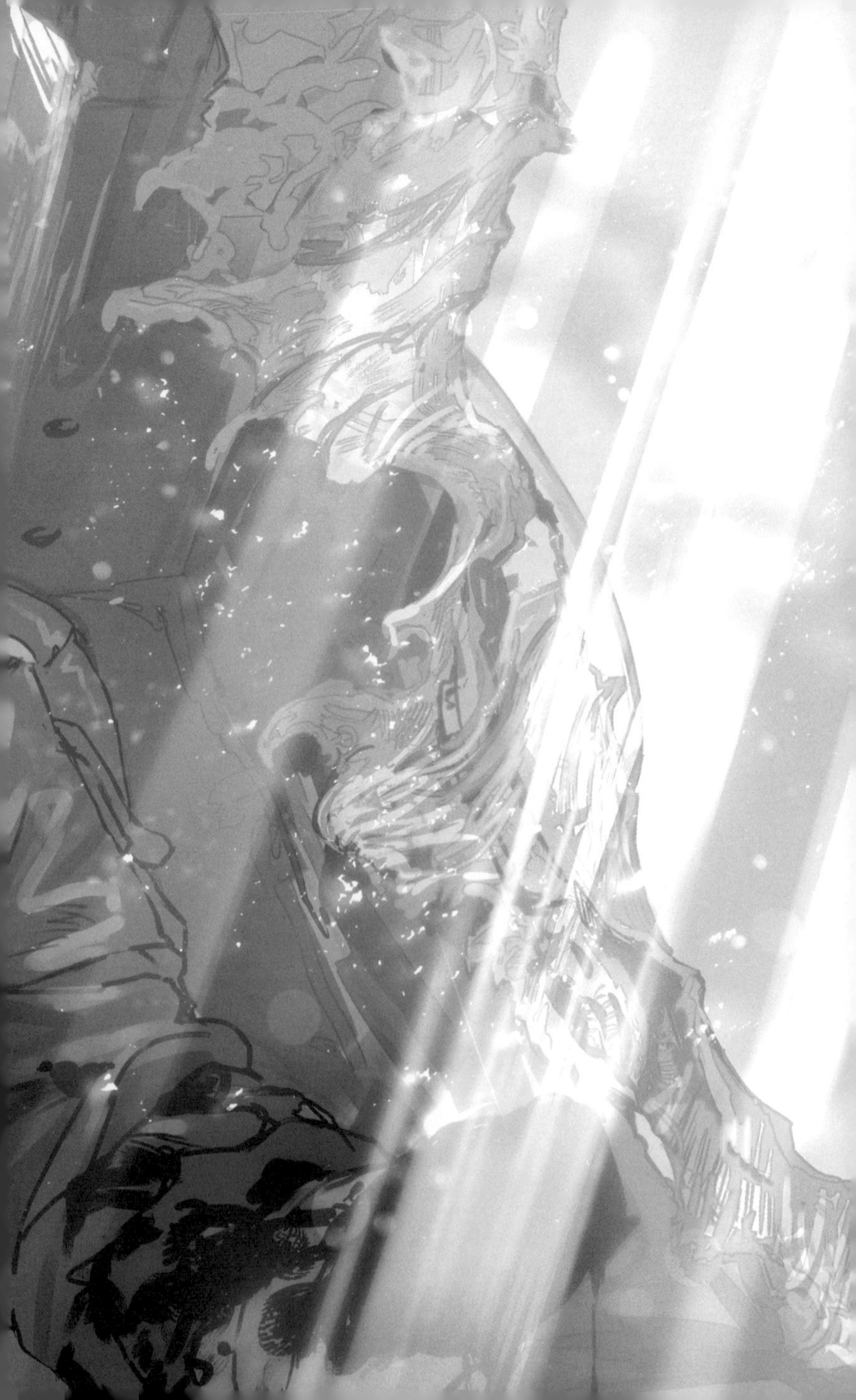

從背後襲來的砲彈破片威力大到足以切開堅固耐打的駕駛艙。

破片本身以及引發的威力，大半都有背部的火砲替他擋下。但是──滲透的衝擊力卻造成艙內零件撕裂飛散。

其中一塊穿過他的左手──把它從手腕與手肘的中間位置砍落，不知去了哪裡。

後記

不顧劇情的氣氛！這集是出海回。大家好，我是安里アサト。

只是呢，因為我從小就怕海，所以這集表現了我強烈的恐懼感就是了。海洋超可怕的。嘴上這麼說，卻又很愛看深海紀錄片節目。深海實在是充滿夢想。搞不好哪裡真的躲著巨齒鯊，甚至是挪威海怪或海龍什麼的喔。

言歸正傳。

謝謝大家一直以來的支持！為各位獻上《86—不存在的戰區—》第八集〈—Gun smoke on the water—〉。副標題取自Deep Purple的名曲《Smoke on the water》，這次是船團國群篇。不知道船團國群是什麼的人，請參照本文！

然後是對大家的致謝。首先是染宮すずめ老師的《學園86》漫畫版！然後是石井俊匡監督與A-1 Pictures公司製作的動畫版！

好事成雙，讓我到現在還在懷疑是不是在作夢。這都得感謝廣大讀者的支持與鼓勵，真的非常感謝大家！敬請期待！

按照慣例進入注釋的部分。

・征海艦

《86》世界的空母由於假想敵異於現實空母或是預算不足的關係，在運用與武裝方面與現實情況有很大的出入。艦隊的編組也是，少了潛艦與兩棲登陸艦。附帶一提，建造國其實是齊亞德帝國。由於船團國群缺乏預算與技術，而帝國並不需要遠洋艦卻想取得運用資料並且累積建造技術，假如萬一征海成功的話還想趁機取得特權，於是就在共通利益下建立了合作關係。

・原生海獸

《86》世界的這項海洋設定在第三集已經不動聲色地登場過了。除了本集登場的那個之外，還有大約六種海獸，也做了各種設定，但因為跟故事主軸毫不相干所以全部省略。

啊，還有牠們不會再登場了。我也沒打算揭曉牠們的真面目。

最後進入謝詞的部分。

責任編輯清瀨氏、土屋氏，這集又承蒙兩位替我挑錯，提升了作品的精確度。

しらび老師，我在寫這篇後記時，正在欣賞您繪製的動畫改編慶祝插畫。

I－Ⅳ老師，這集我又借用您的好點子了。非常感謝您。

吉原老師，只要想到接下來能看到您精心描繪的第八十六區的真正地獄，我便興奮不已。

染宮老師，笑容燦爛的水手服蕾娜與有點進入反抗期的學生服辛都好可愛。我已經等不及要看到兩人與同伴們的校園生活了。

石井監督以及各位工作人員，每次與各位見面都能感受到大家對《86》動畫版的強大熱情，讓我十分感激能由各位負責改編本作。

然後是賞光買下本書的各位讀者，謝謝大家一直以來的支持。在即將看見戰爭尾聲的此時此刻，還望大家繼續關注八六們做出的抉擇。

那麼，願本書能暫時將您帶往拒絕人類入侵的碧藍異界，以及與在另一個戰場同樣活得有尊嚴的水手們所邂逅的少年少女身邊。

後記執筆中ＢＧＭ：Smoke on the water（Deep Purple）

國家圖書館出版品預行編目資料

86-不存在的戰區. Ep.8, Gun smoke on the water/安里アサト作；可倫譯. -- 初版. -- 臺北市：臺灣角川股份有限公司, 2021.02
面；　公分. -- (Kadokawa fantastic novels)
譯自：86—エイティシックス. Ep.8, ガンスモーク・オン・ザ・ウォーター
ISBN 978-986-524-189-6(平裝)

861.57　　109018335

Kadokawa
Fantastic
Novels

86—不存在的戰區— Ep.8

—Gun smoke on the water—

（原著名：８６—エイティシックス—Ep.8 —ガンスモーク・オン・ザ・ウォーター—）

２０２１年２月４日　初版第１刷發行
２０２４年７月29日　初版第11刷發行

作　　者：安里アサト
插　　畫：しらび
機械設計：Ｉ－Ⅳ
日版設計：ＡＦＴＥＲＧＬＯＷ
譯　　者：可倫

發 行 人：台灣角川股份有限公司
總　　監：呂慧君
總 編 輯：蔡佩芬
主　　編：林秀儒
編　　輯：高韻涵
設計指導：陳晞叡
美術設計：莊捷寧
印　　務：李明修（主任）、張加恩（主任）、張凱棋、潘尚琪

發 行 所：台灣角川股份有限公司
地　　址：１０４台北市中山區松江路２２３號３樓
電　　話：（02）2515-3000
傳　　真：（02）2515-0033
網　　址：www.kadokawa.com.tw
劃撥帳戶：台灣角川股份有限公司
劃撥帳號：19487412
法律顧問：有澤法律事務所
製　　版：巨茂科技印刷有限公司
ＩＳＢＮ：978-986-524-189-6